文学翻译作品丛书

斯拉夫童话故事集

【俄】Ю. 梅德维杰夫　选编

宋光庆　译

辽宁大学出版社

图书在版编目（CIP）数据

斯拉夫童话故事集/（俄罗斯）梅德维杰夫选编；宋光庆译. --沈阳：辽宁大学出版社，2014.8
（跨文化系列书库/宋韵声主编. 文学翻译作品丛书）
ISBN 978-7-5610-7812-9

Ⅰ.①斯… Ⅱ.①梅…②宋… Ⅲ.①童话－作品集－欧洲 Ⅳ.①I508.8

中国版本图书馆 CIP 数据核字（2014）第 201009 号

出　版　者：辽宁大学出版社有限责任公司
　　　　　　（地址：沈阳市皇姑区崇山中路 66 号　邮政编码：110036）
印　刷　者：沈阳师大彩色印刷有限公司
发　行　者：辽宁大学出版社有限责任公司
幅面尺寸：148mm×210mm
印　　张：11
字　　数：275 千字
出版时间：2014 年 8 月第 1 版
印刷时间：2014 年 9 月第 1 次印刷
责任编辑：陈景泓
封面设计：憬　鸿
责任校对：黄春萍

书　　号：ISBN 978-7-5610-7812-9
定　　价：38.50 元

联系电话：024－86864613
邮购热线：024－86830665
网　　址：http://www.lnupshop.com
电子邮件：lnupress@vip.163.com

《跨文化系列书库》总编委

《跨文化系列书库》总目

《外国文学研究丛书》

《外国语言研究丛书》

《比较文化研究丛书》

《外语学习读物丛书》

《外国语言词典丛书》

《文学翻译作品丛书》

《翻译理论研究丛书》

《大学外语教辅丛书》

《闲适人生益智丛书》

《况味人生趣话丛书》

《中外人物传记丛书》

《跨文化系列书库》总序

宋韵声译审已年过七十，这个年纪的人不在家里坐享天伦之乐，不去公园遛弯儿，不打麻将，从退休后一直伏案，埋头写作、翻译，实在难能可贵。如今他又设计出一套丛书，该叫什么名好呢？若从内容和规模看，可以称为"文库"。可这不符合他谦虚的性格，琢磨来琢磨去，还是叫它"书库"好吧？

这个书库跟别的书库不一样，是跨文化系列"书库"。Culture Crossing 一语在国内外都挺新鲜，在辽宁本土文化中冒出来更吸引人的眼球。

宋韵声是一位职业翻译家。他曾是司法部门从事情报翻译的高级警官，2010 年又被中国译协授予中国资深翻译家的荣誉称号。他出面率领一批中青年学者搞跨文化交流，可是难得的人选。翻译家的一生离不开语言和文化。人从出生的那一天起，就在语言文化环境中成长，它同空气和水一样重要。我甚至认为这是人类区别于一切生灵的根本标志之一。人们在谈论人与其他生灵的区别时，往往忽视了语言和文化，就连达尔文进化论中也提到一个关键词 missing link（逻辑推理上缺失的条件）。谁知道他的"缺失"究竟指何而言？但缺失了语言恐怕就不会有人类，那还谈得上什么 Culture Crossing？

我上面谈了这个书库的重要性，下面再谈中青年作者，他们中有博士、硕士，也有教授、副教授。他们都懂中文和一种甚至几种外文。这便是 crossing 的必要条件。这一批中青年骨干都是我们辽宁省作家协会中外文化交流委员会的委员。我作为他们的老主任，在解甲之前看到这个书库问世，感到十分欣慰，除了欣慰还是欣慰。他们已经冲上第一线，他们将是这片土地上继承传统文化，创造新文化的主力军。

我预祝这个书库越办越好。今年是马年，马到成功。

范　岳

2014 年春节前夕

《翻译文学作品丛书》总序

翻译在人类文化交流史上的作用功不可没，几乎与人类社会产生语言的同时便出现了翻译。翻译就其形式和分类而论就有许多种，但由于我们这套丛书是翻译文学作品的汇集，所以这里只谈翻译文学。

据史书记载，尽管我国从西周时期就已经设立了称为"象胥"的通译官位，也出现过汉唐时期盛极一时的佛经翻译，以及西学东渐之后百余年翻译事业的繁荣，但真正属于文学的翻译还是开始于明朝万历年间，从意大利到中国宣传天主教的耶稣会士利玛窦，他于1608年将《伊索寓言》中的一部分从拉丁文翻译成汉文。

大批量的文学翻译始于晚清而昌盛于"五四"以后。据不完全统计，百余年来，以书籍形式出版的文学翻译作品多达几万种，文字达几十种。再加上散见于报纸和杂志的文学译品，其量之多难以计数。如按比例而论，翻译作品要比原创作品大得多。这种现象不仅在中国，世界其他国家也大凡如此。这就充分说明了文学翻译在国别文学或民族文学中的地位和价值，这也就不言而喻地显示了文学翻译在文学史中的作用。

质言之，文学翻译家犹如架在世界各民族之河上纵横交错的桥梁，为沟通人类的精神交流，在那里默默地承担着光荣而艰巨的使命。文学翻译不是一种简单的技艺，不是语文学的一个分支，而是文学创作的一种形式，也是民族文学的一部分。优秀的译著要融入译者所属国的文学中。当今，没有翻译文学，任何一个民族或国别的文学都不会是完整的，更谈不上完善。

　　在文学领域，文学翻译家不仅是作家的一类，而且还是作家首先走向学者化的一类，是一类复合型的作家。从大的范畴看，国际笔会是世界最大的作家组织，其成员由小说家、诗人、剧作家、翻译家组成。后来又扩大到新闻记者、批评家和编辑家。中国的文学翻译家都是中国作家协会的成员，而且还有专业的下属组织——中国作家协会中外文学交流委员会。与其相应，辽宁省的文学翻译家皆是辽宁省作家协会的理事或会员，也同样有下属的专业组织——辽宁省作家协会中外文学交流委员会。中国作协设有国家级文学翻译奖——彩虹奖。两年一届的辽宁文学奖项中设有文学翻译奖。

　　就文学作品而言，再优秀的作品，如果没有文学翻译家作为中介将其译成异国文字，并使其成为异国文学的一部分，都不会具有世界性。就拿前年获诺贝尔文学奖的作家莫言为例，他获此殊荣，除其作品的本土化，富含魔幻现实主义的人文情怀以及电影《红高粱》的传播效应之外，充分彰显了文学翻译的重要性。莫言的20部长篇小说，不仅有20几种外文译本，更有当今英语世界最著名的中国文学翻译家葛浩文（Howard Goldblatt）的译本。人们很容易联想到，莫言获奖的背后，还有葛氏的一份功劳。

为了总结和研究文学翻译在莫言获奖方面的推动作用，以及文学翻译家在促进文学无界化方面的先锋作用，慧眼独具的有识之士已在高校建立起葛浩文研究机构，这种新趋势应引起译界的关注。

实践表明，一个民族或国家的优秀文学作品已成为该民族或国家文学的一部分，已成为民族或国别文学史上的经典。这犹如电影，观众往往将角色当成了真人，乃至把剧中人的名字安到了演员身上。在文学翻译中也时常出现类似的情形。有不少读者到书店去买"傅雷的《名人传》"。那本是傅雷翻译的罗曼·罗兰所著《贝多芬传》、《米开朗琪罗传》和《列夫·托尔斯泰传》合集的译本。连罗曼·罗兰这样的世界大文豪都给忽略了。还有许多孩子，包括成年人，直呼"叶君健的《安徒生童话》"，听起来仿佛《安徒生童话》就是叶君健写的一样。这种喧宾夺主的现象恰恰说明了优秀的文学翻译作品，已经成为民族或国别文学的一部分。

早在1933年出版的由王哲甫撰写的《中国新文学运动史》就已将方兴未艾的翻译文学专列了一章，评述了一些著名文学翻译家及其重要译作。如今，已经有了多种中国翻译文学史著作。

译事之难，古今同感。精通两种语言，有10年的时间足矣，但要熟知两种语言所承载的文化，倾毕业精力也未必够。当代美国著名翻译理论家尤金·奈达（Engene A. Nida）曾说过："Translating is a complex and fascinating task."（翻译是一种错综复杂又让人迷茫销魂的工作。）英国知名学者理查兹（I. A. Richards）在一篇文章中写道："It is probably the most complex type of event in the history of the cosmos."（翻译可能是宇宙史上最为复杂的一类事情。）这种断言对于文学翻译来说，有不及而无过之。

成就一位文学翻译家，不仅需要一定的天赋、灵性和形象思维的能力，还需要不断地学习和实践。博学多识，精通语言，文字练达，缺一不可。

笔者认为，翻译是不存在标准的，更别说文学翻译。一个抽象而变化多端的概念怎么可能有考量的具体标准呢？大概是最先使用这一词语的人未能透彻了解"标准"的真实含义和适用的范围而误用，以致以讹传讹，直至今日。其实，作为一个译者，如能将其译文达到"近善近美"足矣。

文学作品，尤其是诗歌，它只是作家或诗人灵感的一时闪现，美感的一时升华，一旦落笔形成文字，就成为一纸游离于主观的客体，是完全独立的存在。回过头来，再让作者见到出自自己手的作品，都会感到恍惚，都无法还原当初的创作意念。要让读者或译者准确把握形式的东西——文学的内涵，谈何容易。

人类灵感的飞扬，别说是语言文学，就是思维也未必能跟得上。在诗人创作的刹那间付诸笔端的文字符号，

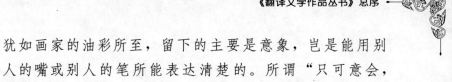

犹如画家的油彩所至，留下的主要是意象，岂是能用别人的嘴或别人的笔所能表达清楚的。所谓"只可意会，不可言传"是也。诗词的注释和翻译，恐怕是令文人最感尴尬的事情。

"文革"期间，一项重大的政治任务是英译毛泽东诗词。当时把四大才子兼英文专家的乔冠华、袁水拍、钱锺书和叶君健组合在一起搞这项工作。当遇到他们谁都拿不准的地方时，他们请示主席协助解释一下。主席的回复简单明确：诗只可意会，无从解释，包括作者在内。

此文主旨不是讨论翻译方法论的问题，笔者只是即兴说了几句题外话，就此打住，不再赘言。

本丛书旨在为有志献身文学翻译的人提供一个可以施展才华的天地，也为意欲参加辽宁文学奖之文学翻译奖活动搭建一个摘取桂冠的平台。望译者诸君行行重行行，孜孜复孜孜。是为序。

二〇一四年仲夏

宋韵声记于沈阳黄海花园寓所

目　　录

寡妇的儿子

地球上曾发生了天大的灾难：不知从什么地方飞来一只怪物——九头蛇，把太阳和月亮从天上掠走了。

人们万分伤心，哭声不断，因为没了太阳，又黑又冷啊。

在一个地方，住着一个贫穷的寡妇，她有一个不大的儿子，也就五岁吧。他们生活在饥寒交迫中，要多难有多难。寡妇唯一的慰藉是小儿子长得可爱而又聪明。

离她家不远的地方，住着一个富商。他也有一个儿子，与寡妇儿子的年纪一样。

富商的儿子与寡妇的儿子成了好朋友。常有的情况是，富商的儿子一醒来，就跑去找寡妇的儿子玩耍。他们先在屋子里和燃烧的松明下嬉戏，然后又来到了外面玩。这是尽人皆知的事儿，孩子还小嘛，他们也得玩玩推车游戏或者到河边跑跑啊。

本来一切都好好的，可突然摊上倒霉事儿了——没有了太阳，怎么会玩得痛快呢？

有一天，寡妇的儿子对富商的儿子说：

"嗳，假如我吃了像你吃的那些东西，我会成为大力士，能够打败九头蛇这个怪物，把它夺去的太阳和月亮重新挂在天上啦!"

富商的儿子回到家,把寡妇儿子所说的话,告诉了爸爸。

"这是绝对办不到的!"商人很是惊讶:"去,你把他叫出来——我想亲自听到。"

商人儿子来到朋友家,叫他出来玩一会儿。

"我想吃东西,"寡妇的儿子说,"我们家连块儿面包都没有了……"

"我们到外面去,我给你拿面包。"

商人儿子跑回家,拿了一大块面包,送给了朋友。

寡妇的儿子吃了面包,很开心。

"你还记得,昨天你跟我讲的有关九头蛇怪物的事情吗?"商人的儿子问道。

"记得。"

于是,他又一字不差地重复了有关九头蛇怪物的事情。商人站在角落里,亲耳听到了这一切。

"嗬,"商人暗自想道,"看来,这小子很不简单。应该将他带到自己家里来,看看会有什么结果。"

商人将寡妇的儿子带到自己家里,开始供他吃喝,自己吃什么也给他吃什么。他看到,寡妇的儿子真的像发酵一样,成长得十分迅速。过了一两年之后,他变得非常强壮,都可以打败商人本人了。于是,商人给国王写了一封信。他在信中写道:"尊敬的阁下,有位寡妇的儿子住在我家。等他长大后,保证能战胜九头蛇怪物,将太阳和月亮送还天上……"

国王读完信,写了回信: "带上寡妇的儿子,马上进宫见我。"

商人套上两匹马,将他安排在马车里,带他去见国王了。

"寡妇儿子啊,给你吃什么东西,才能使你成为一个真正的勇士呢?"国王问道。

"给我吃三年牛肝吧。"寡妇儿子回答道。

不过，国王没有去买牛，他一下令——人们就将牛宰了，开始给寡妇儿子吃牛肝。这时，寡妇儿子比在商人家长得更快、更健壮了。他在王宫里还与同龄的王子一起玩耍。

一晃三年过去了。寡妇儿子对国王说：

"现在我就要去寻找九头蛇怪物了。但我希望与你的儿子以及商人的儿子结伴而行，大家在路上更快活些。"

"好吧，"国王答应了，"让他们跟你去吧，只要能战胜九头蛇怪物就行。"

国王给商人写了封信，命他的儿子进宫。商人不想让儿子去那么远的路，可谁又会跟国王争论呢？

商人的儿子来到王宫。这时，寡妇儿子对王子说：

"你去对国王说，让他给我打造一柄重约一百公斤的圆锤。哪怕用它来防狗也好，不然，我会害怕它们的。"

"给我也打造一柄吧，哪管五十公斤也行……"商人的儿子说。

"怎么，我比你们差吗？我在路上也要带一柄圆锤，哪怕三十多公斤呢……"

王子去了父亲那里。国王吩咐铁匠，给三个小伙子分别打了重量不同的圆锤：寡妇的儿子一百公斤；商人的儿子五十公斤；而自己的儿子三十公斤。

寡妇的儿子拿起自己的圆锤，来到空地上，将圆锤抛向空中，圆锤在空中飞了大约三个小时，才落回地面。寡妇儿子用右手接圆锤，圆锤砸在手掌上，碎成两半。

寡妇的儿子甚为生气，便对国王的儿子说：

"告诉你父亲，别让他骗我！带着这样的圆锤我会完蛋的，你们俩也好不了。让他吩咐铁匠给我打造一柄又大又结实的圆锤，重量在二百公斤的。"

"那给我做一柄一百公斤的"商人的儿子说。

"而给我做一柄五十公斤的!"国王的儿子说。

王子找父亲去了。国王将铁匠们叫到跟前说:

"你们这些家伙是怎么搞的!为什么给寡妇儿子做了那么轻的圆锤?"

于是,国王又命他们重新做三柄更大更结实些的圆锤。

寡妇的儿子拿起圆锤到了空地上,又将圆锤抛向了空中,那圆锤在空中从早晨飞到晚上才往下落。寡妇的儿子用膝盖来接——那圆锤砸到膝盖上,又断成了两半。寡妇的儿子和朋友们一起去找国王了。

"如果你想让我战胜九头蛇怪物,将太阳和月亮从它手中夺回来,那你就让铜匠们给我浇铸一柄400公斤的圆锤,免得它又断了。"

商人的儿子说:

"那给我浇铸一柄150公斤的吧!"

国王的儿子说:

"我的圆锤100公斤就够了。"

国王叫来铜匠,命令他们浇铸三柄圆锤,重量分别是:200公斤、150公斤和100公斤的,不得有半点虚假。

寡妇的儿子将铜圆锤拿在手里,感到一阵快乐——他立刻喜欢上了这柄铜圆锤。然后他来到空地,将圆锤抛向空中,圆锤向最高云层飞去。寡妇的儿子在空地和草场上,来来回回走了整整一天一夜,等着圆锤从云层里落下来,寡妇的儿子用肩膀去接——圆锤砸在肩上后滚落到地上。

"这才是真正的圆锤啊!"他说:"带这样的圆锤随便去哪儿都行,可以同那个可恶的九头蛇怪物战斗了。"

商人的儿子和国王的儿子也很高兴,因为铜匠们给他们浇铸了质量多好的圆锤啊!

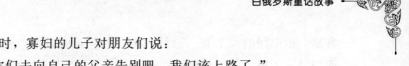

这时，寡妇的儿子对朋友们说：

"你们去向自己的父亲告别吧，我们该上路了。"

国王的儿子走了，而商人的儿子却拒绝了：

"咱们干吗要浪费时间呢，我来这儿的时候，已经跟父亲道别了。"

小伙子们集合到一起，就上了大路。

他们走过了一个王国，接着又是一个王国，经过第三个王国时，他们来到一座荚蒾桥，见到附近有一个旧农舍。

"我们在这里过夜吧，"寡妇的儿子说道，"歇息一两天，要不，咱们还不知道，该走哪条路呢。"

他们走进了农舍，那里有一个上了年纪的老婆婆在纺线。小伙子们跟她打了招呼，请求过夜：

"老婆婆，我们走了很远的路，累得要命……"

"那就好好睡一觉吧。"老人家说："走在路上的人，是不能随身带房子的。"

寡妇的儿子与老婆婆聊了一会儿，方才得知，他们已经来到了可恶的九头蛇的王国：这正好是他们要去的地方！

夜幕降临了。寡妇的儿子想："应当在荚蒾桥上安排巡逻，以免别人突袭我们。"

他派国王的儿子去站岗。

国王的儿子登上荚蒾桥，走了一会儿，心想：

"我干吗站在显眼的地方呢？如果有谁步行或骑马来，那就会看见我。我最好躺到桥下面，那里会安静些。"

他就这么做了。

与此同时，寡妇的儿子也没有睡着："应当检查一下"他想，"国王的儿子是否在站岗。"

半夜时，他走上荚蒾桥查看，却没发现有守夜的！

在他寻找国王的儿子时，他发现，九头蛇的弟弟三头蛇正在狩猎。他中间的头上有一只目光敏锐的鹰，旁边跑着一只猎犬。而当马一上桥，便开始嘶鸣起来，猎犬也狂吠起来，而鹰也大声喊叫起来。

这时，九头蛇的弟弟悄悄打了一下马说：

"你干吗要嘶鸣啊，笨蛋？你干吗要狂吠啊，你这只没头脑的狗？而你，只知道长羽毛的鹰，干吗要大喊大叫啊？如果你们察觉到自己的敌人的话，那么，附近的地方就不会有他的存在了。我只有一个敌人，不过他在千里之外。那便是寡妇的儿子。可是，大乌鸦并没有将他的骨头带回来！"

寡妇的儿子听到了这些话，便说：

"大乌鸦没有带来那个好汉的骨头——是他本人亲自来了！"

那蛇害怕了。

"这么说，寡妇的儿子，你已经在这儿了？"

"在这儿了，你这个妖怪！"

"那我们怎么做——是战斗还是讲和？"

"我走了那么远的路，不是跟你们这些可恶的家伙讲和的，我是为了与你们战斗才来的！"

"那你就准备运气吧！"蛇喊了起来。

"你才需要，运气吧！你有三口气，你就吹吧，而我只有一次。我不习惯老爷式的做派，就是在大地上，我也能战斗。"

三头蛇怪物从马上爬下来，呼出了三口气，平稳的气流就到了三公里之外。

他们开始搏斗了。

他们打了三个小时。寡妇的儿子打败了三头蛇，把它的三个头全砍下来了。他将马赶到了草场上，将猎犬和鹰放回了空旷的原野。而他自己则回到农舍，躺下睡了。

次日清晨，国王的儿子巡逻回来。

"哎，你巡逻时，那里有什么情况？"寡妇的儿子问。"或许，有什么人走过吧?"

"没有,"国王的儿子说,"这一夜,甚至连一只鸟都没有从近处飞过去……"

"你是一个不可靠的伙伴啊,"寡妇的儿子想,"看来,更多的得靠我自己了。"

第二天夜里,他派商人的儿子去巡逻。商人的儿子沿着荚蒾桥来回走着,心里想:"我干吗在这儿拿自己的脑袋冒险呢?我最好到桥下睡上一觉。"

他就这么做了。

半夜时,寡妇的儿子出去查看,看自己的伙伴是否在站岗。他四处看了一下,连个人影都没有!但突然发现,有六个头的蛇怪骑马上了荚蒾桥。那马腾起前蹄,大声嘶鸣起来,猎犬跟着狂吠起来,鹰也喊叫起来。六头蛇怪物一下子将马勒住,在耳边悄声说:

"你干吗要嘶鸣啊,笨蛋?你干吗要狂吠啊,你这只没头脑的狗?而你,只知道长羽毛的鹰,干吗要大喊大叫啊?这里没有力气与我相同的敌人,的确,也有一个,不过他在千里之外——那便是寡妇的儿子。可是,大乌鸦并没有将他的骨头带回来!"

而寡妇的儿子回答说:

"大乌鸦没有带来他的骨头——是他自己来这儿的!"

"啊——,那么说,寡妇的儿子,你已经到这儿了?"

"在这儿呢,你这个妖怪!"

"那好,你说,我们是打斗呢还是讲和呢?"

"我走了那么远的路,不是跟你们这些可恶的家伙讲和的,而是为了与你们战斗的!"

"我倒是奉劝你,寡妇的儿子,咱们最好讲和,不然的话,我会杀死你的!"

"哼,杀死我,到时候你再说吧。"

 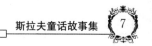

"那你就准备运气吧！"六头蛇喊了起来。

"你才需要，运气吧！你有六口气，而我只有一口。我没有气流也感觉不错，因为我是农民的儿子。我不习惯老爷式的做派，就是在大地上，我也能战斗。"

六头蛇下了马，呼出了六口气，平稳的气流就到了六公里之外。

战斗开始了。

他们打了六个小时，寡妇的儿子砍下了蛇的六个脑袋，将马放到绿茵茵的草场，将猎犬和鹰放回了空旷的原野，而他自己则回到农舍，躺下睡了。

次日清晨，值夜人回来，叫醒了寡妇的儿子：

"不应该在别人的地方睡得那么久，你瞧，我整整一夜连眼皮都没有合一下……"

寡妇的儿子想了想："这个伙伴也不大可靠，只得依靠自己了。"

到了第三个夜晚。寡妇的儿子让老婆婆去谷物干燥房睡觉，将刀插入墙里，下面放一个杯子，之后，他对朋友们说：

"如果有血从刀上滴到杯子里，那么，你们就赶快来帮我。"

为了不使朋友们睡觉，他给他们一副牌，让他们玩牌。

可是，他刚刚迈出门槛，那些人就将牌扔掉，睡大觉去了。

寡妇的儿子来到莢蒾桥站岗。正是半夜的时候，九头蛇骑马上了莢蒾桥。它胸前的月亮闪闪发光；中央的头上，太阳熠熠生辉。它胯下的马跪着，高声嘶鸣，猎犬狂吠，鹰也大声喊叫着。

九头蛇怪物拍了一下马，悄声说道：

"你干吗要嘶鸣啊，笨蛋？你干吗要狂吠啊，你这只没头脑的狗？而你，只知道长羽毛的鹰，干吗要大喊大叫啊？"

马说：

"哎呀，主人，你是最后一次骑我打猎了……"

"什么，你这个该喂狼的家伙，你是在撒谎！这里没有我的敌人，就是有，那也是寡妇的儿子，远在千里之外。大乌鸦还没有将他的骨头带回来呢。"

寡妇的儿子走到前面，回答说：

"大乌鸦还没有把那个好汉的骨头带回来呢，现在他亲自来了！"

"哎呀，那么说，你已经在这儿了，寡妇的儿子？"

"不错！"

"那你想怎样，是打还是和？我奉劝你还是讲和的好，因为你与我比力气还不够资格。"

"够资格也好，不够资格也好，我走了大老远的路，可不是与你这个十恶不赦的怪物讲和来的，我是来战斗的！"

"好吧，如果你敢于同我打仗，那就准备运气吧。我倒要看看你身上有多大的力气！"

"我不需要运气，因为我在大地上也可以作战。你还是准备好你自己的吧，既然你习惯了在干净的土地上作战。"

九头蛇下了马，呼出一口气——平稳的气流就到了九公里之外。

战斗开始了。

他们打啊，打啊，寡妇的儿子砍下了蛇的三个脑袋，但无法打败它。"我的伙伴们哪儿去了呢？"他想，"他们不是还在睡觉吧？"

寡妇的儿子要求九头蛇喘口气：

"国王之间作战还有喘口气的时间呢，让我们也照此办理吧！"

"好吧。"九头蛇说。

寡妇的儿子走到一旁，从左手摘下手套，并一下子扔进了伙伴们住的农舍——整个房盖都被揭个底朝天。可朋友们又将身子翻到另一侧，像没事一样，又睡着了。

寡妇的儿子一看——没有帮忙的了。

他们又开始打了起来。他们打啊，打啊，寡妇的儿子又砍下了九头蛇的三个脑袋，他自己则站在没膝深的血泊中。他已经对付不了下九头蛇那最后三个脑袋了。

他又要求喘口气。

"你这是干什么呀，"九头蛇冷笑一声，"总是要求喘口气？"

"难道我们的时间还少吗？"

"那好，让我们歇口气吧。"

寡妇的儿子利用敌人转身的机会，将另一只手套扔进了农舍。农舍的窗户被掀掉了。可朋友们像没事一样，还是在睡大觉。

歇息了一会儿之后，恶战又开始了。寡妇的儿子已经站在没腰身的血泊中了，可还是对付不了那最后的三个蛇头——没有力气了。

就在这时，天已开始放亮了。"朋友们肯定已经睡过头了，"寡妇的儿子想，"应当再给一次机会让他们想到自己的使命。"

他又对九头蛇说道：

"国王之间作战还有喘口气的时间呢，让我们第三次歇歇气，那时我们再一直打到最后吧。"

九头蛇也没了力气。

"好吧，"它说，"让我们喘喘气。"

寡妇的儿子脱掉左脚的靴子，将它扔向农舍。

靴子飞向农舍，正好将地窖摧毁了，朋友们跳了起来，看到杯子里的鲜血已装得满满的，顺着刀子往下淌……

"喏，既然这样，说明我们伙伴的情况不大妙。"他们说。

他们抓起圆锤，冲上了莱茵桥。九头蛇一见到他们，便哆嗦起来：

"哈，寡妇的儿子，我现在算明白了，你为什么要求歇气，并把左脚的靴子扔出去了！你的智慧远远超过了我……"

朋友们三个人突然从四面八方揍九头蛇，弄得它不知道该向谁进攻。

他们砍下了蛇的最后三个脑袋。这样，九头蛇的末日终于来临了。

这时，寡妇的儿子取过太阳和月亮，将它们挂在了天上。整个大地，瞬间变得明亮耀眼。人们跑到外面，别提有多高兴了，他们享受着，用太阳取暖……

朋友们回到老婆婆那里，给她盖了一间新农舍，但比那间原来的旧农舍要好，他们决定在上路前稍事休息一下。

国王的儿子和商人的儿子只管自己睡觉和玩耍，可寡妇的儿子却一直在想："世上再没有一个蛇妖了，可它们的妻子——巫婆们还在，千万别让它们干出什么坏事来！"

他将朋友们留了下来，自己换了衣服，便去三个蛇妖住的豪华宫殿了。

"你们这儿用人吗？"他问巫婆们。

"是啊，需要"最年长的巫婆回答："我们现在无儿无女，也没人干活。我们三个人的丈夫都让寡妇的儿子打死了。不过，没关系，我们会让他从这个世上消失的！"

"你们怎样才能使他消失呢？"那个打工的问。"显然，他的力量太强了。"

"他有力量，可我们有魔法，"三头蛇妖的妻子说，"是这样，现在他正与自己的伙伴回自己的王国，而我在路上要喷洒泉水，他们喝了泉水就会完蛋的。"

"如果这个办法不起作用，"六头蛇的妻子说，"那我就会变成一棵甜苹果树。他们一旦吃了苹果——就不再想吃了……"

"如果他们不喝水不吃苹果的话，"九头蛇的妻子说，"我就想出了这么一个更好的主意：我铺上一百多公里长的盛开鲜花的草地，而在一旁搞上一棵绿荫蔽日的柳树。他们骑马而来，会把马赶到草地上吃草，而他们自己则在柳树下歇息。但只要他们一躺下来，就再也起不来了；而他们的马只要从那个草地上啃上三次草，就再也活不成了……"

而寡妇的儿子需要的恰恰就是这些。等到夜里，那些巫婆睡着的时候，他走出宫殿，跑到了自己的朋友们那里。

第二天，天刚一放亮，他们就来到了绿茵茵的草地，每个人为自己抓了一匹马。寡妇的儿子骑上了九头蛇的马，商人的儿子骑上了六头蛇的马，而国王的儿子骑上了三头蛇的马。这样，他们就出发回自己的王国了。

他们路过了田野，经过了松林，来到了泉水旁。这时，国王的儿子和商人的儿子特别想喝水，他们已经渴得实在挺不住了。

寡妇的儿子说话了：

"不管怎么说，你们都不是农民身份的人。等一等，我给你们担水去。"

他从马背上跳下来，走向喷泉旁，用圆锤朝它砸去。他用力太猛，只剩下了一摊泥和血水。

朋友们差点哭了起来：

"你干吗要这么做啊，我们都快渴死了……"

"这不是喷泉，"寡妇的儿子说，"这只是一个骗局。"

他骑上了马，他们便一起继续走了。

他们走近一棵苹果树，树上的苹果结得红艳诱人，真想吃上几口。

伙伴们奔向苹果树，可寡妇的儿子却拦住了他们：

"等等！你们可都是具有老爷身份的人——最好我给你们来摘。"

他走近苹果树，用圆锤朝树狠砸了一下，那棵树马上倒下，变得干枯了。

"你干吗要这么做啊，哪怕我们每人吃一个苹果呢。"

"这不是些苹果，而是我们的死神。"寡妇的儿子说道。

他们又继续朝前走了。他们来到一片鲜花盛开的草地。发现一棵绿荫蔽日的柳树后，他们真想睡上一觉——无论如何他们再也受不了啦。而那几匹马用马蹄踢着草地——它们多想去那鲜花盛开的草地啊。

寡妇的儿子轻轻勒住了马：

"我去看看，草地上可不可以放牧。"

他走近柳树跟前，用圆锤刚开始打它，柳树瞬间就变得干枯了，而从那棵柳树留下的只是一堆骨头。

"你们都看见了，这是一棵什么样的柳树和什么样的草地了。"他对伙伴们说道。

他们走过了干枯的草地，停在一片柞树林过夜。他们把马放出去吃草，而自己则吃过晚饭就去睡了。他们睡了整整三天三夜。而刚一醒来，寡妇的儿子便对朋友们说：

"离这儿不远就是我们的国土了。咱们先各自回家去吧。或许，你们的父亲早就在等你们啦。而我没有父亲了。我还要在各地逛逛，到处看看。"

寡妇的儿子告别了朋友们，周游世界去了。

不知他走了多久，来到一个叫巴斯塔亚涅茨的国王那里。那个国王身材不够匀称，独眼，一只脚，一只手，双肩之上——半拉头，脸上——留着半面胡子。不过，他特别喜欢马。

他见到寡妇儿子的马，便说：

"让我们在庭院里彼此追赶着跑，如果我追上了你——我就拿走你的马；可如果你追上了我——我就将我的王国给你。"

寡妇的儿子一想："一个身材不够匀称，而且一只脚的国王会追上我，这是不可能的。"于是，便答应了。

他们放马跑了起来，寡妇的儿子还没有跑上三步远，而一只脚的国王就已绕着庭院跑了三圈……

巴斯塔亚涅茨国王带走了寡妇儿子的马，将马牵进了自己的马厩。

寡妇的儿子几乎哭了起来：他可怜自己的马。他开始请求国王：

"你叫我干什么都行，只要将马还给我！"

巴斯塔亚涅茨国王想了想，说道：

"在一个很远很远的王国，住着一个叫卡尔果塔的老太太。她有十二个女儿，长得像一个人似的：头发一样，说话声音一样，所有女儿又都是一样的脸蛋。老太太的房子被一道高高的木桩栅栏围着，每个木桩子上都摆着一个人头。这是所有来为老太太女儿们说媒人的人头。现在只有一个木桩是空的。所以，如果你代我向卡尔果塔老太太的小女儿说媒成功了，我就把马还给你。"

寡妇的儿子考虑了一下：如果不同意，他就像一个人见不到自己的耳朵一样，再也见不到自己心爱的马了。可要同意呢，也许自己的脑袋就要留在那里了，也可能，连头带马都留在了那里。

"好吧，"他对国王说，"我去当媒人。"

他走啊，走啊，一看，有一个人在海面上跑，就跟在桥上跑一样。寡妇的儿子看那个跑的人，看得都入迷了。

"你好啊，海上飞人！"他打了招呼。

"你好啊，寡妇的儿子！你去哪儿呀？往哪个方向走啊？"

"我为国王去找卡尔果塔老太太，给她的小女儿说媒。"

"把我也一起带上吧，困难时，你会用得上我的。"

"我们走吧。"

他们俩走着，发现有个人在用一根胡子支撑着磨坊，这个磨

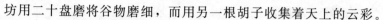

坊用二十盘磨将谷物磨细，而用另一根胡子收集着天上的云彩。

"你好啊，大胡子！"

"你好啊，寡妇的儿子！你去哪儿呀？往哪个方向走啊？"

"我为国王去找卡尔果塔老太太，给她的小女儿说媒。"

"把我也一起带上吧。"

"我们走吧。"

他们仨一起走了。走啊，走啊，他们发现——有个人在喝湖里的水，整个湖都喝干了，还老是在嚷："想喝水啊！"

"你好啊，饮水王！"

"你好啊，寡妇的儿子！你去哪儿呀？往哪个方向走啊？"

"我为国王去找卡尔果塔老太太，给她的小女儿说媒。"

"把我也一起带上吧。"

"好啊，跟我们走吧。"

他们走不多远，发现有个人在嚼一个山杨木墩子，口里还不停地在喊："想吃东西啊！"

"你好啊，大肚汉！"

"你好啊，寡妇的儿子！你去哪儿呀？往哪个方向走啊？"

"我为国王去找卡尔果塔老太太，给她的小女儿说媒。"

"把我也一起带上吧。"

"好啊，跟我们走吧。"

他们走近一片树林，遇见一个人穿着没过脚面的皮袄，他站在路边，还不断用两只手闷子啪啪拍得直响！只要他拍一下，一些树马上就覆盖上一层霜。

"你好啊，不怕冷的人！"

"你好啊，寡妇的儿子！你去哪儿呀？往哪个方向走啊？"

"我为巴斯塔亚涅茨国王去找卡尔果塔老太太，给她的小女儿说媒。"

"没有我，你跟卡尔果塔老太太是说不通的。"

"那好，跟我们走吧。"

这样，他们就六个人一起走了。他们走啊，走啊，走近了卡尔果塔老太太的宫殿。他们看见了在所有木桩子上摆着的一颗颗人头。不过，只有一个木桩子上空着。寡妇的儿子便说：

"瞧吧，我的头将摆在那儿！"

"如果不是我们的话，"伙伴们笑着说，"你的头或许就会摆在那儿了……"

他们开始寻找大门。可是，哪儿都没有。这时候，海上飞人绕宫殿跑了三圈，终于把门找到了。

他们进了庭院。卡尔果塔老太太站在台阶上，对这几个过路人是如何找到她的大门的，感到惊讶。

寡妇的儿子走近老太太卡尔果塔跟前，说：

"你好，女主人！"

"你好，寡妇的儿子！你来我这里干什么呀？"

"我来是为巴斯塔亚涅茨国王，给你的小女儿说媒的。"

"瞧你说的，如果不是开玩笑的话，你就说媒好了。不过，在你给小女儿说媒之前，先喝些我酒窖里的啤酒吧。你要是全都喝完，我就将小女儿嫁给巴斯塔亚涅茨国王；可如果你喝不完，我就把你的脑袋揪下来。"

"我愿意喝完，"寡妇的儿子回答，"我走了很远的路，现在特别想喝点什么。并且，我朋友们的嗓子也渴冒烟了。"

老太太吩咐仆人，将寡妇的儿子以及他的同伴们带到酒窖。仆人将他们带到那里后，就把门锁上了。

寡妇的儿子和同伴们一杯一杯地喝，而饮水王则整桶整桶的喝。他喝完一桶，就用拳头敲敲桶——那桶就散成为木板。他把所有桶的酒全喝光了，还大声叫喊：

"卡尔果塔老太太，再上些啤酒！"

卡尔果塔老太太打开酒窖一看——所有的大桶都碎了，而啤酒却全喝光了！

"我再没有啤酒了。"她说，"但有馅饼。如果你们把馅饼吃光了，你们就能为我女儿说媒了。"

媒人们高兴起来：

"给我们上馅饼吧，老太太！我们路上都饿过劲儿了，真想好好吃上一顿。"

老太太吩咐仆人打开另一个装馅饼的地窖，将媒人们放了进去，而地窖里的馅饼足有一座山那么高！

当其他人吃完一张馅饼的时候，大肚汉却将全地窖的馅饼都吃个精光，又吃了一面墙，而且还可嗓子喊：

"卡尔果塔老太太啊，赶快再上些馅饼！"

老太太大发脾气：她与女儿们烙了三年的馅饼，可那些媒人用一个小时的时间就吃光了。这时，她吩咐仆人将一个铁浴房烧热，仆人们把铁浴房的墙都烧得通红的了。老太太对媒人们说道：

"在我的小浴房洗洗澡吧，睡上一夜，然后，我们谈谈有关的事情。"

"好吧，老太太，我们一直在赶路，弄得灰头土脸的，浴房对我们可不是坏事。"

老太太亲自带媒人们进了浴房，只有寡妇的儿子走近了门槛，可不怕冷的人一把抓住他的肩膀，将他安排在自己的身后。他第一个进了浴房，戴上了手闷子，挥了一两下手，瞬间散发出一股冷气。其他媒人也跟着不怕冷的人进了浴房，而老太太则用钥匙将门反锁上了……

于是，不怕冷的人就使劲地在浴房来回走动着，用手闷子挥舞着：

"喂，怎么样，不太冷吧？可以不用盖东西睡觉了吧？"

"浴房就需要这样，"伙伴们说，"不冷不热的，正合适。"

他们洗了一会儿，就躺下睡了。

次日一早，卡尔果塔老太太派自己的仆人们来到浴房：

"你们去一趟，把那些烤熟的媒人喂狗吧！"

仆人们将浴房打开，从里面出来的是六个棒小伙，都像橡树一样强壮。

老太太惊呆了：拿这些媒人再也无计可施了！于是，她对寡妇的儿子说道：

"假如你能认出我的小女儿，那你就为巴斯塔亚涅茨国王说媒吧。可要认不出来，我就把你的脑袋插在那个空木桩子上。"

寡妇的儿子犯愁了："究竟怎样才能将这个小女儿认出来呢？"

"我能把她认出来。"海上飞人说："她们到海里洗澡的时候，我不止一次见过她们。"

"好吧，"寡妇的儿子对老太太说，"去领你的女儿们吧。"

很快，卡尔果塔老太太就把十二个女儿领来了——所有的人都是一样的长相，一样的头发，一样的说话声音，肩并着肩——简直就像一个人！她本人走在前面，而将女儿们安排在后面。

寡妇的儿子绕老太太的女儿们走了三次，可哪一个是小女儿，还是没有认出来——十二个女儿一模一样！

这时候，海上飞人眨眨眼，暗示哪个是小女儿。寡妇的儿子带着她，把她领到了卡尔果塔老太太面前。

"这就是你的小女儿！"

老太太气得浑身发抖，可毫无办法：计谋没有帮上她的忙！可他们刚一走近老太太——她的小女儿便跳到了空中，坐在云端微笑着。

这时，大胡子向上扬起右边的胡子，一把抓住她，将她从云端抱了下来。

老太太的女儿发现：跟这些说媒者开玩笑，是不会有好结果的，便乖乖地下来了。

媒人们往家走了。

一路上，每个人只要走到与寡妇的儿子相遇的地方，便留在了那里。海上飞人干自己的事儿去了，大胡子、饮水王、大肚汉和不怕冷的人也干自己的事儿去了……而寡妇的儿子与老太太的女儿就去见巴斯塔亚涅茨国王了。

国王在这段时间里，骑在寡妇儿子的马上，弄了一个装树脂的圆坑，并从底下将其加热，这样，树脂就沸腾起来。而在上面，他又铺放了一层薄薄的芦苇。

寡妇的儿子走近他：

"你瞧，"他说，"国王，这就是给你的，卡尔果塔老太太的小女儿。我好不容易才把媒说成啊！现在，你把我的马还给我吧。"

国王窃笑了一下，指了指芦苇说：

"你从这个小桥走过去，我就把马还你。"

寡妇的儿子看了看那薄薄的芦苇，心里感到一阵害怕。可老太太的小女儿推推他说："别害怕！"

这时，谁都没发现，她往芦苇下面塞了一根坚固的钢条。

"上桥吧。"她对寡妇的儿子说。

他就沿着芦苇走了。过桥之后，他对巴斯塔亚涅茨说道：

"你看，国王，我都为你效劳两次了。哪怕你为我效劳一次也好啊。你就过这个你自己铺设的小桥吧。"

"这算得了什么！"老太太的女儿劝说国王："过吧，不然的话，你就不能成为我的丈夫！"国王想想，既然寡妇的儿子都过去了，那他也没什么可害怕的。

不过，他刚一迈上芦苇，老太太的女儿就"哧"的一声，从芦苇下面将钢条抽出来了……芦苇折裂了，国王就掉进了滚热的树脂里，而且永远留在了那里。

"你瞧,"寡妇的儿子说道,"谚语说得好:不要给别人设陷阱,当心自己掉进去。"

他娶了卡尔果塔老太太的小女儿为妻,并在那个王国过上了幸福生活。

滚豌豆

从前,有一对老夫妻。他们有两个儿子和一个女儿巴拉莎。儿子们长得很帅——身材高大、匀称;而小女儿则美若天仙。

儿子们种地打粮,料理农活儿,就这么维持生活。

有一次,他们提前把一些农活儿都忙完了:把地里的庄稼收割完,全都运了回来,并全部脱粒完毕。

父亲看了看没有装满的粮囤,突然说道:

"我可爱的孩子们呐,今年夏季的粮食收成不太景气。你们是不是去别人家打打短工?有备无患嘛!"

哥几个想了一下——也是,这话不假,还怕钱多咬手吗?如果自己的钱不够,春天还可以用这些钱买些面包。不过,可到哪儿去打短工呢?周围住的都是一些穷人。

"你们到茂密的树林去吧,"父亲建议,"或许,那里有人雇用你们。"

哥几个每人带了一袋吃的东西,说道:

"如果一星期后我们没有回来,那就让巴拉莎给我们送些新鲜面包来吧。"

"可我怎么知道,把面包往哪儿送呢?"巴拉莎问道。

"这样吧,我们随身带一捆稻草。我们会在路上扔一根稻草

——这个标记就会把你带到我们这儿的。"

"要是这样的话，那找到你们就不用费劲儿了。"妹妹同意了。

兄弟们收拾好就上路了。

他们边走边往身后扔一根稻草。

他们经过了一片田地，进入了穿行艰难的密林。而在那座密林里，住着可怕的长有铁舌的斯莫克。他看见兄弟们在身后留下的标记，便将稻草扔到另一条小路上。而这条小路直接通向骨制的宫殿……

一个星期过去了。哥几个没有回来。父亲高兴地说：

"看来，他们在那里找到了合适的工作。女儿，你把新鲜面包给他们送去吧。"

巴拉莎带着面包以及就着面包吃的一些东西，便上路了。她走着，一直注意看着路上的稻草。突然，她看见自己面前是一座宫殿——宫殿由人的骨头建成，房顶蒙着人的颅骨。

姑娘吓坏了："我这是到了什么地方啊？"

就在这时，主人自己走出宫殿——他的样子太丑陋了，简直吓死个人！

"啊哈，"他冷笑一声，"你可落到我的手中了！我早就对你着迷了，打算将你抓到我的宫殿里。现在，你是自己来了。好吧，忘掉你的父母，到我这儿来吧。你将作为一个佣人住在我的宫殿里。可如果你不愿意——我就把你的头骨抛到房盖上去！"

巴拉莎流下了伤心的泪水，可有什么办法啊……这个可恶的斯莫克是不会发善心的。

就在那个时候，巴拉莎的哥哥们还真的在一户有钱人家找到了一份不错的工作。他们给人家干活吃的是自己带的东西。他们干了一个星期的活儿，后来发现，随身带的食物，已经吃光了。他们便等自己的妹妹巴拉莎，然而却没有等来。

哥几个回到家里问：

"爸爸，你怎么没叫人给我们送吃的啊？"

"怎么没派人送呢？"父亲感到奇怪："要知道，我已经让巴拉莎给你们送去面包，还有就面包吃的东西……"

"没有，"兄弟们说，"我们见都没见到她。"

父母害怕了，忧愁地说："是不是走丢了啊？"

"我这就去找她。"大哥说。

"你去吧，孩子。"父母同意了。

他收拾一下就走了。他路过茂密的树林时，发现那些稻草将他带去的完全是另一个方向——来到了骨头宫殿。

巴拉莎从窗户看到他，迎着向他跑去。

"哎呀，哥哥，我的亲人！"妹妹哭着说道："我现在太不幸了，成了倒霉的奴隶……"

于是，她给哥哥讲述了，她是如何落到那个可恶的斯莫克设计的奴隶境地的。

"别哭了，妹妹，"哥哥安慰她，"我一定将你救出来！"

"不行，哥哥，你是不知道你在与什么人打交道。"

"还是让我们想一想，怎样骗过你的主人，怎样使你从这儿回到父母的身边吧。"

妹妹说：

"你在这儿等着，我去问问主人，他是否放你进到他的宫里。那时，我们或许会想出什么主意来。"

她去找斯莫克了。

"主人，"她说，"假如我的哥哥到这儿来看我，你会怎么做呢？"

"像招待客人一样啊。"斯莫克狡黠地笑了。

巴拉莎相信了他的话，便将哥哥带进了宫里。

斯莫克安排哥哥坐下，并对巴拉莎说：

"给我们拿些铁豆来。"

巴拉莎拿来了一锅铁豆。

"亲爱的客人，让我们中午小吃点儿东西吧。"斯莫克说道。同时，从锅里抓了一大把铁豆。

客人拿了一粒铁豆，在嘴里含了一会儿，又吐了出来。

斯莫克轻蔑地撇了撇嘴。

"看来，你这个客人，饿的不厉害吧？"

"谢谢你，"客人说，"我还的确不想吃……"

"那就让我们看看我的财宝吧。"

他们一一看过了所有的房间和仓库——斯莫克的财宝不计其数——金子呀，银子呀，还有各种珍贵的毛皮大衣。

斯莫克又将客人带到了马厩，那儿有十二匹马驹儿，每匹马驹儿都用十二条铁链子锁在许多铁柱子上。

"怎么样，客人，咱们俩谁更富有，是你呀还是我？"主人炫耀道。

"我哪儿能和你比啊，"客人说，"我连你的百分之一都没有！"

"现在我再给你看一样东西。"

斯莫克把他领到一个木墩子前，这个木墩子有八点五米粗，二十五米长。

"看到这个木墩子吗？"

"看到了。"客人回答。

"是这样的：如果你不用斧头就能将它砍断，不用火就能将它烧尽，那么，你就可以活着回家了。不然，你就必须死在这里！"

客人说道：

"你就是就地打死我，我也做不了这些事情。"

"你不能？"斯莫克喊了起来，"那你干吗还要来我这儿做客？

亏你想得出来，要跟我这个森林之王本人交朋友！"

斯莫克杀死了客人，挖出他的眼睛，并把尸体挂在马厩的横梁上。

一天过去了，又一天过去了，大哥还是没有回家。

于是，小儿子对父母说：

"我要去寻找妹妹。"

父母舍不得放他走不熟悉的路，他们身边只剩下他最后一个人了。父母一直在努力说服他。

"不，"小儿子说，"我一定要去。"

他收拾一下就走了。

不用说，他的遭遇也和大哥一样。

巴拉莎得知这一情况，边号啕大哭边说：

"唉，主人哪！你为什么要使我的两个亲哥哥从这个世上消失呢？现在，我只剩下老人——父亲和母亲了。既然这样，你把我同我的哥哥们一起，也顺便吊在马厩里算了……"

"不，"斯莫克冷笑一声，"我不会杀你的。可如果我将你的父母抓住，那就会马上杀死他们，免得你再想念他们了。"

父母身边没有孩子，日子过得十分艰难。

他们坐在那里，发起愁来：谁在晚年时照顾他们呢，谁为他们送终呢……

有一天，老妈妈去打水。她一看——路上有一粒豌豆在滚，她捡起豌豆，便吃了下去。

不久，他们就有了一个男孩儿。长得那个帅啊——健壮，淡褐色的鬈发。父母给他起了个名字叫滚豌豆。

男孩子不是天天在长，而是时时在长。父母那个高兴劲儿啊，欣赏个没够儿，因为他们在老年时有靠了。只是有一件事糟糕：只要他稍稍碰一下一起玩耍的孩子，那个孩子就像稻捆似的倒在了地上。每天都有邻居们向老两口告状，据他们说，滚豌豆欺负他们的孩子。

他就是这么长大的。

有一次，滚豌豆问母亲：

"为什么你们就生我一个呢？为什么我没有哥哥和姐姐呢？"

母亲用围巾角一边擦着眼泪，一边说道：

"孩子啊，你既有哥哥也有姐姐的……"

"那他们在哪里呀？如果他们死了，我就无能为力了。可如果他们失去了自由，那我就要去解救他们。"

母亲讲述了她所知道的有关自己孩子们的凄惨遭遇。

第二天，滚豌豆到街上去玩，在那儿捡到了一根用过的钉子。他把钉子带回家，说道：

"爸爸，你带这根钉子去铁匠那儿，跟他说，让他用这根钉子给我锻造一柄二百公斤的圆锤。"

父亲对他一句话都没说，而是暗自在心里想："我这是生了一个什么样的孩子啊，跟别人家的都不一样。他这么小的年纪，已经在笑话父亲了。谁曾见过，用一根钉子锻造出一柄二百公斤重的圆锤啊？"

父亲将这根钉子扔到了搁板上，而自己去铁匠那里，为他定制了一柄二百公斤重的圆锤。

晚上，他将圆锤运回到家。滚豌豆拿起圆锤，到了园田地里，抡起圆锤，将它抛向了空中。而他自己则回到家里，躺下睡大觉了。

次日早晨，滚豌豆起床后，用右耳紧贴在地上，他听见：大地在呼呼作响！

"爸爸！"儿子喊道："你来听听，那柄圆锤从天上飞回来啦！"

他把一条膝盖跪下来，这时圆锤击中了膝盖，圆锤竟裂成了两半。滚豌豆看了看圆锤说：

"爸爸，你给我做的圆锤，用的不是我给你的那根钉子。你去跟铁匠说，让他用那根钉子做！"

父亲挠了挠后脑勺，又去找铁匠了，这次他已经带了那根钉子。

铁匠深感惊讶，怎么可以用一根钉子，锻造出二百公斤重的圆锤呢？不过，还是开始动工了。他将钉子扔进火里，而那根钉子就一个劲儿地膨胀，像酵母发的似的，长啊，长啊，长个不停。

铁匠用那根钉子打造了一柄二百公斤重的圆锤，可还剩下了那么多的铁……

父亲将圆锤运回了家，儿子看了看，问道：

"那个铁匠是用什么打造这柄圆锤的？也许，用的还不是那根钉子吧？"

"不，"父亲说，"一切都是按你要求的那样。"

滚豌豆将圆锤搭在肩上，告别了父母，动身走遍各地，寻找自己的两个哥哥和姐姐了。

他大大小小的路走过多少啊，最后，总算到了斯莫克的宫殿。姐姐巴拉莎在庭院里迎接了他。

"你是什么人？"她问："为什么到这儿啊？这儿可住着最最可怕的斯莫克啊……"

滚豌豆告诉她，他是谁以及要去哪里。

"不对，"巴拉莎说，"你说的不是真的：我曾有两个哥哥，不过，可恶的斯莫克将他们杀了，吊在了马厩的横梁上。而你呢，绝不是我的弟弟。"

因此，她就没有相信他说的话。

"那就请允许我在你们这里住一宿吧！"滚豌豆请求道。

这样，巴拉莎便去找斯莫克了。

"你干吗这么发愁啊？"斯莫克问她。

"是这么回事，来了一个小伙子，他说是我的弟弟。他路上累了，要求在这里过夜。"

斯莫克拿起自己的魔法书，翻开看了看，便说：

"是啊，你还有一个弟弟……但不是这个人……这个人骗你。你叫他到这儿来，我亲自跟他谈谈。"

滚豌豆进来后，对斯莫克说：

"你好，主人！"

"你好，客人！"

斯莫克将招待客人吃的东西——铁豆端了上来。

"你坐吧。"他向滚豌豆指了指一把铁椅子。

这时，滚豌豆刚一坐下，铁椅子就散架了。

"哎呀呀，主人哪，"滚豌豆感到惊讶，"你的铁椅子可都不牢固啊！难道就没有一些好材料，把椅子做得更结实的？"

斯莫克这一惊非同小可，他拿来一把更结实的椅子。

滚豌豆在桌旁坐了下来。斯莫克塞给他一口装满铁豆的大锅。

"你吃啊。"

"是啊，我走了那么远的路，也真的饿了。"滚豌豆说。

于是，他便开始吃了起来。斯莫克往自己嘴里扔了一把豆子，而滚豌豆则扔了两把。他狼吞虎咽地吃个不停。

他们将整整一大锅铁豆吃个底儿朝上。

"喂，怎么样，吃饱了吗？"斯莫克问。

"还不算太饱，只能说是点补点补。"

斯莫克发现：在饭量方面，他对付不了这个小伙子！

"这样，现在去看看我的财宝吧。"斯莫克说。

斯莫克给滚豌豆展示了所有的财宝。

"谁的财宝更多，"斯莫克冷笑一声，"是你的呢还是我的呢？"

"我并不富有，"滚豌豆说，"可你也完全没有必要炫富！"

斯莫克大为生气。

"你敢耻笑我！走，我再给你看一件东西。"

他带滚豌豆又来到那个木桩子旁边，就是先前他带滚豌豆两个哥哥去过的那个木桩子。

"如果你不用斧头就能砍断它，不用火就能将它烧尽，那么，你就可以活着回家了。否则——你就待在你哥哥们呆的那个地方吧。"

"哼，我们等着瞧！不要用乌鸦来吓唬雄鹰！"

他用小手指轻轻一碰那个木桩，木桩一下子变成了四散飞落的许多碎片。他呼出一口气，碎片就荡然无存了。

斯莫克一看，这次的客人可非同一般，小觑不得。

"现在咱们去比试一下，"斯莫克说，"看看谁的力气更大。"

"为什么马上就比呢？让咱们掰掰腕子：我握住你的手，而你握住我的手。"

"哈，就你这么一个乳臭未干的小孩儿伢子，怎么能跟我掰腕子啊？"斯莫克激动起来。

"没关系，开始吧！"

斯莫克当真动怒了：

"好，开始吧！"

他们互相抓得紧紧的，滚豌豆的手只是变蓝，而斯莫克的手已经发黑了。

"不，"斯莫克说，"我不同意这样比试。我们最好换种方式。"

他呼出一口气——就形成了一股铜流；滚豌豆呼出一口气——就形成了一股银流。

他们开始对打起来。斯莫克呼出一口气，就把滚豌豆顺着踝骨赶进了银流。滚豌豆用圆锤敲击一下斯莫克，斯莫克就顺着膝盖进了铜流。斯莫克第二次呼出一口气，就把滚豌豆顺着膝盖赶进了银流。而滚豌豆用圆锤再敲一下斯莫克，斯莫克就顺着胸部到了铜流。

斯莫克央求起来：

"等一下，客人，让我们喘口气吧。"

"可我一点儿都不累啊，"滚豌豆冷笑道，"我走了那么远的路都觉得没什么。而你，整天像个老爷似的，在家闲躺着。"

斯莫克想了一下，连连摇头，说道：

"看来，小伙子，你会杀了我的。"

"我就是为此而来的！"

"哪怕你留我半条命啊，"斯莫克大声嚎叫，"你把我的财宝统统拿走吧，只是不要杀死我。"

"不，你这个魔鬼，够了！你将我称为乳臭未干的小儿，你没力气了，现在就来求我，你休想得到我的宽恕！"

滚豌豆冲出了银流，开始用圆锤击打斯莫克，他打啊，打啊，将他赶进铜流，到了耳朵边。

这时，斯莫克的末日到了。

滚豌豆稍微歇息了一会儿，然后去了斯莫克的马厩。他将一匹马驹儿放到田地里，从马驹儿身上取下一张皮，像个口袋一样，自己爬进了这个口袋。他坐在那里等着。这时，飞来一只大乌鸦和鸦仔，它们开始啄那张皮。而滚豌豆抓住了那只鸦仔的腿。

大乌鸦发现了，便用人的声音说道：

"谁在那？"

"我是滚豌豆。"

"把我的孩子还我！"

"你给我弄来能使身体各部位完整的圣水和起死回生的神水——我就还你。"

"好吧,"大乌鸦答应了,"我一定会弄到的。"

它拿了两个水壶,飞往很远很远的一个王国。从那个王国的一座山下,凿了一眼泉水,含有能使身体各部位完整的圣水;而从另一座山下凿的泉水,含有能使人起死回生的神水。大乌鸦装满了两种水,就飞了回来。

"给你圣水和神水,"它对滚豆说,"不过,要把我的孩子还我。"

这时,滚豌豆一下子将鸦仔撕成了两半。

"哎哟!"老乌鸦说道,"你这是怎么搞的?"

"没什么,"滚豌豆说,"我这是要试试你弄来的圣水和神水好不好使。"

他用圣水往鸦仔身上稍微洒了些圣水——鸦仔变完整了;他又往鸦仔身上稍微洒了些神水——鸦仔又复活了。

"喏,你都看见了,"滚豌豆高兴起来,"现在我知道,这都是些什么水了。"

他感激了大乌鸦,自己则去了马厩,哥哥们都是死在那里的。他给他们洒了些神水——哥哥们就活过来了;他给他们洒了些圣水——眼睛又恢复了视力。

"咳,"哥哥们说,"我们怎么睡了这么长的时间啊!"

"要不是我的话,你们就永远长眠于地下了。"

哥哥们擦了擦眼睛,仔细端详着说话的人。

"你是什么人?"他们问滚豌豆。

"你们的弟弟。"

"不,"二哥开始争辩:"我们再没有弟弟了,你在骗我们。"

而大哥说:

"就这样吧:不管你是谁,既然将我们从危难之中解救了出来,你就是我们的兄弟。"

哥哥们拥抱了滚豌豆,对他表示了感谢。然后,他们烧了斯

莫克的骨头宫殿，带上巴拉莎一起回到了家。

于是，举行了盛大的宴会，我也到场了。喝的是蜜酒啊，都顺着胡子往下淌啊，故事到此也就讲完了。

伊万·乌特列尼克

从前，有一对夫妻。他们好长时间没有孩子，可后来，到了老年，却一下子生了三个儿子：一个是晚上生的，另一个是半夜生的，而第三个是一大早生的。正因如此，管他们都叫伊万：老大叫伊万·维切尔尼克，老二叫伊万·巴鲁诺奇尼克，而老三呢，就叫伊万·乌特列尼克。

哥仨是看着树林长大的，因此长得强壮、挺拔、匀称，仅仅性格不同：维切尔尼克嫉妒心强，巴鲁诺奇尼克凶狠，而乌特列尼克既不凶狠，也不嫉妒人，而是最勇敢，也最善良。

那时候，在一个王国里，国王发生了不幸的事情：他的三个女儿失踪了。到处都找遍了，可谁都没有办法将她们找到。

于是，国王到处张榜宣布：谁要找到他的三个女儿——他就将半个王国连同他喜欢的女儿送给这个人。

哥仨也得知了这一消息，他们请求父亲，准许他们去寻找国王的女儿。

"你们去好了，"父亲说道，"如果有这个愿望，就去找找看吧。"

哥仨去铁匠那里，每人定做了一个圆锤：维切尔尼克订了100公斤的圆锤，巴鲁诺奇尼克订了150公斤的圆锤，而乌特列尼克则订了将近200公斤的圆锤。两个哥哥取笑他：

"你干吗要这多余的重量呢?"

"没关系,"弟弟说,"有备无患嘛。"

他们收拾好便出发了。说走就走——他们进入了难以通过的密林。哥几个开始为自己开路:维切尔尼克挥动一下圆锤——山杨倒下一大片;巴鲁诺奇尼克挥动一下圆锤——枞树倒下一大片;而乌特列尼克挥动一下圆锤——一大片橡树连根倒了下来。

他们继续赶路,来到了林中空地。他们看见空地上有一座大房子,四周用石墙围了起来。他们来到石墙旁边,而石墙里的两扇铁门上了锁。

兄弟们敲敲门,却无人开门。

"看来,只好用圆锤砸开了。"老大说。

他用力挥了一下圆锤,只听轰隆一声——只不过圆锤弯了,而大门动都没动。

"让我来吧。"老二说。

他用自己的圆锤砸了一下——铁门向里凹陷了进去。

"喏,现在该我试试了。"老三说。

他挥动圆锤用力砸去,铁门分成两扇,散落下来。

两个哥哥只能咬咬嘴唇,而小弟弟笑了:

"我不是说过,有备无患嘛!"

他们进了院子,一个人都没有。可周围的家当却像一位老爷拥有的那样:粮食满仓,牲畜满圈——都是奶牛和犍牛。

维切尔尼克看得眼都红了。

"要是这样的话,"他说,"我们干脆在这里当主人好了。现在,我们要这些公主有什么用?"

于是,他们走进房间过夜了。第二天一早,他们讲好了,一个人留下来做饭,而其他两个人去打猎。

第一天,老大留下来了。他杀了一头犍牛,将肉切成小块,放入锅里,煮了起来。煮好之后,就躺下休息了,等着自己的两个弟弟。

突然，有人在咚咚地敲门。

"开门！"那人喊道。

维切尔尼克从窗户往外看了一眼，看见门旁站着一位白发苍苍的老爷爷：他本人有指甲那么大小，连毛胡子到胳膊肘，两眼有如苹果那么大，在有力地端门，铁丝鞭子抽得嘎嘎作响。

"你是什么人？"维切尔尼克问。

"这幢房子的主人。假如你不开门的话，我将破门而入！"

维切尔尼克吓坏了，便将门打开了。

"现在，你把我背过门槛！"老爷爷吩咐道。

维切尔尼克背着老人过了门槛。

"把我放到长凳上！"

维切尔尼克把他放到了长凳上。

"把有牛肉的锅递到我这儿！"

这一次，维切尔尼克拒绝了。

"不行！"他说，"我在等弟弟们吃午饭呢。"

老人家气势汹汹地将铁丝鞭子抽得嘎嘎作响。

"怎么会这样——'不行'呢？你们住在我的家里，使用我的东西，可给我些吃的都舍不得！"

"算了，"维切尔尼克心想，"让他喝些汤吧，他才能喝多少。"

他将锅放到老人家跟前，而他可倒好，向牛肉奔了过去——不仅吃光了牛肉，还把汤喝个精光。他吃饱喝足了，又将维切尔尼克好一顿端，用铁丝鞭子抽，将他打个半死，而他自己却消失得无影无踪。

维切尔尼克清醒来后，勉勉强强地爬到床上躺下，好不容易地喘着气。

两个弟弟打猎回来了。

"让我们吃午饭吧。"他们说道。

"什么都没有了……"维切尔尼克呻吟道。

"那你怎么不多煮些呀?"

维切尔尼克羞于承认,他让一个老头儿痛打了一顿,因此他说:

"我好像有些不舒服……"

没办法,两个弟弟只好自己动手做午饭:他们宰了一头牛,把肉切成小块,过了一会儿煮好了。他们自己吃饱了,又给哥哥吃了个饱。

第二天,待在家中的是巴鲁诺奇尼克。他做好了该做的一切,便躺下歇息了。突然,有人在敲门。

"谁啊?"巴鲁诺奇尼克问。

"主人。"

他打开门一看,一位白发苍苍的老人家,慢腾腾地拖着步子走来:他本人有指甲那么大小,连毛胡子到胳膊肘,两眼有如苹果那么大,在用力地踹门,铁丝鞭子抽得嘎嘎作响。

"把我背过门槛去!"老人家喊道。

巴鲁诺奇尼克被那个眼球突出的老者吓坏了,就将他背过了门槛。

"现在呢,把我放到长凳上!"

他也照办了,将老者放到了长凳上。

"给我弄些什么吃的和喝的!"

"算啦,"巴努诺奇尼克心想,"让他喝点儿汤吧,他才能喝多少。"

他将锅放到了老人家面前,可老人家将汤全喝光了,还把巴鲁诺奇尼克打个半死,扔到了长凳下面。

兄弟们打猎回来,又是没啥吃的。而巴鲁诺奇尼克还在呻吟:

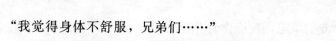

"我觉得身体不舒服，兄弟们……"

维切尔尼克没有吭声，而乌特列尼克则说：

"你们得的究竟是什么病呢？如果你们都生病了，我们在这里就都得饿死了。"

第三天，留在家里的是小弟弟伊万·乌特列尼克。他做了一切该做的，就躺下歇息了，等哥哥们打猎回来。

突然，有人敲门：

"开门！"

乌特列尼克不想起来。

"门没有锁。"他说："你自己开吧！"

老人家只得自己开了门。乌特列尼克一见到他，忍不住扑哧一笑：

"哎呀，你竟是这个样子啊！"他说："我生在这个世界上，可像你这样的老人家还从未见过哩！"

老者大怒，朝乌特列尼克扑去，施以拳脚！

"嘿，你怎么这样？"乌特列尼克说道："你算碰对人了！"

他抡起圆锤，将老头儿好一阵痛打，并把鞭子夺了过来，将他拖到了树林，劈裂一棵树墩子，将胡子塞入缝里，将一个楔子楔入，然后，便往回走。

哥哥们打猎回来了。

"喂，怎么样，饭做好了吗？"

"做好了。"乌特列尼克回答。

他把锅端上了桌子，两个哥哥吃饱了，问道：

"说不定，有个眼球突出的老人来过你这儿吧？"

"来过。"

"那后来呢？"

"没什么。我把他的胡子楔入了树桩里，免得他再来这里。"

"这绝不可能！"两个哥哥感到吃惊。

"我们走吧，我给你们看看。"

他们向树桩走去，而那里只有一堆连毛胡子露了出来。

"这个眼球突出的家伙，竟挣脱开逃走了！"乌特列尼克说道："要将他找到。不然，他又该总纠缠咱们了。"

这样，他们就去找了。他们走啊，走啊，走到一块大石头前面。石头移动了，下面有个洞，洞太深了，见不到底。

"得从那里把他诱骗出来，然后将他打死，"老大说，"不然，我们在这幢房子里是没法住下去了。"

"这倒是真的。"老二表示同意，回忆起那个老头儿一脚脚踹自己的情景。

哥几个用狼皮做了一条长长的皮带，将一个篮子拴在皮带上面，开始商量，他们之中的谁应当下到洞里。

老大说：

"我有点不舒服，爬不了。"

老二也拒绝了。

"那好吧，既然你们都病成这个样子，那我去爬。"小弟弟说："你们把我放下去，可要注意：我一拽皮带——你们就往回拉。"

两个哥哥将他放了下去，这样，伊万·乌特列尼克就身处地下了。

"到哪儿找这个鬼东西呢？"他想。他向四周打量了一眼，看见附近有一座铜宫，一个姑娘痛苦而伤心地坐在那儿，流着眼泪。伊万开始可怜起那个姑娘。

"小妹妹，你哭什么呀？"他问。

"我怎么能不哭呢？我原是国王的女儿，可现在却成了凶恶的瘦老头儿的奴隶……"

伊万·乌特列尼克开始安慰公主：

"你稍微忍耐一下，我一定把你救出来！"

"唉，"公主叹了口气，"谁都救不了我——任何勇士都战胜不了凶恶的瘦老头儿。你赶紧逃吧，小伙子，或许，他很快就会回来了。"

"不将凶恶的瘦老头儿从这个世上铲除，我决不离开！他现在在哪儿？"

"谁知道呢：也许在银宫，也许在金宫，也许围绕地球的什么地方飞着玩呢。"

"那你的两个妹妹在什么地方？"

"二妹不远，在银宫；而小妹稍远些，在金宫。"

伊万去了二妹住的银宫，可那儿也没有瘦老头儿：只有公主独自坐在那儿，泪如泉涌。他跟公主谈了一会儿，尽其所能地对她进行了安慰。之后，便去小妹住的金宫了。他环视了一下这个宫殿，一个人都没有。突然他发现，在一个明亮的小房间，坐着一位梳有两条浅褐色辫子的姑娘。伊万看着她都看入迷了。

"你是什么人啊，美丽的姑娘？"他问。

"以前，我曾是国王的女儿，可现在竟成了可恶的瘦老头儿的奴隶。你是什么人啊？"

"我是农民的儿子伊万·乌特列尼克。"

"可为什么你来这儿呀，农民的儿子伊万·乌特列尼克？"

"我是来杀瘦老头儿，救你出去，摆脱奴隶地位的。"

公主沉重地叹了一口气。

"哎呀，好心的年轻人，谁也杀不了那个瘦老头儿，要知道，他是永生的。如果你能找到他的死穴，那么，他本人就活不了啦。"

"可他的死穴在哪儿呢？"

"我听说，"公主说道，"在海底有个箱子，箱子里有只兔子，兔子里有只鸭子，而鸭子里有个蛋。这就是他的死穴。"

"亲爱的，谢谢你。"伊万说道。"你在这里等着我，我这就去寻找瘦老头儿的死穴。"

他在宫里为自己挑选了瘦老头儿的一只最好的箭之后，就走了。他走啊，走啊，突然特别想吃东西。他向天上看了一眼，一只老鹰在飞。"我要杀死这只鹰，"他心想，"既然找不到更好的了。"他正在朝鹰瞄准时，那只鹰却用人的声音对他说：

"别杀我，伊万·乌特列尼克，在倒霉时，我对你会有用的。"

伊万放下箭，就继续走了。可他真的想吃点东西，头简直晕晕乎乎的。"嗯，"他想，"不管现在遇到什么，我都要杀死它。"他这么想的时候，看见了一只狼在跑。伊万拉开了箭，而狼却说话了：

"别杀我，伊万·乌特列尼克，在倒霉时，我对你还会有用的。"

伊万又继续往前走了。他来到海岸，看见躺着一只巨虾——身子的一半在岸上，另一半在海里。伊万想："原来，一顿美餐在这儿等着呢。"他刚向虾弯下腰来，想把虾螯摘下来，那只虾却说起话来：

"别碰我，伊万·乌特列尼克，你瞧，我正在受着折磨：一半在岸上，而另一半却在水里漂着。你最好拿一个木桩将我推到海里。为了报答你，你想怎么做都行。"

伊万听了它的话，找来一个木桩，将虾推下了海。

虾喝了一口水，很是高兴，它对伊万说：

"而现在，善良的小伙子，告诉我，你想要什么，我都会给你实现的。"

伊万说道：

"海里有个箱子，箱子里有只兔子，兔子里有只鸭子，而鸭子里有个蛋：这就是凶恶的瘦老头儿的死穴。我就需要这个死穴。"

"你在这里等着，我这就给你弄到这个箱子。"虾说完，便一个猛子扎到海底。

虾在海底找到了那个箱子，将它抛到了岸上。

伊万取过箱子，将锁砸坏。他刚一揭开盖，便从里面跳出一只兔子，沿着海岸飞奔而去。

伊万这才抱着脑袋，醒过味来：

"我这是干了什么傻事啊？现在，那只狼在这儿该有多好！"

他这句话刚说出口，瞧吧——便有一只狼跑了过来。狼抓住兔子，将它撕成了碎块，这时，从兔子肚里跳出一只鸭子，飞到了海面上。

伊万又发起愁来：

"现在有只鹰该多好，它会把这只鸭子抓住的。"

还未等他把话说完呢，突然，海面上飞来一只鹰。鹰捉住鸭子，将它带到了岸上，并把它撕成了碎块。从鸭子身上掉下一个蛋。伊万拿起那个蛋，将它放到口袋里，便掉头往回走去。

他来到金宫，看见一个他熟悉的白发苍苍的老头儿坐在那儿——他本人有指甲那么小，两眼有如苹果那么大，却没有了连毛胡子。他一看见伊万，便气得浑身发抖：

"哈，你这个人我可等了好久了！因为你，我直到现在也没有长胡子！喏，现在你算逃不了我的手心了！尽管你的力气很大，可这个世上还没有比我更强的！"

眼球突出的瘦老头儿抓起磨盘，扑向伊万。而伊万用蛋叭的一声甩中了他的脑门儿！瘦老头儿的磨盘从手中掉了，他的身体倒了下去，可恶的灵魂也出窍而去……

伊万将这个瘦老头儿一把火烧了，而骨灰则随风飘散……

"谢谢你，"他对她说，"你帮助我将这个恶魔从世上清除掉了。为此，我要带你去见你的父母。"

公主拥抱了伊万，并吻了吻他：

"而为此我要嫁给你，只嫁给你！"

"喏，当心，你说话可要算数啊！"

他们收拾一下就出发了。离开不远时，伊万回头看了看宫殿：

"唉，可惜扔了那么多金子，我们家里还能用得上的。"

这时，公主掏出一个小手帕，给了他。

"你将这个手帕从左向右挥动三次。"

伊万挥动了手帕，一瞬间，整个金宫都裹在金蛋里了。伊万大为惊讶，而公主则说：

"如果你再想拥有这个宫殿，那你就把这个手帕从右向左挥动三次……"

伊万将小手帕和金蛋放进衣袋里，他们便朝银宫走去，他们带上二公主与自己一起走了。伊万将她的银宫放在了衣袋里。他们又来到铜宫——带走了大公主，伊万也把她的铜宫装进了自己的衣袋里。"有备无患啊。"他想。

他们来到伊万以前曾下到瘦老头儿王国那个洞前。他把大公主安排到系着皮带的篮子里坐好，这时，篮子向上面升起来了。

"我的哥哥们真是好样的，"伊万高兴地想，"他们还在这里等我呢！"

就这样，他们用同样的方法，把那两位公主也拉了上来。该轮到伊万·乌特列尼克了。可是，嫉妒心强的维切尔尼克却对二弟说：

"我们干吗要把伊万·乌特列尼克拉上来？国王怎么会知道，是他将他的三个女儿解救出来，还要给他半个王国，将最漂亮的女儿给他做妻子的？那样，我们将会得到什么呢？我们最好就这么说，是我把他的三个女儿救出来的，而你也帮了忙。喏，就这么办吧，咱哥俩共同分享好了。"

他们达成了一致，便将小弟弟扔在了地下。

伊万·乌特列尼克等那篮子再放下来，可等啊，等啊，还是没有等来。"这算你的哪门子亲哥哥啊！"伊万心想："他们是叛徒，根本不是你的哥哥！"

他很伤心，便沿着地下王宫走去。他走啊，走啊，可突然起了猛烈的暴风雨，简直把人刮得站不住脚。他躲在浓密的橡树下面。他站在那里，突然，听见橡树上面鸟巢里的几只雏鸟，在吱吱地叫——雨加冰雹会将它们打死的！

伊万可怜那些雏鸟。他爬上橡树，用自己的长袍盖住它们。只是当他准备从树上爬下来的时候，听见上面有什么东西刷刷作响。那风呼啸着，甚至几公里以外都能听得到。

蔚蓝色鸟纳尔依向鸟巢飞来，它发现，伊万挡住它的巢穴免遭冰雹的袭击，便对他说：

"善良的人啊，我不知如何感谢你才好，因为是你把我的孩子从死亡中救了出来。"

伊万说："将我送到我们的国土上吧。"

"我很愿意送你。不过，你给我弄来一桶牛肉和一桶矿泉水来。你知道，我在路上要经常吃点东西，点补点补。因为你的体重也不轻啊！"

"可我到哪儿弄这些东西呢？"

"你去一条火焰河。那儿住着一位双目失明的老人。他有很多牛。"

伊万朝双目失明的老人那里走去。老人说：

"小伙子，我会给你一桶肉和一桶矿泉水，不过，你要为我放一夏天的牛。不然，我是个盲人，我很难追得上那些牛。"

伊万答应下来，留在他那儿当一名牧人。

"你可以到处放牧，"老人说，"只是你别将牛赶到老巫婆的牧场上，否则她会杀死你的……有一次，我把牛赶到她的牧场上，而她却挖去了我的双眼，致使我三十年来，看不见这个世界了。"

"没关系，"伊万说，"我怎么也对付得了这个老巫婆的。"

他给自己搓了一根铁丝鞭子，拿了圆锤，便赶着老人的牛，去那老巫婆的牧场了。

他刚刚将牛赶到牧场，就看见老巫婆步态轻盈地驰来，用磨盘追赶，用扫帚清除脚印。

"谁允许你在我的牧场放牛？"老巫婆喊道："我现在就把你的眼珠子挖出来，那时，你就再也不会见到我的牧场和这个世界了！"

女巫挥舞着铁磨盘向伊万扑来，而伊万突然用铁鞭子抽她，还用圆锤揍她——结果，女巫自己的双眼爬到了额头上。伊万将女巫打啊，打啊，直到她开始求饶为止。

"快把老人的眼睛还给他，"伊万对她说道，"那时我就放你。"

"只要你把我放了，我一定还。我的房子里有两个小玻璃瓶：一个是盛使身体各个部分愈合的神水，一个是盛起死回生的神水。你将它们拿去，涂到老人的眼睛上——他就能恢复视力了。"

"不，"伊万说，"我不能相信你，你会骗我的，我们一起去好了。"

他们带着两个小瓶，就找老人去了。伊万给老人擦了使身体各部分愈合的神水——结果，老人的新眼睛长出来了；他又用起死回生的神水一擦——眼睛能看见东西了。

老人高兴极了，不知如何感谢伊万才好。

"哪怕你把我的牛赶走一半呢，"她说，"去你要去的地方吧。因为现在，我自己可以放牧了。"

"可如果女巫又来挖你的眼睛呢？"

老人害怕了：

"她也许又来挖我的眼睛：她是一个可恶的巫婆啊！她就是

瘦老头儿本人的老婆啊！”

“啊，是这么回事啊！”伊万说道：“那我怎么对付瘦老头儿的，也就怎么对付她。”

他将老巫婆打死后，一把火烧了，并把灰烬撒向空中。然后，宰了两头牛，把一个桶装满了肉，而把另一个桶装满了矿泉水，便去找纳尕依鸟了。

“把装肉的桶绑在我的右翼上，”鸟说，“把装水的桶绑在我的左翼上，而你自己则骑在我的背上。但你要当心：当我将头向右转时——你给我扔一块肉；而当我将头向左转时——你就给我一勺水。”

伊万照鸟说的做了，他骑上鸟背后，就飞了。

纳尕依鸟载着伊万，顺着漆黑的洞向上疾飞，而他刚刚来得及喂它新鲜的牛肉，给它喝矿泉水。

他不断地将肉给它扔啊，扔啊，最后将所有的肉都扔光了。那鸟还是将头向右转，可伊万只能以水代肉了。“不行，”那鸟摇动着头，“我不想喝水，给我点儿肉吧！”

伊万看到——纳尕依鸟在呼哧呼哧喘气，可离上面已经不远，甚至天就要亮了。

“怎么办？”伊万在想，他拿出一把刀子，从自己的右腿上割下一块肉，扔给了纳尕依鸟。那鸟吞了下去，只是惊讶地望了望伊万。然后，它又将头转向左边，喝了些矿泉水。

那鸟飞了一会儿，又开始喘了起来。这时，伊万当机立断，从左腿上割下一块肉。那鸟喝完水，又开始向上飞去。

“我们总算勉勉强强地飞到了。”纳尕依鸟说道：“现在，你到地面上来吧。”

“我不能。”伊万说。

“为什么？”

“你看，我的两腿都成什么样子了……”

纳尕依鸟看了看伊万，的确，伊万的两腿已是伤痕累累
了……

"我看见了，"它说，"最后那几块肉味道不对。喏，好了，
现在我已经不需要这样的肉了。"

纳尕依鸟咳嗽一声——吐出了一块肉，再咳嗽一声——又吐
出了一块肉。伊万拿它们放在原来的地方，稍微洒点使身体各部
分愈合的神水——它们就长在一起了；稍微洒点起死回生的神水
——它又跟原来一样了。

他感谢了善良的纳尕依鸟，便上路了。他来到国王住的京
城，请求在一位老奶奶家过夜。

次日早晨，伊万请老奶奶去京城打听，在那儿听说什么新闻
没有。老奶奶到了京城，在那里全都打听好了，回来对伊万说：

"京城里有一些好消息：据说，国王的几个女儿找到了。现
在，乐师们在每条街道演奏，艺人们在愉快地歌唱。"

"是谁找到国王的女儿们的呢？"伊万问。

"是勇士伊万·维切尔尼克。国王要把半个王国给他，还要
把小女儿给他做妻子。三天以后将举行婚礼。"

伊万·乌特列尼克闷闷不乐起来：他们离开后，公主把他忘
了吧？

第二天，他又让老奶奶进城打听消息。她回来后，告诉
他说：

"小伙子，我又听到一些新消息：婚礼在找到一个人后才能
举行，那个人会做公主在瘦老头儿王国时穿的尖头高跟女皮靴。
这是公主本人的要求。"

"怎么啦，小伙子，你想出什么主意没有？我可到哪儿给你
做那样的女皮靴啊！"

"你呢，老奶奶，只管去订就行，我自己一定做得出来。"

老奶奶去找国王了：

"我保证能给公主缝制出这样的皮靴。"她说。

"好吧,"国王答应了,"如果你能缝制出来,而且,女儿喜欢你做的皮靴,我就会赏你很多的钱。"

国王给了她一百卢布定金并说,要用三天的时间将皮靴做好。

老奶奶给伊万带回来定做的活和定金。

"不过,你要注意,别骗我!"

"我不会骗你的,老奶奶,别担心。"

第一天过去了,鞋匠根本没想干活。第二天也什么没做。老奶奶急得差点哭起来。

"你倒是怎么想的啊,小伙子?你怎么不做皮靴呢?我跟国王怎么交代啊?"

"你别在我跟前转来转去的着急啦,老奶奶。明天,太阳还未升起,皮靴就会做好的——你起床送去就行了!"

傍晚,伊万到了野外,他将金蛋放在地上,用小手帕从右向左挥动了三次,于是,一座金宫出现在他的面前。他在那里找到了公主的皮靴。然后,他又用小手帕从左向右挥动了三次,重新将宫殿卷到了金蛋里。

伊万带回了皮靴,将它们放到了桌子上。

次日早晨,老奶奶醒来发现,桌上放着一双做好的金皮靴。她拿起皮靴就去见国王了。公主认出了自己的皮靴,高兴极了。

"这是谁做的啊?"她问老人家:"这绝不是你做的!"

老人家吓坏了,说道:

"那是一个年轻的鞋匠做的。"

"我很想见见这个鞋匠!"公主表达了自己的愿望。

当然,这对国王是轻而易举的事:他派了一辆豪华马车,将鞋匠带进了宫里。

公主一见到伊万·乌特列尼克,马上朝他扑了过去。

"这就是把我和我的姐姐解救出来的人!"她说:"我就要嫁给他。"

国王当时就通知伊万,要将半个王国的财产给他,并下令举办婚礼。

伊万邀请了所有人参加自己的婚礼——自己的父母、亲戚、老奶奶,只是没有邀请自己的哥哥⋯⋯

我也参加了婚礼,喝了蜂蜜酿制的酒,酒只是顺着胡子流了下来,却没有流进嘴里。人家给了我一件蓝长衫。我高高兴兴地跑回了家。一个傻瓜高声喊道:"蓝长衫! 蓝长衫!"我觉得他是在喊:"把长衫脱下来! 把长衫脱下来!"我一下子就把蓝长衫脱了下来。我跑回家,还是穿上了我的白长衫。直到今天我还穿着呢。

无名儿子特廖姆

从前,有老两口,他们生了个儿子。老人家去找神父,求他给儿子举行洗礼。可那神父连开口讲话都不想,因为老人家没有钱。既然连钱都没有,那还有什么可谈的!

就这样,老人家的儿子一直没个名字。

孩子长大了,他到外面闲逛,跟孩子们一块玩儿,可他们不知该如何称呼他。后来,他们自己给他编出一个名字:别兹米扬内依①。人家的名字都像个名字样儿,可老人家的儿子却叫别兹

---

① 别兹米扬内依是俄文 Безымянный 的音译,意为"无名的"。

米扬内依!

有一天,他从外面回家问母亲:

"为什么大家都有名字,而我却没有呢?"

母亲给他讲了没有名字的原因。

"如果这样的话,"儿子说,"那我就不要生活在自己的村子里了,我要到外面闯世界,寻找幸福去。"

母亲满眼是泪的说:

"啊,孩子啊,你是我的小鹰,你可为了谁要抛弃我们呀?"

"我一找到幸福,就会回到你们的身边。"儿子说。

父母收拾了家中仅有的供他路上用的东西,他就凑合着上路了。

他走啊,走啊,来到一座茂密难走的大森林。他在林子里走了一整天,傍晚时发现,有个小农舍。他顺便走了进去,里面住着三个老大爷。孩子向老人家鞠躬请安:

"好心人啊,请允许我在你们这里过夜吧。"

老人们看了看他,问道:

"小伙子,你这是从哪儿来呀?是什么样的不幸把你带到这儿来的?"他对他们讲了自己的情况。老人们听完之后,摇了摇头,说道:

"要是这样的话,你就在我们这儿住下吧。你将有个名字:特廖姆儿子,这就是说,你是我们三个人的儿子。"

孩子同意了,便在老人家那里住下了。老人们供他吃喝,教他各种手艺和技能。

一晃,孩子在这里生活了约十年的时间。他已长成了大人,他想出去闯闯世界,因为在树林里待久了,也没多大意思啊。于是,他对老人们说:

"我的养父们,放我出去闯闯世界吧。"

"好的,去吧。"养父们说。

他们送给他一匹浅黄马，说道：

"你骑上这匹马，在林子里走上三天三夜，到第四天时，你会靠近一座大山跟前。那座山上住这一种神鸟。你骑上马第一次追上了——但你抓不住它；第二次你追上了——可也抓不住它；而第三次你纵马一跳——就会抓住它的尾巴并拔下一根羽毛。你把羽毛放入兜里，将马放进禁牧区绿油油的嫩草地上，自己去京城晋见国王。这个国王的所有马身上都有疮痂，任凭什么医生都除不掉这些疮痂。这时你呢，便自告奋勇把国王的这些马治好：共用两次——日落后和日出前——用神鸟的羽毛清刷这些马，然后，这些马就会变得特别好看，令人赏心悦目。如果你一旦发生了什么不幸的事情，你就到空地上，喊来自己那匹浅黄马，它眨眼之间就会向你跑来，忠诚地为你效劳。"

特廖姆儿子感谢了三位养父，便骑着浅黄马闯世界去了。他走了三天三夜，到第四天来到了一座陡峭的高山前。他往上一看，山顶上飞着一只神鸟，全身闪闪发光，光芒四射，就像太阳一样，让你的眼睛不敢睁开。特廖姆儿子第一次策马追去，却没有抓住；他第二次又追了上去，可还没能抓住；第三次他追了上去，总算揪下了那神鸟的一根羽毛。他将浅黄马放进禁牧草场的绿油油嫩草地上，自己将神鸟的羽毛揣进兜里，便去找国王了。

有人禀报国王，说是找到了一个人，他保证能将国王所有马的病治愈。

国王命人召见。

"特廖姆，你说的话是真的吗？不是骗我吧？"国王问道。

"当真。"特廖姆答道。

"那你去马厩吧，治好了——我会奖赏你；可要治不好——你就别指望我会厚待你了。"

特廖姆往马厩去了。那里的马不计其数，被折磨得苦不堪言，看着都揪心。

特廖姆等到晚上，将其他饲马员送出马厩后，便开始工作了。他用神鸟羽毛刷了一匹，接着又是一匹——刷完了一半的马。到了早晨，太阳升起之前，又把这些马刷了一遍。

次日早晨，饲马员来到马厩时发现，半数的马简直太漂亮啦！这些疮疤一个都不见了！

饲马员跑去禀报国王：

"陛下，现在，你那些马简直都认不出来了！"

国王在宝座上坐不住了，亲自去看那些马。一点不错：那些治愈的马，全身闪闪发光！

他把特廖姆叫到跟前：

"我拿什么奖赏你呀？"

特廖姆回答说：

"我什么都不需要，留下我当饲马员吧，我一定治好你所有的马。"

国王没有反对：

"好吧。你在我这里不仅当饲马员，而且还要当所有饲马员的头儿。"

就这样，饲马员们嫉妒了：他们在马厩里干了二三十年，而这个家伙一来就当了管他们的头儿。他们开始相互商量：得想个什么办法，才能让这个新来的头儿从世上消失呢？于是，他们决定偷看，他是用什么给马治病的。日落前，特廖姆将饲马员送出了马厩，可他们却在门旁留了下来，透过缝隙偷偷地窥探。

特廖姆从兜里取出神鸟的羽毛，突然，整个马厩一片光亮，如同着火了一样……

饲马员们等到早晨，跑去禀报国王：

"陛下，据说他是如此这般……"他们禀报说，"特廖姆不是靠自己的力量给马治病的。他从兜里掏出不知是一根什么羽毛，我们正想着的时候，整个马厩突然发出一片亮光。"

国王叫来特廖姆，问道：

"你是用什么治疗我的马的？"

特廖姆觉得没必要隐瞒，便说：

"我有神鸟的羽毛，我就是用它治的。"

"好吧，"国王说，"既然你是这么治的，那还这么治吧。只要治好就行。不过，你可要当心，别把我的马厩点着了。"

饲马员们又想出一个弄死特廖姆的花招。

"让我们这样去对国王说，"一个饲马员说道，"我们这个新来的头儿酒后夸口说，他能为你弄到神鸟。"

他们说做就做。

"啊哈，"国王想，"谁都没有这种鸟，我一旦有了，所有的国王都会羡慕我的！"

于是，他将特廖姆叫来：

"你说要为我弄到神鸟，这是真的吗？"

特廖姆莫名其妙地耸了耸肩：

"不是，我弄不到。"

"怎么会这样——你弄不到？"国王大为恼火："昨天晚上你喝酒时还夸口说，你能弄到！你小心点，如果你弄不到的话，我的剑就会砍下你的脑袋！"

特廖姆伤心地来到空地上，朝自己的浅黄马喊道：

"我善良的马呀，我可爱的马！不论你在什么地方，都要到我这儿来一趟。"

转眼之间，他的浅黄马向他跑来：

"主人，你为什么叫我呀？"

"我摊上倒霉事儿了，"特廖姆回答道，"你给我出出主意，看该怎么办。国王交给我一项任务，我不知道该怎么完成。要知道，他想让我给他弄到神鸟。"

马儿说道：

"别难过，主人：这事儿不大。你告诉国王，让他给你准备三杯甜得醉人的饮料供路上用，以及国王给自己加冕时铺餐桌的台布。再让人用最好的马套的马车。当这一切准备妥当的时候，你坐上马车向那座高山驶去。那儿长有一棵高大的橡树，神鸟就在那棵树上过夜。你到了之后，在橡树下面铺好国王的台布，上面摆放甜得醉人的饮料。而你自己藏起来，躺好。神鸟刚一睡醒，立刻飞到地上。它见到饮料，便开始喝起来。喝醉之后，便会仰面栽倒。这时，你要毫不迟疑将它用台布裹上，直接拖到马车里，从那个地方迅速离开。神鸟会变成一条蛇，然后变成一只青蛙，再后来变成一只蜥蜴，不过，你无论如何不能撒手。"

浅黄马告诉他怎么做以及做些什么，而它自己则驰往禁牧区，吃那绿油油的嫩草去了。

特廖姆来到国王面前，说他路上需要什么。而饮料嘛，不成问题，国王有的是。他将甜饮料掺进了醉人的伏特加酒，将最好的马套上一辆马车。就这样，特廖姆出发了。傍晚时分，他走近一棵橡树，铺好台布，上面放了三杯果酒，他本人则藏到了树丛中。

一切如浅黄马所说，果真就那样发生了。

特廖姆将喝醉了的神鸟用台布裹好，坐上马车，飞快地跑了起来。

路上，神鸟清醒过来，它变成了一条蛇，接着是一只青蛙，再后来是一只蜥蜴，但没关系，最后，它又变成了一只神鸟。

特廖姆把这只神鸟带回了王宫。他把台布打开，整座王宫就像太阳一样，熠熠生辉。

"嘿，了不起！"国王说，一边搓着双手："你太让我满意了，特廖姆！为你做的这一切，我可该怎么谢你啊？"

"我什么都不需要，国王，"特廖姆回答："还是派我去马厩吧。"

"好，那你就去马厩。"

饲马员们又打起了歪主意，想如何将特廖姆干掉。他们想啊，想啊，还是什么都没想出来。就在这时，突然，一件意外发生的事情帮了他们的忙。这个王国发生了日食，整整三天没有太阳。那些饲马员跑到国王面前，说道：

"陛下，特廖姆昨天喝醉后，对我们夸口说……嗯，他是这么说的：瞧，国王和他的哲人贤士都琢磨不透，为什么会出现日食，可我能。"

于是，国王把特廖姆叫来：

"你昨天在马厩喝醉了，说了些什么啊？"

"什么都没说呀。"特廖姆回答："再说，我也没喝醉，这都是他们那些无耻之徒，无中生有，凭空捏造的！"

国王大发雷霆：

"可你说过，你能弄明白，为什么我的王国三天三夜没有太阳照耀？"

"我怎么能弄明白呢？我怎么，是太阳的好朋友，还是怎么的？"

"哼！你竟敢取笑我！"国王喊了起来："你小心点，如果你搞不清楚，那么，我的剑就会砍下你的脑袋！"

特廖姆满脸愁容的来到空地上，他对自己的浅黄马吹了一声口哨：

"我善良的马呀，我可爱的马！不论你在什么地方，都要到我这儿来一趟！"

转眼之间，他的浅黄马跑来，马蹄击打着地面：

"怎么，又遇到倒霉的事儿了吗？"马儿问。

"是倒霉啊，我亲爱的马，太倒霉了……"

听他讲完，马儿说道：

"别难过，主人：这事儿不大。你告诉国王，让他给你用金线、银线和丝线三种线，搓成一个线团。你带上这个线团，将它放到你的前面，不管它往哪儿滚，你就跟上它。那个线团会直接滚到太阳的母亲那里。在那儿你就会弄明白，为什么有三天的日食了。"

国王没考虑多久，就给他用三种线搓成的一个线团，恰如特廖姆对他说的一样。

特廖姆出了京城，便将线团放在自己的前面。线团滚到了一座树林。特廖姆发现，路旁有一只水獭在和大乌鸦打斗，打得不可开交，连血都流出来了。大乌鸦用喙啄水獭，而水獭用牙咬大乌鸦。这时，它们也发现了特廖姆。

"特廖姆，你这是去哪里呀?"它们问。

"去太阳的母亲那里。"

"干吗呀?"

"弄清楚为什么我们国家连续三天有日食这种现象。"

"特廖姆，在那儿也记着关于我们的事儿：我们得打到什么时候啊?我们现在打个半死，甚至不知道为了什么。"

"好，我记着了。"

线团又向前滚去，滚到了大海边。一只鲸鱼躺在海面上，由于人们乘车往来经过它身边的缘故，都压出车辙来了。

"你好哇，鲸鱼!"特廖姆同它打个招呼。

"你好，特廖姆!你这是去哪儿呀?"

"去找太阳的母亲。"

"干吗呀?"

"弄清楚为什么我们国家连续三天有日食。"

"特廖姆，请你在那里也记着我的事儿：为什么到现在我还躺在一个地方?我甚至不能将身子翻到另一侧去。"

"行，我记着了。"

线团又向前面滚去，偶然来到一座橡树林。橡树林里有间农

舍，全都被烧光，成了焦炭……

线团径直滚向农舍，特廖姆跟在它后面走着。一位头发灰白、上了年纪的老奶奶在门口迎接他。她就是太阳的母亲。

"特廖姆，"老奶奶问他，"你到这儿来是出于好心呢，还是迫不得已呀？"

特廖姆给老奶奶深深鞠了一躬：

"是身不由己啊，老奶奶，我的国王让我弄清楚，为什么我们的国家三天出现日食。可我要弄不明白，国王的剑——那时，我就要掉脑袋了！"

老奶奶同小伙子攀谈起来。他还告诉她，路上遇见了什么，讲了水獭和大乌鸦打斗的事情，讲了鲸鱼的事情。

"好吧，"老奶奶说，"我来帮你。当我儿子回来时，我把这些事情详细地问他，你可要留心啊。"

老奶奶拿了一张狼皮，把特廖姆裹在里面，装进了一个大箱子里，而她自己则在箱子上，给儿子铺好了被褥。

天色开始暗了下来。突然间，太阳本人滚进了农舍。

"晚上好，妈妈！"儿子打了招呼。

"晚上好，儿子。你在哪儿走来走去的，一直在什么地方闲逛啊？我一个人在家，你不在，怪寂寞的。"

"咳，妈妈，别提了！我一大堆操心的事儿。"

母亲给他端来了晚饭：一铁罐土豆和一盆酸奶。儿子吃饱了，便躺在箱子上睡下了。

母亲稍躺了一会儿，然后，仿佛半睡不醒似的，突然站了起来。

儿子问道：

"妈妈，你这是怎么啦，怎么吓成这样？"

"哎呀，儿子啊，我做了一个梦，好像在某个王国里没有了阳光。为什么会这样啊？"

儿子说道：

"是的，确实如此。原因是这样的：在海洋里住着美人儿纳斯达希亚，我想烧干海洋，娶她为妻。我将它烧了三天，可还是没有办法烧干。这就是我的不幸啊！"

母亲躺了一会儿，可突然又站了起来。

儿子问道：

"妈妈，你这是怎么啦，怎么吓成这样？"

"咳，儿子啊，我做了一个梦，好像海面上有一条鲸鱼。人们坐着马车去看它，甚至把路都压出车辙来了。而鲸鱼，这个可怜的家伙，只能躺在那里，动不了地方。它感到十分痛苦。儿子啊，怎么会是这样？"

"之所以这样，"儿子回答道，"它把船连人都吞了下去。它吐出他们，那时就能翻到另一侧了。"

母亲躺了一会儿，又突然站了起来。

"妈妈，你今天怎么总是害怕呀？"

"哎呀，儿子啊，我在梦中看见一只水獭和大乌鸦打斗。甚至血都流出来了。这是为的什么呀？"

"那是因为，"儿子说，"水獭把大乌鸦认做了干亲家，大乌鸦带着水獭的儿子去起教名，却把孩子给丢了，于是，水獭便开始打大乌鸦。后来，它们就忘记为什么打斗了。而水獭的孩子生活在有三棵柳树的湖边。就算大乌鸦找到水獭的儿子并交还给它，而这时，它们还会打斗起来。"

他们就这么聊了一会儿，然后都睡着了。

清晨，当太阳走出家门时，特廖姆起了床，对善良的老奶奶感谢了一番，便回家去了。他顺路找了鲸鱼、水獭和大乌鸦，给它们讲了从太阳那里听到的话。鲸鱼把带人的船吐了出来，立刻很轻松地翻到了另一侧。大乌鸦找到了它弄丢的水獭的孩子，因此，它们就不再打斗了。

特廖姆来到国王那里。

"怎么样，特廖姆，弄明白了太阳为什么三天没有照耀我们吗？"

"搞明白了，"特廖姆回答，"在海洋里住着美人儿纳斯达希亚，这样一来，太阳就想烧干海洋，娶她为妻。可他烧了三天也未能烧干。正是因为这个原因，那段时间太阳才没有照耀我们。"

国王大喜，终于得知了日食的原因。他说：

"为了你办的这件事，我该怎么奖赏你呢，特廖姆？"

"国王，我什么都不需要，我只想留在自己的岗位上。"

"那好，你留下吧。"

特廖姆回到马厩，因为那些饲马员对自己的污蔑，他把他们大骂了一通。饲马员们气得发抖，他们聚在一起，又开始想，怎样才能摆脱特廖姆。

有个人说：

"弟兄们，咱们去见国王，对他说，特廖姆夸下海口，好像是说，他能从海洋底下搞到美人儿纳斯达希亚……"

他们去国王那里，便如此这般地说了。

国王将特廖姆叫来，问道：

"特廖姆，昨天晚上你喝醉后，都说什么了？"

"我什么都没说，"特廖姆答道，"再说，我也没喝醉啊。"

"撒谎！你曾对饲马员说，你能从海洋底下搞到美人儿纳斯达希亚，给我带来。"

特廖姆开始辩解：

"这怎么可能啊？太阳自己都不能将海洋烧干，我怎么能做到呢？"

"你能做到！"国王喊了起来："当心，你要是搞不到，我的剑就会砍掉你的脑袋！"

特廖姆满脸愁容，从王宫直接来到空地上，他吹了一声口

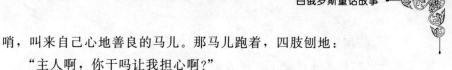

哨，叫来自己心地善良的马儿。那马儿跑着，四肢刨地：

"主人啊，你干吗让我担心啊？"

"我可爱的马儿呀，倒霉的事儿又让我摊上了！可恶的国王命我从海洋底下给他搞到美人儿纳斯达希亚。你给我出出主意，怎么才能办到啊？"

"主人，这事儿不大。你告诉国王，让他为你缝制一个丝帐篷并收集有各种各样的有诱惑力的商品：花花绿绿的头巾呀，大大小小的绦带呀……你带上这些东西去海洋的岸边。你一到，就把帐篷支起来，把里面的诱人商品摆放出来。美人儿纳斯达希亚将乘坐小船顺海而来，她第一次过去——什么话都不说；而她返回的时候——就会问你：'商人先生，你经营什么商品啊？'你就对她说：'如果您愿意的话，美人儿纳斯达希亚，请您将船划到岸边来，我把商品一一给您做介绍。'她会划过来，而这时，你一把抓住她的辫子，安排她坐上马车，将她带到王宫。那么，现在再见啦，特廖姆。"马儿说道："如果还有什么需要，就叫我好了。"

像心地善良的马儿说的一样，发生的一切都应验了。

特廖姆将美人儿纳斯达希亚带进王宫，国王一见就喜欢上了她。

"喂，特廖姆，"国王说道，"你想要什么奖赏，现在就求我吧。"

"国王，我什么都不需要，我还去马厩干活儿。"

说完，他就去了马厩。

国王深深地爱上了美人儿纳斯达希亚。他年迈的妻子已经过世，所以非常想娶一个年轻的妻子。美人儿纳斯达希亚对他说：

"假如我知道，我有幸嫁给国王本人，那我就会从海洋底下，把自己的全部美色带来了。而我现在身上展现的美色，还不到一半呢！"

国王十分激动，将特廖姆叫来，说道：

"你去海洋底下，将美人儿纳斯达希亚的全部美色搞来！"

特廖姆紧皱眉头：

"国王啊，你这是异想天开啊！难道美色是可以搞到的吗？"

国王气得双脚直跺，用自己的手杖敲着地面：

"住口！吩咐什么，你就去做好了。不然，我的剑就砍下你的脑袋！"

特廖姆来到城郊的空地上，他吹了一声口哨，叫来自己的浅黄马：

"我善良的马呀，我可爱的马！不论你在什么地方，都要到我这儿来一趟！"

浅黄马向他跑来：

"主人啊，你为什么事叫我啊？"

"国王又不让我安宁了，"特廖姆说，"他想让我搞到美人儿纳斯达希亚的全部美色。可在什么地方才能搞到啊？"

浅黄马回答说：

"你去海洋吧，在那儿你会见到一条鲸鱼，你对他说，让它把一个金色的首饰匣子从海洋底下扔出来。那个首饰匣子里有只鸭子，而鸭子身上有个金蛋，这就是她全部的美色。"

"呸，去它的吧！"特廖姆皱了皱眉朝大海动身了。

他走的时间是短还是长啊，没人说得清楚。最后，他来到了鲸鱼身旁，它正躺在另一侧，已经不觉得痛苦了。

"你好啊，鲸鱼！"特廖姆鞠躬致意。

"你好，特廖姆！"鲸鱼回答："你这是在哪儿闲逛，在寻找什么呀？"

"是这样的，"特廖姆说，"我找你求助来了。你从海洋底下把美人儿纳斯达希亚的金首饰匣子扔给我吧。"

"这可以啊，只不过，兄弟，你得站在七俄里之外，如果我

一个猛子扎到海底，会掀起巨浪的。"

特廖姆走到了远离海岸七俄里之外，鲸鱼一个猛子扎到海底，海水一下子淹没了整个海岸。

鲸鱼在海底游了很久，终于从那儿带回了一个金首饰匣子，将它递给了特廖姆。

特廖姆感谢了鲸鱼的帮忙，打开了匣子，而鸭子却"扑"的一声，向海上飞去……

特廖姆懊丧得差点哭了起来。"这时，如果那只大乌鸦在这儿就好了，它在困境中一定会帮我的!"特廖姆心想。

他刚这么想的时候，便看见一只大乌鸦在飞。那只大乌鸦追上了鸭子，在海上将它捉住，撕成了碎片。从鸭子身上掉下一个金蛋，落到了海底。

特廖姆又发愁了。这时他想，"要是那只水獭在这儿就好了，在困境中它会帮我一把的!"

他刚这么想的时候，突然，那只水獭站在了他的面前。

"你想让我做什么，特廖姆?"

"请你从海洋底下把金蛋给我取上来。"

水獭扑向海洋底处，特廖姆等了它整整三天。

第四天，水獭游出海面，将金蛋直接交到了特廖姆手中。

特廖姆拿了金蛋，感谢了好心的水獭，便往回返。

美人儿纳斯达希亚打碎了金蛋，她立时变得美貌绝伦，比先前还要漂亮两倍!

国王抚摸着大胡子，笑了起来。

"来吧，"他说，"现在咱们举行婚礼吧!"

"不，"美人儿纳斯达希亚回答道:"我与你还不般配。"

"那是为什么?"国王急了。

"我身上还没有快乐。"

"喂，把特廖姆叫到这儿来!"国王吩咐道。

特廖姆来到王宫。美人儿纳斯达希亚对他说：

"既然你能搞到我和我的美色，英俊的年轻人，那你还要搞到我的快乐。"

"我可在哪儿才能搞到啊？"特廖姆问。

"你随身带上所有的饲马员，到海外的密林深处，在那儿你会看见一个农舍，那里住着我的哥哥沃尔克·沃尔克维奇。他会给你做一把能自动弹奏的古斯里琴：那就是我的快乐。你还要带上我的手帕：假如你特别想睡，就用它擦擦自己的眼睛……"

特廖姆带上所有的饲马员，就上路了。

他们走的时间可不短啊，最后，傍晚时分，他们来到了密林深处，沃尔克·沃尔克维奇就住在那里。

"特廖姆，你干吗来我这儿呀？"

"你发发善心，给我做一把能自动弹奏的古斯里琴吧。"

"可有人用松明给我照亮吗？你瞧，天已经黑了，没有亮儿我是做不了的。"

"有。"

特廖姆派了一个饲马员去照亮，可那人打起盹儿来。沃尔克·沃尔克维奇就把他吞掉了。他舔了一下嘴唇，请派第二个干活儿的，特廖姆给他派去了。那个人照着，照着，也打起盹来。沃尔克把他也吞了。他又请派第三个。而第三个也被他给吞了。这样，所有的饲养员都轮到了。

"那么，现在，"他对特廖姆说，"就得你来照明了。"

特廖姆开始照亮了。照着，照着，他觉得特别困，也想睡觉，这可是要倒霉的。他掏出纳斯达希亚给的手帕，开始擦起眼睛。沃尔克·沃尔克维奇看到手帕后，说道：

"哎呀呀，特廖姆，为什么你不早些说呢？这是我亲妹妹美人儿纳斯达希亚的手帕啊！这样，为了她，我不会吝惜已经做好的能自动弹奏的古斯里琴的！"

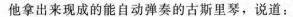

他拿出来现成的能自动弹奏的古斯里琴，说道：

"拿去，带给我妹妹吧。"

特廖姆拿起古斯里琴，感谢了沃尔克·沃尔克维奇，便往回赶了。

他一边走，一边小声地弹着古斯里琴。路上他遇见一个手持大棒的强盗。强盗听到了自动弹奏的古斯里琴的演奏，停下来，起劲儿地跳起舞来。他自己跳，大棒也随着跳，他们怎么都无法停下来。

"把它让给我吧，"强盗请求特廖姆，"我太喜欢这把古斯里琴了！"

"那你拿什么交换呢？"

"我会把大棒给你。"

"我要它干什么？"

"我这根大棒有它的妙用：它能打败随便什么军队。哪管你组织上二十个兵团的队伍，可我的大棒也照样能把他们彻底打败。"

特廖姆将古斯里琴让给了强盗，而自己拿走了大棒。他走了不一会儿，便想起了古斯里琴。

"哎呀，我这是干的什么傻事呀！"他说："我现在怎么对美人儿纳斯达希亚说啊？喂，大棒，快跑，从强盗手里夺回我的古斯里琴！"

大棒三跳两跳就追上了强盗，将他狠狠打了一顿。

"还给我！"它大喊一声，"把古斯里琴还给特廖姆，不然，我打死你！"

强盗扔下古斯里琴，就匆匆逃走了。大棒抓起古斯里琴，将它交给了特廖姆。

特廖姆继续往前走，自己弹着古斯里琴。他弹着，而大棒跟着跳舞。

他迎面遇到一位巫师，他听到乐曲，也随着跳起舞来。

他跳呀，跳呀，连汗都顺着胡子淌下来了。

"将这把古斯里琴让给我吧。"巫师央求特廖姆。

"可你用什么交换呢？"

巫师从口袋里取出一个金匣子。

"这样，我把这个金匣子给你。"

"可我要它有什么用啊？"

巫师将金匣子打开，而军队从里面蜂拥而出！排成了无数的军团。特廖姆甚感惊讶，这个金匣子太神奇了！

这时，巫师向军队喊道：

"各就各位，齐步走！"

于是，军队又向金匣子走去。

特廖姆答应了，便把古斯里琴让给了巫师，自己拿了具有神奇魔力的匣子。他带着大棒和小匣子走了，大概走了不多一会儿，特廖姆又一次想起了古斯里琴：

"看，现在我军队也有了，可谁来做统帅呢？喂，大棒，快跑，把我们的古斯里琴夺回来！"

大棒三跳两跳就追上了巫师，从他手中夺回了古斯里琴。他们弹着乐曲走了，迎面骑马走来一个富商，他听到音乐便使劲儿跳起舞来。他跳，马车夫跳，几匹马也跟着跳。跳啊，跳啊，富商累了，他脱下了靴子和衬衫，将它们扔到了一边，可还是一直跳个没完。

"哎，小伙子，把你的古斯里琴让给我吧！"

"可你拿什么交换呢？"

商人在马车内翻了一会儿，取出一块台布：

"我把这块台布给你！"

"为什么把它给我呀？"

"什么为什么？只要你随便在什么地方将它铺好，说一声：

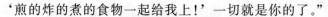

'煎的炸的煮的食物一起给我上！'一切就是你的了。"

这时，特廖姆早就想吃东西了。

"好吧，"他说，"让我们看看，它用什么来招待我们。"

富商在路中间铺上台布，说了需要的东西，转瞬之间，那些食品和饮料都出现了，再好的也没必要了。特廖姆饱餐一顿，便用古斯里琴换了台布。

他又继续走了。突然，他又想起了古斯里琴。

"喂，"他说，"不管怎么说，还是和古斯里琴一块儿走路更快乐些！"

大棒三步两步追到富商跟前，开始揍他：

"把古斯里琴还给我们！"

富商扔下古斯里琴，自己抢过马车夫的鞭子，拼命地赶马——还是快跑，早点离开这是非之地吧！

特廖姆又往前走了。他发现，在一位老爷的大院里，一些木匠正在盖房子。特廖姆弹起了古斯里琴。突然间，木匠们扔下斧子，开始跳舞了。他们跳啊，笑啊，他们感到无比快乐。他们跳够了，这时，其中有一个木匠对特廖姆说：

"小伙子，你让我们玩得十分开心！不然，我们就会一辈子给老爷干活，总也感不到快乐。拿着，这是我们给你的礼物。"

这样，木匠给了特廖姆一把斧子。

"干吗给我呀？"特廖姆问。

"这把斧子可不一般，"木匠回答，"只要你给它下一道命令，不管什么样的宫殿，它都能在一夜之间为你建造出来。老弟，我们将这把斧子藏起来，不让老爷看见。不然，一旦他知道了，就会抢走。所以，最好还是让一位好人拿去用吧。"

特廖姆感谢了木匠的礼物，便前往京城了。他走近一条河边，在河的另一边，王宫已经清晰可见。特廖姆在岸边停了下来，吩咐斧子在一夜之间建起一座比王宫还要好的宫殿，自己却去睡大觉了。天刚蒙蒙亮，他发现，有一座宫殿比国王的可要漂亮多了。他打开金匣子，士兵们蜂拥而出，站在宫殿两旁，等待命令。与此同时，特廖姆铺上了台布，他自己吃饱了，喝足了，也让士兵们美餐了一顿。随后，他弹起了古斯里琴，军队在音乐的伴奏下，"一二！一二！"地齐步前进。

国王醒了，往窗外一看——天哪！在河的对岸有一座新建的宫殿，比他的还更漂亮，还有军队，在乐曲的伴奏声中，迈着整齐的步伐行进……这一切是从哪儿来的呀？

他将美人儿纳斯达希亚叫来：

"你瞧，我的心肝，我们的王国里这是怎么了……"

她看了一下，说道：

"这是特廖姆的杰作。"

国王派仆人到了河那边：

"把特廖姆给我叫来！"

仆人乘着独木舟过了河，传达了国王的命令。特廖姆说：

"你们国王是个没什么了不起的老爷，如果他想的话，就让他本人来见我好了。"

虽说国王不该亲自去见自己的饲马员，可是毫无办法。国王与美人儿纳斯达希亚坐上独木舟，前往河对岸新建的宫殿去了。

特廖姆按照应有的礼数迎接了他们：向他们鞠躬致意，还奏起了乐曲。他还带着他们参观了自己的宫殿。他们到处走走，看看——这儿的一切都令美人儿纳斯达希亚喜欢。而国王在各处走来走去，心里如同飘着一块阴云：一个饲养员有这样的宫殿，而且有这样的军队，这都不合他的心意……国王心想，怎么能将他弄死，将他的宫殿和军队都归为己有才好。

他们来到了厨房。特廖姆想款待一下客人们。可当他刚刚取出自己那块神奇的台布，美人儿纳斯达西亚便夺过国王的剑，突然朝特廖姆砍去。就这样，特廖姆的头向角落滚去。这时，她又用剑将他砍成碎块并吩咐厨师们，将满满一大锅的牛奶加热。厨师们将奶加热了。纳斯达希亚将被砍死的特廖姆扔进了滚热的牛奶里，然后取了出来，冷却后，又洒上起死回生的圣水。转眼间，那些被砍成碎块的部分竟长合到了一起！她又用圣水洒遍全身——特廖姆竟站了起来。突然间，他变成了一个身材匀称、英俊挺拔的勇士，令人百看不厌！国王惊讶得睁大了眼睛，自己变得那么俊美和强壮该有多好！于是，他死乞白赖地对美人儿纳斯达希亚说：

"把我也变成他那样的吧！"

"好吧。"她说："我会的！"

她挥剑将国王砍成碎块，扔给了篱笆外的群狗；而她自己则拉着特廖姆的手，将他带到王宫豪华的大厅。

特廖姆邀集了各乡的客人们，并找来了自己的亲生父亲和三位养父，举办了充满欢乐的婚礼。

我也参加了那场婚礼，喝了蜜酒，酒都顺着胡子流下来了，却没有流进嘴里。还送给我一匹毛色油黑的马，柔软的细枝条编成的马鞍以及豌豆做的鞭子。我骑着马回头看，发现一个谷物烘干房起火了。我将马停下来，开始灭火。而在我灭火时，我的马被火融化了，马鞍被一群羊吃了，豌豆则被一群大乌鸦啄个精光……我只好步行到你们这儿，给你们讲了这个故事。

阿廖卡

从前，有个老大爷和老大娘，他们有个女儿叫阿廖卡。可邻居们谁都不叫她的名字，而是管她叫荨麻蛱蝶。

"你瞧那边，"他们说，"荨麻蛱蝶带着西弗卡放牧去了。"

"瞧那里，荨麻蛱蝶带着雷斯卡采蘑菇去了。"阿廖卡满耳朵听的都是荨麻蛱蝶，荨麻蛱蝶……

一次，她从外面回到家里，跟母亲发牢骚：

"妈妈，这是怎么回事呀，谁都不叫我的名字？"

母亲叹了口气说：

"因为你是女儿啊，我们只有你一个小姑娘：你既没有哥哥，也没有姐姐。你就像篱笆下面生长的荨麻一样。"

"那么，我的哥哥和姐姐到底在哪儿呢？"

"你没有姐姐，这是真的，"母亲说，"可哥哥呢，倒是有过三个。"

"那他们现在在哪儿呢，妈妈？"

"没人认识他们。当你在摇篮里听着给你哼摇篮曲，哄你睡觉时，他们就为了获得自己和人们的幸福，与怪物火蛇战斗去了。从那时起，就再也没有回来……"

"妈妈，我这就去找他们，我不愿意别人管我叫荨麻蛱蝶！"

任凭父母怎么劝她，也是毫无办法。

于是，母亲对她说：

"我不能让你一个人去，你年纪太小，走不了那么远的路。你把西弗卡套上车去吧。我们的西弗卡老了，但很聪明。你还得注意，在哪儿都不能停下过夜：白天和夜里都要赶路，直到找到哥哥为止。"

她把西弗卡套上大车，带着路上吃的面包就出发了。

她走到村外，看见有条老狗雷斯卡在跟着大车跑。阿廖卡本想把它赶回去，可转念一想，让它跟着跑吧，路上会热闹些。

她走啊，走啊，马车驶近一个十字路口。西弗卡停下不走了，往后面看。阿廖卡问它：

你叫吧，叫吧，母马，

你告诉我，告诉我吧，西弗卡：

你把我带往哪个方向，

去哪儿才能找我的兄长？

西弗卡抬起头，开始嘶鸣起来，指了一下路的左方。阿廖卡便让它向左边走去。

她走过一片片空地，也走过一座座黑幽幽的松林。黄昏中，阿廖卡来到了密林深处。她发现路旁有个农舍，刚想走近农舍，便有一位弓背驼腰、瘦骨嶙峋、长着一个长长鼻子的老婆婆，从农舍跑了出来。她叫阿廖卡停下来，说道：

"你这个没头脑的小姑娘，你是去哪儿过夜啊？群狼马上会把你吃了的！留下来，在我这儿住一宿，明天天一亮，你再赶路好了。"

老狗雷西卡听到这话，小声地"汪汪"叫了起来：

汪，汪汪！

母亲叮嘱

千万不可在外面过夜！

汪，汪汪！

跟你说话的是老巫婆巴拉巴哈，

打着满肚子的主意坏又坏……

阿廖卡没听雷西卡的话，在农舍留下过夜了。

老巫婆巴拉巴哈仔仔细细打听阿廖卡，要去什么地方。阿廖卡全都对她说了。老巫婆高兴得跳了起来：她想，阿廖卡的几个哥哥，很可能就是那些将她的亲属杀死的勇士。现在嘛，她就可以惩罚他们了……

第二天一早，巫婆起床后，打扮了一番，像去市场似的，却把阿廖卡的衣服全都藏了起来。然后才把她叫醒：

"快起床吧，我们找你哥哥去！"

阿廖卡起床一看，衣服没了……

"这叫我怎么去啊？"阿廖卡说。

巫婆给她拿来一些乞丐穿的破烂不堪的衣服。

"拿着，"她说，"你穿这样的衣服也很漂亮。"

阿廖卡穿好衣服，把西弗卡套上了马车。

巫婆拿着刀和磨石，像个太太似的坐上了马车，把阿廖卡安排在了车夫的位子上。

他们走着，而雷西卡在一边跑着，一边汪汪地叫着：

汪，汪汪！

母亲叮嘱

千万不可在外面过夜！

汪，汪汪！

巫婆太太似的坐在那里，

像条毒蛇一样盯着你，

阿廖卡，我的主人……

巫婆巴拉巴哈听了这些话，突然抓起磨石扔向雷西卡。雷西卡嗷地尖叫起来——巫婆把它的一条腿打断了。

阿廖卡伤心地哭了起来：

"我好可怜的雷西卡呀，现在你可怎么跑呀！"

"住声！"巫婆威胁她："否则，你也是这个下场！"

他们又继续向前走去。可雷西卡用三条腿跳跃着走，并没有落在后面。他们到了一个新的十字路口。西弗卡停了下来，阿廖卡问它：

> 你叫吧，叫吧，母马，
>
> 你告诉我，告诉我吧，西弗卡：
>
> 你把我带往哪个方向，
>
> 去哪儿才能找我的兄长？

西弗卡嘶鸣了一声，意思是向右方。

她们在黑幽幽的密林深处，按右侧方向走了整整一夜。天放亮时，她们走出树林，来到一片草场。她们发现，在他们面前有一个丝织的帐篷，旁边有三匹马在吃草。西弗卡欢快地嘶鸣着，将阿廖卡和巫婆直接拉向了帐篷。

阿廖卡高兴起来：

"大概，我的哥哥们就住在这里！"

巫婆恶狠狠地埋怨道：

"最好别说话。在这儿住的不是你的哥哥，而是我的哥哥！"

她们朝帐篷走去。从里面走出三个身材匀称、英俊漂亮的年轻人——他们脸型一样，说话声音一样，头发也一样。

巫婆从车上跳下来，对他们说：

"怎么样，几位哥哥，过得好吗？我满世界都跑遍了，搞得疲惫不堪，可还是一直在寻找你们……"

"那么说，你是我们的小妹妹啦？"勇士哥哥们问。

"是呀，是呀，"巫婆说，"我是你们的亲妹妹……"

哥哥们向她扑来，拼命地亲吻她，用手把她抛了起来。他们高兴得不得了，真是语言难以形容啊。

"你看，"他们惊讶道，"我们打仗的时间太久了，在这段时间里，妹妹不仅长大了，又快见老了……好了，没关系的。我们消灭了所有的敌人，剩下的只有一个了，那就是巫婆巴拉巴哈。

等找到她，我们就把她烧死，那时，咱们就可以一起回家了。"

巫婆听到这话，只有窃窃暗笑：让咱们瞧一瞧，谁能把谁烧死吧！

"小妹妹，跟你一块来的那个小姑娘是干什么的啊？"大哥问。

"这是我雇来的女工。"巫婆巴拉巴哈回答。"她跟我来是代替车夫的，还放牧我的马。"

"好的，"哥哥们说，"让她也放牧我们的马吧。"

巫婆转过身来，用严厉的声音对阿廖卡喊道：

"你干吗还坐着啊？快去把西弗卡卸下车，带它去吃吃草！"

阿廖卡哭了起来，开始从马车卸下西弗卡。而哥哥们用手抬起巫婆巴拉巴哈，进到帐篷，开始热情地款待她吃喝。

巫婆巴拉巴哈一边吃喝，一边内心暗想："当他们躺下睡觉时，我就将他们全都杀死……"

而这时，阿廖卡坐在马附近的草地上，哭着唱道：

太阳啊，太阳，

潮湿的土地，

微小的露珠，

我的妈妈呀，

你在为什么操心为谁忙碌？

大地和太阳回答：

她在纺织粗麻布，

她在纺织粗麻布啊，

卷起金色的花边，

她在等待，等待

阿廖卡与哥哥们一起归来……

小弟弟从帐篷出来，听得入神。

"你知道吗，小妹妹，你们知道吗，哥哥们，这是草场上的小鸟儿叽叽喳喳，还是姑娘在低声吟唱？声音这么哀怨凄凉，听着都让人揪心神伤！"

"这是我雇的小姑娘，"巫婆巴拉巴哈说道，"她可奸了，满肚子鬼主意，就是干活懒。"

这时，二弟出外听听，尽管巫婆也不放他去。

他听了听阿廖卡忧郁的歌曲，然后再听，好像是那条叫雷西卡的狗，在汪汪叫：

汪，汪汪！
老巫婆巴拉巴哈
在帐篷里端坐，
恶棍般盯着别人家的兄弟；
吃着白面包，喝着葡萄酒，
就着甜丝丝的蜂蜜。
可亲妹妹呀，眼泪却哗哗地流……

二弟弟回来对哥哥说：

"走，你再去听听。"

大哥走了，而二弟一直在偷偷地观察巫婆巴拉巴哈。

大哥听了听阿廖卡唱的歌曲，又听了听雷西卡说的有关巫婆巴拉巴哈的话，他什么全猜到了。

于是，他跑向阿廖卡，用手将她抓住，并带到了帐篷。

他对两个弟弟说：

"这个人才是我们真正的妹妹啊！而那个骗子是巫婆巴拉巴哈！"

哥仨点起一大堆篝火，将巫婆巴拉巴哈烧死，而将她的骨灰扬到空地，让她的气味儿消散殆尽。随后，他们卷起帐篷，同阿廖卡一道，满怀着幸福的心情返回爸爸妈妈两位老人家的身边了。

瓦西里是怎样制服蛇的

这事儿有还是没有，是不是真的——我们最好还是听听故事是怎么说的吧。

事情是这样的。一条特别可怕的蛇飞到一个国家，它在一座大山的树林附近，挖了一个深洞就躺下歇息了。

没人记得它睡了多长时间，不过，它一起身，便大喊大叫，让所有的人都听得到：

"喂，你们——无论是男人还女人，也无论是老人还是小孩——要每天给我进贡：有的送牛，有的送羊，有的送猪！谁送谁就可以活命，可谁要不送，我就会把谁吃掉！"

人们惊慌起来，便开始给蛇送来应该送的贡物。

送啊，送啊，可后来他们发现——没什么可送的了。他们穷的一无所有了。而那条蛇却是一天没有贡物就不能活。于是，它就亲自飞往每个村子抓人，把他们拖进洞里。

人们心神不宁，不知所措。他们哭泣，寻找解救的办法，他们不知道，如何才能摆脱这条残暴的蛇。

就在这个时候，有一个人路过这个地方，他叫瓦西里。瓦西里发现，人们走路时闷闷不乐，两手弄得咯咯作响，并且边哭边大声喊叫。

"你们这里发生什么灾祸了？"他问："你们怎么边哭边大声

喊叫啊？"

人们向他讲述了自己的不幸。

"你们放心吧，"瓦西里开始安慰他们，"我来试试帮你们摆脱这万恶的深渊。"

他拿了一根比较粗的木棒，就到蛇住的那个树林去了。

蛇一见他，便瞪大了绿色的眼睛，问道：

"你干吗带这根棒子到这儿来？"

"杀你！"瓦西里说。

"瞧你说的！"蛇感到惊讶："趁为时不晚，你还是赶快滚吧。否则，我一呼气，吱吱一叫，你连脚都站不稳就飞出老远了。"

"别夸口了，你这个老丑八怪，我真是从来没见过你这样的！我们还是看看，谁吱吱叫得更有力量。你叫吧！"

蛇吱吱叫了一声，声音太大了，震得树叶纷纷飘落下来，瓦西里便跪在了地上。他站起身子说道：

"唉，真是愚蠢！难道这就算叫吗？要知道，这简直是对母鸡开玩笑！好吧，让我试试，不过，你可要把眼睛扎好了，不然，说不定，你的眼珠子都会冒出来的。"

蛇用手帕把眼睛扎好，而瓦西里走近跟前，用木棒照它的脑袋咔嚓一声，打得它眼冒金星。

"你真的比我的力气还大？"蛇说道："那咱们再试试，看谁能更快地将石头压坏？"

蛇抓过一块约 1500 公斤的巨石，用全身力气压到上面，立即扬起一股灰柱。

"这没有什么大惊小怪的，"瓦西里笑了笑，"你这样把石头抱紧了，免得水从里面流出来。"

蛇吓坏了：它看见瓦西里果真比自己的力气大，它看了看瓦西里的木棒，说道：

"你可以跟我要你想要的一切，我都会满足你的。"

"我什么都不需要。"瓦西里答道:"我家里应有尽有,比你的还多呢。"

"是吗?就那么说说吧!"蛇不相信。

"你不信,那好,咱们就去看看。"

于是,他们坐上马车,便动身了。就在这时,蛇想吃东西了。它看见树林边有一群牛,便对瓦西里说:

"你去抓头牛来,咱们点补点补。"

瓦西里去林子里开始撕树上的韧皮。蛇等啊,等啊,干等瓦西里还是不来,最后,就自己找他去了。

"你干吗在这儿鼓捣个没完呐?"

"撕树皮呢。"

"可你干吗要撕树皮啊?"

"我要搓几根绳子,抓五头牛做午饭。"

"我们为什么要五头牛?一头就足够了。"

蛇一把抓住牛脖子后部,将它拖到大车上。

"你呢,"它对瓦西里说, "你去弄些柴火来,咱们烤牛肉吃。"

瓦西里在橡树下坐了下来。他只管坐着,抽着自己卷的烟。

蛇等啊,等啊,又等不及了。他走到瓦西里身边,说:

"你这么长时间在这儿忙乎什么呢?"

"我想带回去十来棵橡树。我在挑选,哪些树更粗些。"

"咱们干吗要十棵橡树?一棵就足够了!"蛇一边说,一边用力拔下一棵最粗的橡树。

蛇开始烤牛肉,还邀请瓦西里一起吃。

"你自己吃吧,"瓦西里拒绝了,"等到家时,我再好好吃上一顿。一头牛哪儿够我的?我几口就吃没了。"

蛇吃完牛,舔了舔嘴,之后他们又动身了。他们在一步步接近一座房子,那是瓦西里的家。孩子们从远处就看到了坐车的是父亲，便高兴得喊了起来：

"爸爸回来了！爸爸回来了！"

而蛇没有听懂，便问：

"孩子们在喊什么呢？"

"啊，对我带你来家吃饭，他们是表示高兴哩。我不在家的日子，他们早就饿坏了……"

蛇吓坏了，一骨碌从车上跳下来，撒丫子就逃。可它不认识路，一下子掉进了沼泽，而沼泽又深不可测。蛇陷入了沼泽底儿，在那儿呛了一口水就淹死了。

女妖们必死无疑

　　夜里，一个叫乌拉丹的保加利亚人家里，生下一个漂亮的男孩儿。几个女妖围绕在婴儿的摇篮周围。多亏上帝的仁慈，母亲不能看见她们。不过，父亲却看见了，吓得瑟瑟发抖，胆战心惊。

　　"我赏赐他长寿。"其中一个女妖说。

　　"我倒希望，太阳见不到他活着。"第二个表示反对。

　　"不，最好让母亲第一次听到他咿呀作语时死去。"第三个主张。

　　"我不同意，"第二个反驳说，"让他年轻时死去，但得在他给自己的母亲造成许多痛苦之后。"

　　"可我希望，姐妹们，你们听见没有，"又是第三个——最恶毒的那个——在主张："让他长大，成为美男子，结婚，然后在婚后的次日死去。"

　　女妖们向三妹妹让步后，消失得无影无踪。乌拉丹吻了吻自己可怜的孩子，但对妻子却只字未提。

　　扬柯长大了，成了一个美男子。所有的姑娘都偷偷地看他，看也看不够；所有的母亲都有意将他作为自己未来的女婿。他自己的母亲对他也百看不厌，钟爱有加。她不反对他结婚，便与丈夫商量起这件事。可是，乌拉丹不是沉默不语，就是回她说，扬柯岁数还小，用不着这么着急。这种回答让扬柯的母亲很是惊奇，可她也顺从了丈夫，因为她相信他。

扬柯本人也不反对结婚。他发现，这也是母亲特别希望的。不过，父亲却一声不吭，紧锁着眉头。

"那我就离开这个家吧。"扬柯伤心地说。

"走吧，愿上帝保佑你！"父亲回答道，轻松地吐了一口气。

这样，扬柯便离开了家。他在一座密林里走了很久，到了一个小农舍，便停下来想歇息一下。这时，农舍的主人、一位年迈的老婆婆迎接了这个年轻人。

"留在我这儿吧，"老人家劝他，"你可以放放黑绵羊。将羊赶到第一座山和第二座山吃草，可你听好了，永远不要赶到第三座山去！"

扬柯开始为老人家放羊了。他把羊群赶上了第一座山，那是一座光秃秃、多石的山。绵羊吃不着什么东西。扬柯又将羊群赶上了第二座山，山上覆盖着一层青草。很多鸟儿在这里叽叽喳喳，尽情欢唱。羊群似乎也很满意，而扬柯并不满意。他强烈地想到第三座山看看。每天，老婆婆都警告他别去第三座山，而这个年轻人却一天天越来越想去那座山。

"这都是小事，"扬柯心想，"我的女主人由于上了年纪的缘故，胆子变得太小了，没必要听她的。"

就在第二天，扬柯将羊群赶上了第三座山。这座山覆盖着繁茂的青草，能没到一个人的腰部。五彩缤纷的鲜花衬托着扬柯，花丛中的美貌少女们在玩耍嬉戏。扬柯开始以为，这是些有法术的人，迷人的妖精。可是后来发现，这只是些普普通通的女孩儿，于是，便同她们一起唱歌，玩了起来。回来后，老婆婆将他好一顿臭骂，还补充说，不许他再去第三座山，假如他不想死的话。

次日，太阳还未升起，扬柯已经把羊群赶上了第三座山。像昨天一样，和姑娘们玩啊，唱啊。猛然间，空中出现了一列不寻常的车队，两只白天鹅拉着一个贝壳，贝壳里坐着一位美若天仙的少女。贝壳降落在地上，一位少女走了出来。

"你怎么不害臊啊，扬柯，成天又玩又唱的，好像没事可干似的！在你潜入罗果什国王的王宫之前，你的内心是不会安宁的！"美女说完，便消失不见了。

扬柯忧愁起来，他的心仿佛被雾笼罩着。看到他痛苦，老婆婆也哭了。

"还自以为是个人物呢，这下碰钉子了吧？"老婆婆说道："你不听我的话，现在我也帮不上你什么忙了。我不知道罗果什国王的情况。也许，太阳的母亲知道些什么。她的儿子走遍了四面八方。你找找她，或许，你会碰上好运的。愿上帝保佑你！"

年轻人找了好久，终于找到了太阳的母亲。

"你好，老妈妈！"他说。

"你也好哇，我的孩子。你在这儿有什么需要的吗？"

"是不幸把我带到这儿来的。我在寻找罗果什国王的宫殿，却不知在何处能找到它。"

"可我也不知道，也许，我的儿子知道。只是你要把自己藏好。我担心，他的灼热会将你烧坏的。"

太阳出现了。光芒四射的太阳倒是很高兴帮助这个年轻人，不过，连他自己都不知道，罗果什国王的宫殿在什么地方。

"你去找月亮的母亲吧，"太阳出了个主意，"或许，她的女儿能给你一些指点。"

然而，无论是母亲还是女儿，都不认识罗果什国王。他们建议扬柯去找风的母亲。找风的母亲谈何容易啊，她连个固定的住处都没有。不过，扬柯终究还是把她找到了。

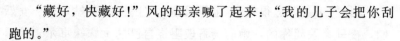

"藏好，快藏好！"风的母亲喊了起来："我的儿子会把你刮跑的。"

风呼啸着冲了进来。

"我闻到，有股人的气味儿。妈妈，什么人在你这儿？"

"放心好了，孩子，这是小伙子扬柯。"

"他要干什么？"

"寻找罗果什国王。"

"那要有一匹金鬃马。"风呼啸一声，飞走了。

风的母亲给了扬柯一个金苹果和两个火把，当穿过树林时，可以照亮。通过树林后，扬柯来到一块林中空地，发现那儿有一匹金鬃马。他悄悄地走近金鬃马，用金苹果打了一下马蹄，跟它这般打招呼道：

"愿你安然无恙啊，神奇的马！"

"同样的祝福送给你！"马回答说："你来这儿干吗呀？"

扬柯讲了他所发生的事情，以及他寻找罗果什国王的原因。

"罗果什离这儿不远，不过，你最好还是别去那儿。可既然你又那么想去，坐上我的马背，只是要把自己系得更牢固些！"

扬柯跃身上马，用宽腰带把自己绑紧。像一股旋风，金鬃马载着骑士风驰电掣般而去！

他们飞过了群山和峡谷，最后，在一座十分豪华的宫殿前面停了下来。

"他们会以最高的礼仪接待你，"金鬃马说，"但别相信这种接待方式；不要留下来过夜，一定回来找我。"

扬柯受到了王子般的接待。把马牵入了马厩，把他本人则送到了一个华丽的房间，房间中央摆放着一张有贵重饰物的银制的床。

扬柯并未被这种豪华所诱惑。他期待见到公主，但是，并没有让他见。他拒绝了进餐，重又回到金鬃马那里。

"你回来了，这很好，"金鬃马说，"国王的老姑娘——女妖们，夜里会杀死你的，她们会百般阻挠自己的小妹妹卓尔卡嫁给你。她的几个姐姐被施了魔法，她们必须在卓尔卡出嫁的当天死去。不过，你不用怕，我会把你变成一根短而细的鬃毛，这样，女妖们就找不到你了。"

扬柯刚刚变成一根鬃毛，卓尔卡的姐姐们就同母亲一起进来了。老太太立刻摩挲起鬃毛来，差点发现扬柯的藏身之处。可是这时，公鸡叫了，女妖们便躲起来了。

扬柯在罗果什的王宫里玩了整整三天，而到了夜里，金鬃马就得对他施以各种变化，以摆脱敌人的死亡威胁。女妖们终于明白，扬柯有一个强大的保护者，便决定将卓尔卡嫁给扬柯，但并未放弃杀死他的希望，只不过，得把扬柯与金鬃马分开。罗果什国王举行了盛大的宴会，并慷慨地赏赐了一对新人，使他们费了好大劲才将赏赐给自己的财物带走。经过金鬃马吃草的林中空地时，一对新人停了下来，扬柯含着泪水感谢了这匹神奇的马，卓尔卡则吻了吻它的前额。

扬柯的母亲见到儿子与年轻的妻子归来时，喜不自禁，可父亲却愁容满面。

"爸爸妈妈，别发愁了，"卓尔卡说道，"我知道，什么在威胁扬柯。我的爱会保护他的……"

夜降临了。卓尔卡不能入睡。她点起灯，在自己可爱丈夫的床边坐了下来。半夜时分，几个得意洋洋的女妖出现了。她们原来相信会达到自己的目的，可是，卓尔卡毫无睡意。女妖们发现点燃的灯和保护丈夫的妹妹，她们大叫了一声，便消失得无影无踪。

打那以后，再没有人见过她们。

吓坏了的魔鬼

有个农民的妻子十分凶恶。只要丈夫想做什么，她马上就跟他对着干。

这个农民也就巧妙地适应了。临去地里干活时，他对妻子说：

"亲爱的，你别做活了，给我把午饭送来。不知为什么，有点不想吃东西。"

于是，正赶上中午的时候，妻子便把饭送来了。

有一次，农民挖井。就在要吃午饭的时候，他用枞树枝把井盖上了，免得妻子掉进井里。不幸的是，农民忘记应该对她正话反说了。

"别往井跟前去，"他对妻子说，"井很深的。"

这句话就足够让妻子跳上枞树枝了。毫无疑问，她立即掉到了井底。

农民很可怜妻子，便哭了起来。考虑了一下，哭也解不了忧愁啊，他找来一根长绳子，将绳子放进了井里。农民觉得有人抓住了绳子，便用力往上拉。当面前出现的不是妻子，而是一个长有角的魔鬼的头时，他惊讶得半天说不出话来。

"等等，你听我说，也许你现在很后悔，"魔鬼哀求道，因为他发现，农民想把绳子松开。"我们七个魔鬼住在这个洼地里，生活很是安静。可突然间，一个女人朝我们落了下来，她又那么凶，把我的伙伴都吓得逃散了。不幸的是，我腿瘸跑不了，而且你瞧，才一个小时的工夫，我的头发就全白了。别害怕，我会回报你的好心帮助的。"魔鬼继续说道:"这是给你的魔杖。我会附在苏丹女儿的体内,你用这根魔杖敲一下,我就会出来。苏丹会让你发大财的,而你会永远记住我的。"

农民对这根魔杖欣喜若狂,把妻子的事情完全抛到了九霄云外。

不久有消息说,苏丹的女儿被魔鬼缠身,谁也治不好她的病。

农民闻讯赶来,他用魔杖碰了一下公主,魔鬼立刻离她而去。苏丹异常高兴,慷慨奖赏了这位恩人。

过了一段时间,疯传一位国王的女儿被魔鬼附体。农民进了王宫,然而这一次,棍子却未能使他走运。农民确信棍子失去魔力后,便思索起来。然后,他狡黠地眨眨眼睛,对国王说:

"阁下,请您下令用大炮轰。"

"你怎么想出这么个馊主意?"魔鬼讥讽地说:"你是不是以为,我害怕大炮啊?"

"我不是这个意思。今天我的妻子要来这儿,所以我想隆重地迎接她。"

魔鬼一听到这个消息,就一下子从公主的身体内跳出来,消失得无影无踪。

宰　相

斯达扬腰缠万贯,但他并不觉得快乐。他的独子是个既凶狠又没有道德的孩子。

"你真是我的愁肠子啊,你永远也不会成为一个正派人的!"

斯达扬不止一次对儿子说。

男孩儿长大了，长成一个小伙子了。父亲送他去君士坦丁堡学习。

年轻的托马斯英俊、聪明、狡诈。他进入苏丹的王宫，想方设法巴结和讨好苏丹国王，最后，国王让他做了自己的宰相。

托马斯从此高傲起来，派几名奴仆带着命令去见他的父亲，让他马上进宫去见宰相。斯达扬住的离京城很远，到君士坦丁堡有 10 天的路程。

"他要我做什么呢？"老人问。

"你的事不是反驳，而是服从。"奴仆回答他。

斯达扬来到君士坦丁堡，去见宰相，这时才认出，宰相竟是自己的儿子。

"你干吗要打扰我的安宁呢？我已经年老体弱了。"老人说。

"我是宰相。"儿子回答。

"愿上帝赐福你！"

"怎么，父亲，还记得你曾经说过，我永远也不能成为一个正派的人吗？可你看，现在怎么样，我是宰相了！"

"你是宰相不假，可我从未说过，你会成为正派人。至于其余的嘛，如你所见，我那时说的话是对的。一个正派人是不会惊动他年迈的父亲，而是自己去见他的。"

磨　轮

乌罗什是名神箭手，无论是飞禽还是走兽，都逃不过他的手心。一天，他背上猎枪、腰带别上弯刀和几把手枪，就进山了。

他很快来到一个大湖的岸边，发现在汹涌的波涛里有一个奇怪的动物。那个动物刚游近岸边，只听"啪"地一声枪响，它就被打死了。

"呸，一匹小马！"乌罗什鄙夷地说了一句，他转身就走了。

"你不可以白白糟蹋自己的战利品的。"从上面响起一个声音："你赶快回去吧，把笼头从小马身上摘下来，这个笼头是施过魔法的。"

乌罗什向上面看了一眼，看见一个女巫站在峭壁上。

乌罗什返回小马身边，摘下笼头，继续向前走去。迎面遇见一只小绵羊。

"你变头公牛吧！"乌罗什边说，边用笼头打了一下小绵羊。小绵羊立刻变成了一头公牛，乌罗什就把公牛卖了。

他又遇见了一头母牛

"你变成快步马吧！"于是，他又把快步马卖了。

就这样，不管遇到什么，他就把它变成他所需要的东西。最后，他揣着鼓鼓囊囊的钱包回家了。

妻子开始刨根寻底的查问，他是从哪儿弄到这么多钱的。他一五一十地照实说了。

夜里，当神箭手入睡之后，妻子用笼头碰了他一下，并说出下面一番话：

"直到今天，我都侍候你了。现在呢，你就侍候我吧。你给我变成一只看门狗好了。"

于是，神箭手就变成了一只狗。妻子将狗卖给了国王的牧人。而他——这位神箭手呢，就开始保护国王的畜群啦。

国王深感不幸，女巫十分喜欢他所有的儿子。国王得知，牧人有只非常好的守夜犬，便吩咐将犬带进宫里，让它照看自己的新生儿子。乌罗什把小王子照看得格外周到，这样，女巫拐走小王子的图谋就没能得逞。国王甚喜，便用一枚奖章把这只忠实的

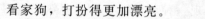

看家狗，打扮得更加漂亮。

乌罗什特别想在自己妻子面前炫耀自己的奖章，说不定他还会得到怜悯和同情，又叫他恢复原来的模样呢，他心里暗想。

妻子见到带奖章的狗，放声大笑起来，她又想出了一个鬼点子。

"你从前是只大狗，现在就变成一只小狗吧。"她说，并对他用笼头碰了一下。

变成一只小狗是很痛苦的。没有人喂它。每个人想方设法地拿脚踢它，百般折磨它。

这只可怜的小狗饿得难受，便在自己的老房子周围徘徊。妻子看见它，便大发雷霆：

"你这只癞皮狗，干吗在这儿晃来晃去的？看我不收拾你！"她一边说，一边拿笼头捅了他一下，"你变只苍头燕雀吧。"

这个恶女人万万没有想到，一切竟非她所愿。那只苍头燕雀挥挥翅膀飞到一棵树上，正好对着自家的窗户。苍头燕雀见妻子出门了，便飞进窗户，用喙叼住笼头，并在心中默念自己重新变成人的愿望。于是，他又获得了以前的模样。

妻子回来了。她见到自己的丈夫后，害怕极了。

"你这个恶毒的女人，这是你为此应得的报应！"乌罗什说道，并用笼头碰了一下妻子。"你变匹马，一辈子不停地转动磨轮去吧。"

金苹果与九只雌孔雀

从前有个国王，他有三个儿子，在国王的庭院里种了一棵金苹果树。每天夜里，树上都出现一种颜色，苹果逐渐熟了。不过，有个家伙偷偷地将苹果全摘光了，国王又抓不住这个盗贼。

一次，他招来三个儿子说：

"不知道，这些苹果哪儿去了。"

"今天夜里我来看守，看看是谁把苹果摘走了。"大儿子说。

当夜色降临时，他去了庭院，躺在了苹果树下。然而，只要苹果刚刚开始成熟，王子就睡着了。当次日早晨他醒来时——苹果已经被摘光了。儿子到父亲那里，对他讲了所发生的事情。

第二天夜里，来看守苹果树的是二儿子。他发生的情形跟大儿子同样。当苹果开始成熟的时候，他也睡着了。而次日早晨，苹果也全被摘光了。

该轮到小儿子的班了。晚上，他来到苹果树下。铺好床褥就躺下睡着了。大约半夜时，他醒了。这正是苹果成熟的时候。当时，因为这些苹果的缘故，夜里就像白天一样。这时，飞来九只雌孔雀。八只落在了苹果树上，而第九只落在王子床的旁边，并变成一个绝美的女郎，笔墨难以形容。

当天放亮时，女郎站了起来，为那些苹果表示了感谢。王子请她留下一个苹果，而她却留下了两个：一个给他，另一个是给他父亲的。然后，她又变成了雌孔雀，与其余八只雌孔雀飞走了。

父亲得到苹果后，十分高兴，对自己的小儿子赞不绝口。

连续几个夜晚，王子去看守苹果树时，每一次都要给父亲带回一个苹果。两个哥哥觉得很懊恼。无论大哥还是二哥，都看守不住苹果，而小弟弟却每天夜里，都能想方设法地带回来一个苹果。两个哥哥决心查个水落石出，他是怎么做到的。于是，便委托一个老女巫跟踪弟弟。这个女巫在干这些事情方面，还是很在行的。

晚上，老巫婆溜到了苹果树下，躲藏起来。

　　大约夜半时分，当苹果开始成熟的时候，王子像平常那样醒来了。这时，又飞来九只雌孔雀。八只落到了苹果树上，而第九只落到了王子身旁，变成了少女。她那神奇的头发拖到了地上。女巫偷偷靠近并剪下了一绺头发。

　　姑娘吓坏了，立即变成了雌孔雀，与其他八只雌孔雀一起飞走了。

　　"出什么事儿了？"王子喊道，他看见女巫后，将她抓住，命人把她绑在几匹马上，让那些马来折腾她。

　　打那以后，雌孔雀再没飞来过。王子越来越忧郁，于是下定决心，走遍各地，去寻找自己的孔雀姑娘。他随身只带了一个仆人，便上路了。

　　王子花费很长时间走了许多地方，最后来到一个湖泊岸边。在湖中央一个岛上，有一座豪华的宫殿。在那座宫殿里，住着王后和她的女儿。

　　王子问王后，她是否知道有关九只雌孔雀的事情。王后回答说，知道。那九只雌孔雀每天都飞来湖泊洗澡。她开始劝说王子，不要寻找那九只雌孔雀，最好跟她的女儿结婚。

　　"我女儿也同样那么漂亮，"她说，"而且，我又那么富有。我数也数不清的全部财产都将归你。"

　　可是，王子不想听王后女儿的事情，他让自己的仆人明天早晨把马备好，前往湖边。

　　王后收买了仆人，给了他一张毛皮，用这张毛皮可以把火吹旺。

　　"看，这是给你的毛皮，"她说，"当雌孔雀应该出现的时候，你偷偷地吹王子的后脑勺，他睡着后，就见不到自己的雌孔雀了。"

　　不忠的仆人就按说的做了。那些雌孔雀飞来了，可王子睡得正酣。八只雌孔雀落到了湖面，而第九只雌孔雀却落到王子的马鞍上：

"醒来吧，我的小鸟儿，我的小绵羊，我的小鸽子！"

可王子什么都没有听见。他睡得死死的。当雌孔雀洗完澡飞走时，王子这才醒来。

"怎么样，飞来了吗？"他问自己的仆人。

"飞来过，老爷，八只落到了湖面，而第九只落到您的马鞍上。我叫啊，叫啊，可还是没有将您叫醒。"

听到这些话，王子绝望了。

第二天也发生了同样的情况。王子来到湖岸，又睡过了头，错过了见到孔雀姑娘的机会。孔雀姑娘试图叫醒王子的努力，还是没有奏效。她对王子的仆人说：

"你提醒自己的主人，如果明天他再错过见到我的机会，那他就永远见不到我了。"

当那些雌孔雀飞走的时候，王子才睡醒。他问仆人，孔雀们飞来没有。仆人回答说，飞来过，并把第九只雌孔雀吩咐他的话告诉了他。王子十分伤心，低垂下头，很是丧气。

第三天早晨，王子来到湖边后，担心打盹儿，便前前后后地来回走动。可是，那变节的仆人抓住机会，往他的后脑勺吹风，王子一瞬之间便睡着了。

九只雌孔雀飞来了：八只落到了湖面上，而第九只落在了王子的马鞍上。她还是不能将他喊醒，于是便问仆人：

"当你的主人醒来的时候，告诉他，他到我那儿同样十分困难，就像蠕虫爬到山顶上一样。"

当王子醒来时，听完仆人的报告，大为震怒，气得他拔出佩剑，砍下仆人的头颅。然后，他信马由缰地走着。他走了很长时间，来到一座茂密的森林，临近深夜时，来到一位隐士的茅舍附近。

"老人家，你听说过有关金孔雀的什么事吧？"

"孩子,你真走运,偶然碰到了我住的茅舍,"隐士回答道,"从这里到孔雀宫所在的地点,也就半天的路程。"

王子来到孔雀宫,并向看门人通报了自己的名字。这时,孔雀姑娘迎面向他跑来,拉住他的手,带他向楼上走去。那种喜悦的心情真是难以形容啊!几天后,人们向他们庆贺了婚礼。

有一次,公主外出游玩,而王子留在了家里。临走时,公主把开十二个地下室的钥匙都交给了丈夫,并警告他:

"所有的地下室你都可以看,只是对那第十二个地下室要多加小心。"

当公主离开的时候,王子开始一个接一个地把地下室打开。最后,他来到第十二个地下室。

"那里会有什么呢?"他想了想。

王子控制不住自己的好奇心,打开这个地下室,走了进去。

在地下室的中间放着一个大桶,大桶用铁箍钉着。

"发发慈悲吧,我的老弟,给我点水喝,我都要渴死了。"大桶里发出一个声音。

王子舀了一勺水,将水倒进了桶里。就在这一瞬间,桶外的一道铁箍崩开了。

"求你再给我一小勺吧,我已经渴得受不了啦!"

王子又舀了一勺水,倒进了桶里。这时,又一道铁箍崩开了。

"求求你了,再来一勺吧!"从桶里又传来一个声音。

王子刚刚倒进第三勺,最后一道铁箍就崩开了,紧接着,大桶裂开了,从里面飞出来一条龙。它追上公主,抓住她,便疾飞而去。

仆人们跑来,告诉他所发生的事情。绝望之中,王子冲向龙飞去的方向,去寻找公主了。

在一次走访中,他发现一个水洼,那是河水泛滥时留下的。

水洼里有一条鱼在拼命挣扎,却怎么也游不到河里去。

"我恳求你了,王子,"鱼儿说道,"可怜可怜我吧,把我放到河里去,我会报答你的。你从我身上取下一片鳞,在你需要的时候,就在手指之间将这片鱼鳞摩擦一会儿。"

王子将鱼放到河里,用手帕把鱼鳞包好。

后来,他又碰到一只狐狸,陷入了捕兽夹。

"发发慈悲吧,王子!"狐狸哀求道。"把我从捕兽夹解脱出来,我会报答你的。你从我身上摘下几根毛,当你需要的时候,就在手指之间搓搓这些毛。"

王子将狐狸毛藏好,继续向前走去。

他走啊,走啊,来到一座树林。他在那儿看见一只乌鸦,也落入了捕兽夹。

"求你了,亲爱的路人,做我的兄弟吧,把我从捕兽夹解救出来!"乌鸦恳求地说道:"我一定会报答你的。从我身上揪根羽毛,一旦你需要时,就在手指之间搓搓这根羽毛。"

王子揪了一根乌鸦羽毛,又继续往前走。

王子花费了很长时间走遍各地,寻找自己的公主。一次,他遇见一个人,便问:

"兄弟,你是否知道群龙之王住在哪里?"

那人给他指了指路,告诉他在什么时候可以见到龙王。

王子按照指给他的路走去,找到了龙王的宫殿,并在那里见到了自己可爱的妻子。夫妻俩真是太高兴了,像在梦中相见一样。他们详细商量,如何将公主从龙王的魔爪中解救出来。

他们商量了一会儿,然后骑上一匹马,疾驰而去。

龙回来后,发现公主失踪了,便对自己的马说:

"我该怎么办——是喝、是吃还是去追赶呢?"

"你喝点儿,吃点儿,就会平静下来了。"马说道。

龙吃饱之后,骑上马,顷刻之间就追上了两个逃跑的人。它夺回公主后，对王子说：

"走吧，上帝保佑你！我放你走，是因为你给了我不少水喝。不过你要小心，如果生命对你可贵的话，今后别再落到我的手中！"

王子走了不长时间，又忍受不了牵挂的折磨。他转身回到龙的住处。公主坐在小窗下，伤心地哭泣不已。

他们又在反复议论，怎样才能摆脱龙的束缚。

"你设法从它那里追问清楚，它那匹快腿马是从什么地方买来的。我搞到一匹那样的马，我们就能够逃出去了。"王子说道，并在龙发现他之前，急急忙忙躲藏起来。

当龙王回来时，公主便千方百计地逢迎它，对它追问：

"你那匹马可太棒了！你是从哪儿搞到这只'雄鹰'的呀？"

"我弄到马的地方，别人在那里是绝不会弄到的。"龙回答说。"在某个山上，住着一个女巫。在她的马厩里，有十二匹善跑的快马，一匹比一匹好。而在角落里，寄居了第十三匹马，一匹毛发凌乱的瘦马。而这匹长毛蓬乱的马，会远远超出任何一匹马。它可以跳到天那么高。它就是我那匹马的兄弟。要想弄到这匹马，你得给这个女巫效劳三天三夜，看守她的这些马。谁照顾得好，谁就可以为自己挑选任何一匹马。可谁要照顾得不好，那他就得当心丢掉性命了。"

次日早晨，当龙飞去，王子出现的时候，公主对他讲了她听到的话。

王子没有浪费一点时间，去寻找住有女巫的那座山了。找到女巫住的那座房子后，他有礼貌的问候她：

"早安，老人家。"

"早安，孩子。你有什么事啊？"

"我想为你效劳。"

"好吧，孩子。我有一匹烈马和小马驹儿，如果你将它照看三天三夜，你可以从十二匹马中挑选任何一匹。可如果你照看得不好，我就会揪下你的脑袋。"

女巫将他带到院子里，周围是用圆木围起来的栅栏。每根圆木上都挂着一颗人头，只剩下一根上面还什么都没有。这时，这根圆木还在不停地狂叫：

"老太太，把这颗人头给我吧！"

"看见吗？"女巫对王子指着那个栅栏说道："那些人的头，都是因为让他们照看那匹母马和马驹儿，却没有照看好而被砍下来的。"

不过，王子没有被吓住。他骑上母马向山下疾驰如飞，马驹儿跟在旁边飞跑。这样，时间就到了半夜。大约半夜时，王子克制不了睡意，就睡着了。次日早晨，王子醒来后，发现自己坐在一个木墩子上，一只手里拿着马笼头。

王子这一惊非同小可，他跳了起来，急忙跑去寻找母马。他跑到河边，立刻想起了有关鱼的话。他从手帕里取出那片鱼鳞，并在手指中间摩擦起来。就在这个时候，那条鱼浮出了水面。

"你需要什么，我的结拜兄弟？"

"女巫的母马跑了，可我不知道，到哪里找它。"

"它就在我们中间，变成了一条鱼，而马驹儿变成了一条小鱼。你用马笼头拍拍水面说：'到这来，到这儿来，女巫的母马啊！'"

王子按说的做了。他用马笼头拍打着水面，嘴里说道："到这儿来，到这儿来，女巫的母马啊！"说话间，两条鱼变成了母马和马驹儿。王子给母马戴上了马笼头，骑了上去，朝着女巫住的地方疾驰而去。

女巫让他吃了饭，而将母马赶进马厩，并开始破口大骂：

"你为什么不藏在鱼儿之中，你这个无耻的家伙！"

"我是藏在鱼儿之中了，可有人出卖了我。他在那里有朋

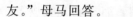

友。"母马回答。

"那你就藏在狐狸中间吧。"

晚上，王子骑上母马去牧场，马驹儿跟在后面跑着。大约半夜时，王子睡着了。他醒来的时候，又是坐在一个木墩子上，一只手里拿着马笼头。

他跳了起来，开始寻找母马。可是，什么地方都没有。这时，他想到了狐狸毛，便从手帕里取了出来，开始在手指之间摩擦起来。

"你有什么事，我的结拜兄弟？"在他面前突然出现的狐狸问道。

"女巫的母马跑了。"

"它就在我们中间。它变成了一只狐狸，而马驹儿变成了一只幼狐。你用马笼头敲敲地面，嘴里说着：'走吧，走吧，老太婆的母马。'"

王子所做的一切，都是按照狐狸告诉他的。于是，母马又出现在他的面前。

回来后，他得到了午饭，而母马又被女巫送进了马厩。边走边骂道：

"我曾告诉过你，无耻的家伙，让你藏在狐狸中间！"

"我也藏在狐狸中间了，可有人出卖了我。他在那里也有许多朋友。"

"那么，你现在就藏在一群乌鸦的中间吧。"

晚间，王子又去了牧场，发生的情况与昨天夜里一样。他睡着了，而醒来时却坐在一个木墩子上。他听到了女巫将母马赶到马厩时说的话，便想起了关于乌鸦羽毛的情况。他从手帕里取出乌鸦羽毛，在手指中间摩擦着。嘿，乌鸦说到就到。

"你需要什么，我的结拜兄弟？"

"女巫的母马跑了！"

　　"它就在我们中间，它变成了一只乌鸦，而马驹儿变成了一只鸦仔。你用马笼头在空中抽一下并喊道：'老太婆的母马，快快到这儿来吧！'"

　　当母马出现在王子面前时，他给母马戴上了马笼头，便去女巫那儿了。女巫让他吃了饭，而将母马赶到了马厩，说道：

　　"我跟你说过，无耻的家伙，要藏在乌鸦中间！"

　　"我是藏在乌鸦中间了，可他到处都有朋友。"

　　当女巫回家的时候，王子喊了起来：

　　"喂，老人家，我对你的服务可以说是尽心竭力的！把我们约定的东西给我吧。"

　　"我答应的东西，就一定会给你的。那边有十二匹马，挑选你想要的吧。"

　　"我用不着挑选。给我在角落里的那匹马吧。我看，它就不错。"

　　女巫开始劝他：

　　"你怎么会要那匹毛发乱蓬蓬的马呢？还是从那十二匹骏马当中选一匹更好的吧。"

　　然而，王子还是坚持己见，女巫只好让步了。

　　"再见了，老奶奶。"王子说完，便骑上了自己那匹毛发蓬乱的快马。

　　"再见了，孩子。"

　　骑到树林后，王子开始给自己的快马梳理蓬乱的毛发，马变得平整光滑，像金子一样闪闪发光。当王子再骑上它的时候，马像鸟儿一样，盘旋升起，一眨眼工夫，就将他带到了龙宫。公主走出来，坐到王子的身后，两人飞驰而去，没了踪影。

　　龙回来发现，他的女囚跑了，便问起自己的马：

　　"我该怎么办：是吃呢，喝呢，还是去追赶呢？"

　　那马却回答说：

"是吃呢还是不吃，是喝呢还是不喝，是追呢还是不追，反正你也追赶不上了。"

龙没有听从马的话，策马去追赶逃跑的人。王子和公主发现了追赶者，害怕极了，便开始求那匹马跑得快些。

"我们没必要跑，放心好了。"那马回答。

龙已经追上了逃跑的人，已经可以听见龙所骑那匹马的马蹄声，不一会儿又听到马的说话声：

"我的兄弟，看在上帝的份上，等等我吧。我跟着你，已经筋疲力尽了。"

"那你可是太蠢了，驮着那么一个恶棍。"王子的那匹马回答。"你好好地跳着跑吧，将他摔到地上，咱们并肩跑吧。"

龙骑的那匹马低下头，两只后蹄高高扬起，而龙啪嚓一声摔在了石头上，断裂成几块。公主转骑在龙的那匹马上。于是，夫妻二人顺利地回到自己的王国，幸福地管理着自己的国家，直至终年。

毒 眼

米里奇年满 20 岁了。他又英俊，又勇敢。母亲称他为我"两眼的光明"。米里奇打算结婚。他走南闯北，四处奔走，目睹了许多姣好的姑娘，可是仍未找到未婚妻。米里奇深知自己的价值，因此条件很高，十分苛求。

米里奇有个结拜兄弟，年轻的乌柯。他们交换了小十字架，成为终身兄弟。年轻人之间的这种结盟，常发生在南部的斯拉夫人当中。在青年男女之间也时有发生。男的结拜兄弟，女的则是结拜姐妹。兄弟和姐妹都无所谓，可他们永远都不能结婚。

乌柯知道，米里奇想结婚，甚至还知道，他没有找到意中人。他对米里奇说：

"你看看我的结拜妹妹列巴萨娃吧，如果她都不合你意的话，那就是说，你永远都不要结婚了。她温柔，勤劳，像燕子那么快乐，再有，她是有钱人的女儿，父亲是个大富翁。这就是列巴萨娃的情况。我的好兄弟，你去波日达尔·诺瓦克家，向他的女儿提亲吧。"

米里奇不反对看看列巴萨娃，可这也并非那么容易。波斯尼亚姑娘们跟男人们一起干活，但他们不敢彼此交谈。只有在过圣诞节、复活节和"光荣"节的时候，年轻人才能彼此说上几句话。

一大清早，霞光初现天穹时，米里奇便骑上马朝山里卡拉什姆出发了，那里正在举办光荣节。姑娘们穿着五颜六色的节日盛装，从附近的山上跑下来。做完祈祷之后，她们聚集在教堂广场，跳起大型的科洛舞。她们挺胸左手叉腰，右手放在彼此的肩上，蜿蜒而行，就好像一条长长的彩带，而在快结束时，紧密结合成一个圆圈。

"那就是列巴萨娃！"乌柯指着一位最讨人喜爱的姑娘对米里奇说。

米里奇已经发现了她，可跳舞时他无法走近她。跳舞结束了。年轻人混在一起，热烈地交谈着。米里奇和列巴萨娃走到了一旁。害羞的姑娘往角落躲，米里奇将双手放到头上，他那肥大的袖子滑落下来，仿佛用窗帘遮住了列巴萨娃。

米里奇回到家里，对爸爸妈妈说：

"好妈妈，我给你找了一个帮手；对你呢，爸爸，他就是一个女仆；而对你们——姐姐和哥哥呢，她又是一个好妹妹。这个人就是波日达尔·诺瓦克的女儿——列巴萨娃。"

米里奇把媒人和朋友们召集起来，穿上最好的衣服说媒去了。结拜兄弟乌柯打旗走在前面，大家穿得像过节似的。马和马鞍都用鲜花和绦带装饰着。酒从装有伏特加的瓶口流出，这个瓶子由年纪大的媒人拿着。

过路人遇见婚礼车队时，都要向迎亲的人祝贺：

"荣耀属于报喜的人们！"

"祝你们一路幸运！"

媒人给每人斟一小杯伏特加酒，之后，车队就继续上路了。

走了一天啊，两天啊，第三天，他们到达了诺瓦克的住处。一位坐在桃树下小长椅上的老者，热情地欢迎远道而来的迎亲人：

"灰翅雄鹰要飞向有灰翅鸽子的地方吗？"

"我们要寻找的鸽子就在这里，她就是你的女儿列巴萨娃啊！为了她，我们带来了一大笔嫁妆。"米里奇回答。

"愿上帝赐福于你，我的孩子，"老者说，"让给予我欢乐的太阳，现在就给予你欢乐吧。把门打开，迎接贵客吧！"诺瓦克转身对自己的奴仆说："把宴席摆好，拣最好的上，而给他们的马喂精选的大麦。"

诺瓦克家的喜宴连摆了三天，第四天头上，列巴萨娃的哥哥们将她送到未婚夫身边。列巴萨娃的母亲站在角落里抹眼泪儿。

"亲爱的妈妈，你为什么要哭啊？"米里奇问她，"是我父亲的财礼少，还是你不喜欢我？"

"你父亲的财礼够多了，我本人也很喜欢你。只是我的心有一种不祥的预感。我们这座不吉利的房子被施了魔法，被毒眼看过。我曾有九个洁白如雪的女儿，八个嫁了人，可没有一个活着到家的。"

"放心好了，妈妈，我要像保护自己两个眼珠一样，保护你的女儿——我亲爱的小鸽子。"

母亲停止了哭泣，而列巴萨娃开始向来宾分发礼物：给未婚夫的是一件用金线和丝线绣的衬衫；给他父亲的是一件斗篷；而给媒人和朋友们的是手帕。

列巴萨娃骑一匹雪一样的白马，而米里奇骑的则是一匹炭一样的黑马。马鞍下边，是带有金线穗边儿的红色鞍垫。米里奇的黑色鬈发上，戴着一项由钻石做成帽缨的小帽儿，钻石上的阳光闪烁。从列巴萨娃的头上，放下一个镶有金丝穗儿的薄薄纱罩。在波斯尼亚，比这对伴侣更美艳的就见所未见！

迎亲队伍唱着歌曲，吹吹打打地行进到未婚夫的家门。米里奇走在最前面。他觉得，他是在去往天堂。身后跟着的是列巴萨娃，在自己的结拜兄弟乌柯的保护之下。突然，她大喊一声，面色煞白。

"啊，乌柯，我的结拜兄弟！我的两眼蒙上一层雾，我的四肢无力，我再也不能骑在马鞍上了。快把我从马上扶下来，把我放到松树下的柔软草地上。太阳不再爱我，大地在召唤着我回家。"

"快停下，兄弟们！"乌柯喊道，"把音乐和歌声停下来。我的结拜妹妹觉得头晕，要昏倒。太阳不再爱她，大地在召唤着她回家。"

米里奇急匆匆跑来，把自己美丽的未婚妻从马上抱下来，把她放到柔软的草地上。列巴萨娃长出了一口气，她的灵魂已消失到异国他乡。

迎亲的人们从马上跳下来，怀着忧郁的心情挖了一座坟墓，把列巴萨娃放进坟墓，脸朝向东方。在靠头的地方种了一束玫瑰，在靠脚的地方引过一条小溪，用金币洒满了坟墓。"让穷人拿走金币，让玫瑰把青年人打扮；谁在路途累了，就让他喝足冰凉的水，在松树下茂密的嫩草地上，休息休息。"

米里奇与同伴们道了别，便策马往家赶。从大老远母亲就发现并出来迎接他。

"我亲爱的儿子，我两眼的光明，你的未婚妻究竟在哪儿呀，我的帮手、你父亲的女仆、你哥哥姐姐的好妹妹究竟在哪儿呀？谁去打水，谁摆餐桌，让你年迈母亲的疲劳双手，能够稍稍休息一会儿。"

"我失去了未婚妻，你也失去了帮手，亲爱的妈妈。我的列巴萨娃躺在潮湿的地里，在树林里的松树下。对于我，那些被褥就是卧榻，亲爱的，让我可以躺下，合上我疲惫的双眼。"

米里奇躺下了，永远地睡去了。

每天清晨，当红彤彤的太阳冉冉升起的时候，米里奇的母亲总会来到外面，带着幸福的微笑说：

"看，这就是我的女儿列巴萨娃，在去清泉打水呢。"

当月亮显现出来的时候，她会目不转睛地注视它：

"看，这就是米里奇，我两眼的光明，在去打猎呢。"

然而，既没有米里奇，也没有列巴萨娃：有的只是他们神经错乱的母亲。

英雄兄弟

一个白脸女魔——瘟疫，使莫斯塔尔变为一座空城。只有一位母亲和自己的两个年幼儿子幸免于难。他的两个儿子一个叫赫里斯托，另一个叫朱罗。寡妇无力抚养两个失去父亲的孤儿，她又找不到工作，而粮食价格又在飞涨。可怜的母亲想啊，想啊，终于想出一个主意：将赫里斯托送给奥地利皇帝当差；而将朱罗——送给了土耳其国王。

一晃，九年过去了。两个男孩儿变成了身强力壮的美男子。而在这段时间里，他们从未见过面。

土耳其国王与奥地利皇帝宣战了，在广阔的平原上，两国的军队集中到一起，相互对峙着。奥地利军队内一位端庄英俊的骑士，格外与众不同。他驱马驰向敌军，向勇士们挑战，一对一决斗。九位勇士一个接一个地飞马而上，却都血染沙场，倒地阵亡。国王吓得胆战心惊。他军队中的精英人物都阵亡了。按照他的命令，承宣官们分散到队伍中间查问：

"你们中间是否有位骑士，他是一位英雄母亲抚养大、一位温柔的护士教育出来的？如果有一位最最强大、最最勇猛的勇

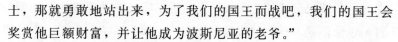

士，那就勇敢地站出来，为了我们的国王而战吧，我们的国王会奖赏他巨额财富，并让他成为波斯尼亚的老爷。"

朱罗听到这些话，便来到国王的宫殿。从前，国王爱他就如同爱自己的儿子一样。

"我的恩人哪，你说，要让战胜敌人的胜利者成为老爷，这是真的吗？"

"是真的，我的孩子。"国王回答道。

朱罗骑上自己那匹漆黑如炭的战马，迎向敌军，要与对方的骑士进行一对一的决斗。骑士出战了，长矛你来我往……折断后落在了地上；有人将战槌递给了两位骑士，而战槌相撞后变成碎块，又纷纷落在地上。他们又拿起军刀继续交战——可军刀也折断为两半。骑士们又从马上跳下来，开始了徒手肉搏。铠甲劈啪作响，断裂开来；头盔上的翎子随风飘向四方……战斗持续了整整一天，谁都没有受伤，谁都没有取胜。

两位骑士都精疲力竭了，便坐下来歇息。

"请告诉我，高贵的骑士，"朱罗说道，"你来自哪个国家？母亲是谁？是什么家族产生了这样一位英雄？"

"或许你曾听说过，几年以前，一个白脸女魔——瘟疫，曾以毒蛇般的眼睛，将我可爱的故乡——莫斯塔尔变为一座空无人烟的死城。剩下的只有我的母亲带着两个男孩。她没有办法养育他们，所以便将我送给了……"

"赫里斯托，我的弟弟！"朱罗狂喜地喊了一声，将弟弟搂在怀中。

双方的军队见此情景，甚是惊讶：打得那么激烈和残酷的两个对手，竟会突然拥抱起来。这时，他们在草地上坐下来，打开了水壶，喝酒碰杯。

"咱们该怎么办呢？"朱罗问道。

"我的哥哥，你去找国王，而我去找皇帝，请他们签订和约。

那时，咱们兄弟哪怕是在战场上，也不能彼此动手啦。让咱们的君王也像你我一样，结成爱和友谊的兄弟关系。"

于是，朱罗去见国王，赫里斯托去见皇帝，他们的请求获得了成功。两位君王签订了合约。

"如何来奖赏我们的英雄兄弟啊？"将手伸向自己昔日对手的同时，国王问道。

"你怎样奖赏自己的英雄，你知道；而我要晋升我的英雄为将军。"奥地利皇帝回答道。

"不，不应当将兄弟俩分开。我要赐予他们土地，而你赐予他们钱财，就这么办吧。"

赫里斯托和朱罗将一个州作为他们有继承权的领地，随后策马去接自己年迈的母亲，一家人过上了无忧无虑的快乐生活。从他们那里发展成一个光荣的氏族，这个氏族直到现在，在波斯尼亚还受到人们的敬重。

九个哥哥一个妹

叶丽查有九个哥哥，他们全身心地爱她，像爱护眼珠一样呵护她。很多出身高贵的别伊①都向叶丽查求婚，可哥哥们都认为谁也配不上她，便把他们拒绝了。最后，出现了一位勇敢而强壮、富裕而英俊的小伙子，似乎博得了他们的好感。一句话，这样的小伙子在全波斯尼亚都打着灯笼难找。

---

① 别伊：（革命前波兰、立陶宛、乌克兰和白俄罗斯的）地主；东家，老爷。

当赫鲁达什与自己的英雄们去接未婚妻的时候，过路人都停下脚步，久久地注视他们的背影，他们都那么漂亮英俊，一个赛过一个。所有人一律骑着黑马，而为未婚妻牵着的是一匹没有任何斑点的白马。

众人都欣赏一匹体型匀称的马，马的鞍垫镶有金色的缨和穗儿，鞍子装饰有光芒闪烁的宝石。叶丽查的哥哥们目不转睛地看着那体型匀称的马，面色变得极其苍白。他们见到的可谓前所未见。白马上坐着一个女人，全身白色着装，脸上蒙着黑色面纱。为什么哥哥们面色变得苍白？因为他们不清楚这个女人是什么人。或许是未婚夫的亲属吧？

这个奇怪的女人急匆匆走到一旁。未婚妻走了出来，她那么美丽，犹如朝霞一样。哥哥们跟她吻别，把她扶上精心装饰的马鞍。然后开始与迎亲的人一一拥抱和亲吻。那个神秘的女人不知不觉地走近哥哥们身前，在他们每人的前额吻了一下。

哥哥们久久地注视着叶丽查金色面纱散开的地方，低垂下头回家了。就在陌生女人冰冷双唇稍稍碰过的地方，哥哥们感到一阵难以忍受的疼痛，后来开始四肢乏力，仅九天的工夫——九个哥哥便命丧黄泉了。母亲一个人安葬了他们，因为谁都不愿意沾感染了鼠疫的人的边儿。

叶丽查在自己英俊的别伊家，过着幸福而快乐的生活。有时，她也想家，但为时不长。因为哥哥们答应她，每年都轮流来看她。可一年一年过去了，哥哥们仍然没有来。恍惚之间过去了整整九年。叶丽查开始忧郁万分。每天晚上，她都要走上路边，等着哥哥。然而，还是不见哥哥的人影。叶丽查哭啊，哭啊，可是谁都无法安慰她。

一天晚上，她坐在路边树下的一块石头上，期盼着没有来的客人们。突然，她头上的喜鹊喳喳地叫了起来。

"喜鹊啊喜鹊，你不是在预言客人们的到来吧？"叶丽查问道。这时，她凝望一眼并高兴得喊了起来：她面前站着自己的大哥——鲁斯杰姆。

叶丽查在哥哥的怀抱中又哭又笑，她高兴得竟没有察觉到，鲁斯杰姆心情悲伤，对她的温存几乎没有做出反应。她邀请他去自己家，建议他与自己共同进餐，可鲁斯杰姆否定地摇了摇头。

"那你等等我，"叶丽查说，"我跟你走。"

叶丽查匆忙回到家中，桌子上摆好了亲爱丈夫喜欢的食物；她含着眼泪亲吻了睡在摇篮里的婴儿，又抱起了长子，舍不得离开他。可哥哥在等他……她转身向外跑去……俩人骑着快马，不分昼夜地飞奔。在第九天，他们已驰近家中。叶丽查认出了家乡的田野。地里还没有种上庄稼，园子里长满了野草……

"这是怎么回事儿？"叶丽查问。

"这就是说夏天临近，而冬天已经过去了。"

"怎么没有亲人迎接我们？"

"你进到家里就会知道了。"

叶丽查胆战心惊地迈过了门槛。她的年迈母亲坐在角落里哭泣着。叶丽查扑向母亲，吻着她。

"啊，这是你吗，恶毒的死神！"老人说道。"你夺走了我的九个儿子，现在又来找我了。没关系，我不怕，你把我也带走吧，我早就做好了准备。"

"妈妈，我亲爱的妈妈呀，"叶丽查一边说，一边眼含热泪拥抱母亲，"我不是什么恶毒的死神，这是我，是你的女儿叶丽查呀。是鲁斯杰姆把我从丈夫家中带回你身边的。"

失明的老人用手抚摸着叶丽查的脸，捻开她柔软光滑的头发，确信这是自己的女儿叶丽查后，告诉她关于哥哥们惨遭横死的事情。

"带你回来的不是鲁斯杰姆，那是上帝的天使啊！"她说："是为了在临死之前，让你可怜的母亲高兴高兴啊。"

老人高声喊叫起来。突然，她的眼睛睁开了。妈妈见到了自己美丽的女儿，并在她的怀里含笑辞世。

叶丽查没有回到丈夫身边。她变成了一只灰色的布谷鸟，停在路旁的山毛榉树上，咕咕叫着，为她抛弃的孩子们和死去的哥哥们。

伊沃与阿尼查

土耳其人占领了波斯尼亚的首都，他们刺死了卫兵，掠走了国王的孩子们。他们将身穿一身紫袍的美少年伊沃，带到了苏丹面前，而把金色鬈发的阿尼查领到了苏丹王后面前。

一晃九年过去了，伊沃极其苦恼，不得自由。阿尼查虽身处闺室，也处于奴役地位。

"我的女儿，"王后对她说道，"你为什么这样忧伤？也许是你的珍珠和黄金太少，还是你用来刺绣的丝绸不够？"

"既不是我的珍珠和黄金太少，也不是我缺刺绣用的丝绸。我是需要我的弟弟，英俊的伊沃。"阿尼查回答。

"你天一亮就起床吧，戴上面纱去林边的一块小草地，在那里你就可以找到伊沃了。"

阿尼查天明即起，戴好面纱，就去草地了。

伊沃正在绿茵茵的草地上睡觉。他面色苍白，犹如白桦的树皮。

阿尼查向他弯下身子，泪珠落在他苍白的额头。

"感谢你，上帝，是你派露珠来，让我清爽和振奋。"少年低语道。

"那不是露珠，我亲爱的伊沃，这是你可怜的阿尼查的泪珠啊。"

伊沃一下子醒了，扑到姐姐的怀抱。

"我亲爱的伊沃，你为什么这么忧伤？"

"我是在思念自己的亲人啊，可我已经没有能力了。"

"那里拴着的像牛奶一样白的马，不是你的吗？我亲爱的，我们跑吧。"

姐弟俩骑着白马，疾驰如飞。他们疾驰了三天，而三个夜晚是睡在林中柔软的苔地上。

第三日的黎明时分，他们终于看到了家乡的大地。三百人在收割庄稼。听不到歌声……收割庄稼的人身着丧服……

姐姐和弟弟停下脚步，不禁惊恐万状……

"你们怎么会如此伤心？为什么身穿丧服？你们遇到了什么灾难，亲爱的族人？"他们问收庄稼的人。

"从土耳其人攻陷我们首都和掠走国王可爱的孩子们——黑眼睛的伊沃和金色鬈发的阿尼查——时候起，我们就再没有欢乐过。"

"我们饿极了，"姐弟俩说，"给我们些吃的吧，好心的庄稼人，喜事很快就会降临到你们头上的。"

"你们看，那边就是我们国王的宫殿。敲敲门，有人会热情接待你们的。"

伊沃举起银锤子敲门。开门的是一个身穿丧服的女奴，她把骑马的人放了进来。

宫廷的院子长满了杂草。在门两侧光秃秃的石头上，坐着王后，她在痛苦地哭泣。在塔楼的窗户旁边，站着国王。他的头发全白了，好像波斯尼亚群山上的积雪，两腮干瘪，双眼深陷……

王后看着漂亮的来人，哭得更厉害了。他们那么像她自己的孩子……

身穿丧服的女奴把客人们带到楼上的客厅……墙上挂着镶有珍珠的班杜拉琴。这是伊沃的班杜拉琴，他认出了它。

国王从塔楼上走下来，迎向客人们……

"爸爸！妈妈!"王子和公主突然喊了起来，扑向父母的怀中。最后，两位亲人也认出了自己的孩子。

从此，王后再也不哭了，国王再也不叹气了。周围的人们也都笑容满面。庄稼人像从前一样，唱起欢乐的歌曲。

饥饿死亡

土耳其人逼近的可怕消息，令全村村民异常恐慌。他们抛弃了自己的住所，各尽所能，跑到山里去了。马尔可·克鲁奇和他的家人连一口饭都没来得及吃，他们喉咙发干，嘴唇也都裂了。

马尔可脸色忧郁，一声不响地坐在悬崖上。他的身边是自己的妻子米利查。她已经奄奄一息了。两个儿子绝望地看着她。

四周一片寂静，听不到枪声。子弹宽恕了不幸的人们，可饥饿并没有饶过他们。

静静的叹气声，犹如微微吹动的轻风，传到马尔可的耳边，他不禁战栗了一下。这是妻子米利查最后的一口气了。

马尔可用手托着头坐在那里，陷入极度悲观和深深的绝望之中。他的儿子尤沃走到一旁，免得让人看见他的眼泪。可他的另一个儿子拉卓怎么啦？他面色苍白，像一根被风吹得摇摆不定的芦苇，摇摇晃晃地跪倒了……他用痉挛的双手撕扯着胸口的衣服。

尤沃迅速向弟弟跑来。他抽出弯刀，切开自己的手，再把流血的伤口送到弟弟干裂的双唇边……

奄奄一息的生命又回到少年的身上，他得救了。这时，马尔可站起身来。

"振作起来，我的孩子们，"他说，"让我们向敌人发起进攻。我们宁肯光荣地战死在沙场上，也胜过白白地饿死在这里。"

英雄们聚集起最后的力量冲向敌人，献出了宝贵的生命。

女乞丐

年迈的柏亚娜住在波斯尼亚一个遥远的小村庄，靠乞讨度日。得到施舍后，她总是说：

"先生，您为乞丐所做的事情，也是在为自己做的……"与她比邻住着一位有钱的土耳其人。他有一个妻子和两个儿子。

每天，女乞丐都要到这位土耳其老爷的私邸乞讨，得到施舍后，她都会重念同一句话：

"先生，您为乞丐所做的事情，也是在为自己做的。"

老爷的妻子总是听同样的一句话，已经听厌烦了。

"这个老乞丐，她一定在撒谎！"土耳其女人心想："用不多久，我就会得到证实的！"

她拿面粉做了小面包，并将毒药放入面包里。女乞丐来了，得到了小面包，临走时，还是重复常说的那句话：

"先生，您为乞丐所做的事情，也是在为自己做的。"

就在同一天，老爷带儿子们出去打猎。是个大热天，孩子们很乏，看见茅草屋门口的柏亚娜后，便希望在她那儿歇息一下。

可怜的柏亚娜没料想有这么崇高的荣耀，高兴得哭了起来。

"噢,我亲爱的孩子们,我英俊的王子们,"她说,"在老柏亚娜的小茅屋里歇歇吧。她的小茅屋会成为宫殿的。"

把两个王子让进屋里后,老人家给他们送上了新鲜的泉水,并从柜里取出了早晨得到的小面包。

"这是你们妈妈烤制的。"她自豪地说:"吃吧,我明亮耀眼的小星星们。"

孩子们贪婪地向吃的东西奔去,吃饱喝足之后,便回家了。

当天,孩子们出现了可怕的抽搐现象,一会儿他们就死了。

父亲绝望之中,打发人找来了女乞丐。

"你给我的孩子们吃什么东西了?"他怒不可遏地问道。

柏亚娜用诧异的目光看着他。因为孩子们吃的面包,是他们母亲烤制的呀,难道他们吃了这个面包才生病的?

于是,她也为死去的小王子们失声痛哭起来。

不过,母亲对一切都明白了……一股恐惧感笼罩着她,她回忆起女乞丐说过的话:

"您为乞丐所做的事情,也是在为自己做的。"

圣约翰节

4月23日,圣约翰节来临了。这是年轻人的节日,这天夜里,年轻人经常占卜,以测验自己的命运。傍晚,正当节日之时,他们唱歌啊,跳本民族的科洛环舞啊……

一大清早,柳毕查起床后,来到一条小河洗脸。她面朝东方说道:

"我用我的信仰洗脸,证明我们的上帝基督耶稣。"

接着，她开始一边穿衣，一边说道：

"我把白色衣服套在红色衣服外面，好让人们喜欢。"

穿好之后，柳毕查就到花园去了。她手里拿着一块劈柴和一条绳子，一边开始梳她那极为柔美的头发，一边说道：

"让我的头发像这条绳子那么长，像这块劈柴那么粗吧。"

无意之间，柳毕查抬头一看，透过篱笆见到了一位英雄正走在大路上。

这是德拉甘，她的意中人。

柳毕查迅速从口袋里掏出一把锁，通过锁颈看了看德拉甘，便急忙用钥匙发出噼噼啪啪的响声。这样，她就锁住了德拉甘的心，好像他是属于自己的财产一样。

现在应当把锁扔进井里，而把钥匙扔进河里，使锁永远也不能被别人打开。可是凝视德拉甘之后，她将钥匙和锁一起弄掉了，当时英雄非常伤心。

"拉吉沃依现在尚未回来，他应该回家过节。"德拉甘说，站在篱笆旁边。

拉吉沃依是柳毕查的哥哥，德拉甘的拜把子兄弟。

"或许，他就要来了。"柳毕查没有把握地说。

"心预感到，他发生了不幸。"

"你以为，是女巫——"

柳毕查没有把话说完，波斯尼亚人相信，女巫会诱惑英雄们，并将他们俘虏的。

夜幕降临了。年轻人聚集在乡村广场上，他们十分快活和开心，边唱边跳起科洛环舞。

年轻人中看不见柳毕查，他没有对任何人说一句话，就上山寻找哥哥去了。

"拉吉沃依，我亲爱的，"她大声召唤，"你为什么不回家呀？"

"我倒是高兴回家，我的亲人。可女巫不放啊。"回答她的是哥哥的声音。"我鞴好马，她就给卸了；我要拿猎枪，她就把枪夺去，挂到了树上。别等我了，我的亲人。女巫美丽，又法力无边。我无法离开她。"

柳毕查痛哭不已，她的泪水从悬崖上落下来，变成为晶体，对着太阳闪闪发光，灿烂夺目。

柳毕查一直坐在那个悬崖上。如今已消失的波斯尼亚城堡就坐落在那里。四个世纪以前，穆罕默德·法奇包围了这座城堡。国王逃到了克鲁奇，把自己的叔父以及三个女儿留到了城堡的王宫里。由于叛徒的出卖，伊斯兰教徒占领了城堡。三位公主隐藏在深渊上的一个山洞里，可是土耳其的士兵们还是在那里找到了她们。公主们发现已身陷绝境，无望获救，便跳下了万丈深渊。

从那时起，这个峡谷绽放出神奇的玫瑰，其浓郁的芳香弥漫了整个山谷，并扩散到它以外的远方……

卡舒布童话故事

关于三兄弟的故事

国王有一个独生女儿。他下令在全国张贴告示，如果能找到一个发明在海里和陆地都能行走的船的人，他就把自己的独生女儿嫁给他。

在一个小乡村有个农民，他的大儿子和二儿子聪明，而小儿子傻。两个哥哥经常取笑傻弟弟，他们到哪儿都不带他。

得知国王的诏书后，两个哥哥对弟弟什么都没有说，就到树林里做工去了。

一位老人走近他们跟前说：

"上帝保佑你们，孩子们。请给我火，点支烟。"

"我们没空儿。"两个哥哥回答，不再搭理老人，转身继续干活。

"你们的活计能做成一个不错的猪食槽子。而公主，你们是见不到的，如同看不见自己两个耳朵一样。"老人说完便离开了。

傻弟弟打听到国王诏书的消息后，便打算试试运气。当他在树林里做船时，还是那位老人走近他跟前。

"孩子，愿上帝保佑你。"

"谢谢你，老爹。亲爱的，你是否能给我出个主意，怎样才

能造一只在海里和在陆地上都能行走的船呀?"

"你造吧,我的孩子,上帝会帮你的。"老人回答。

上帝还真的给了傻弟弟智慧,让他造出了那样一只在海里和陆地上都能行走的船。船造好的时候,还是那位老人来了,他说:

"当你去见国王时,带上你所遇见的每个人。"

在一个水坑旁,傻子遇到了一个穷人,他喝啊,喝啊,喝也喝不够。傻子就把他带上了。接着,登上山顶以后,他遇见一位身穿破皮袄的贫穷老人。虽然太阳晒得灼人,可老人还是打着哆嗦,发着牢骚:"好冷啊,我太冷了!"

于是,傻子又把他带上了。

往前走不多远,他又碰到了一个人,此人边啃骨头边喊:

"我想吃,想吃啊!"

于是,他把这个人也带上了。

他们见到了国王。国王仔仔细细察看了这只做工精巧的船,船的轴和轮子并不妨碍它在水里航行。国王还发现,造这只船的能工巧匠,是一个普普通通的农民,而且还是一个贫穷的农民。国王并不想将自己的女儿找这么一个未婚夫。因此,他向这个年轻人下达一项任务:一定要找到一个在一夜之间吃光 12 个大圆面包的人;找到一个在一夜之间吃完 12 头牛、喝完 12 桶啤酒的人;还要找到一个在烧得通红的炉子旁,坐上一整夜的人。

未婚夫发起愁来,就去同坐在船上的老人们商量。

一个说,他无论如何也喝不够;另一个说,他无论如何也吃不够;而第三个则说,他暖和不了身子。

次日早晨,当国王来看看,他交给的任务能否完成时,三个穷人看见他后,便连声喊了起来:

"吃啊!"

"喝啊!"

"冷啊!"

不过,国王很固执,他绝不希望给女儿找这么一个未婚夫。他向邻国的国王开战并宣告,他要将女儿嫁给表现最威猛的勇士。

两个聪明哥哥骑着两匹良马上了战场,而傻弟弟骑的却是一匹短尾巴母马。当他慢腾腾走在路上的时候,又碰上了之前见过的那位老人家。

"光荣属于我们的耶稣!"傻弟弟对他表示了欢迎。

"世代永远,阿门!"

他们继续上路了,亲切地聊着,老人像应做的那样,对年幼者告诫道:

"当你经过一个大树林时,你就会从右侧看见一棵枝叶繁茂的椴树。你走近跟前对它说:'椴树,椴树,请你把门开开!'椴树一开门,从里面就会走出一匹鞴有鞍座的马。鞍子上放着新衣服,而在马颈上挂有一个袋子。

当你穿上这件衣服,骑上这匹马迎战敌军时,你只需说:'士兵们,你们快从袋子里出来吧!'——于是,就有千军万马从袋子里面出来,同你一起将敌人打败。而现在,但愿上帝保佑!"

后来发生的一切,与老人说的完全一致。

傻儿子打败了敌军,可一个敌兵砍伤了他的腿。国王见状,便将自己的手帕撕成两半儿,用一半儿包扎了腿的伤口,而把另一半儿则藏了起来。战争结束后,我们的骑士来到椴树前,将一切归还之后,便回家了。

国王问遍了所有的人,那位大败敌军的骑士叫什么名字,可谁都回答不上来。于是,他便派出许多急使,寻找一个腿被砍伤并用国王手帕包扎的人。

国王的急使们好长时间未能找到需要的人,因为他们所找的都是些有钱的人家。这样,国王就下令,不分等级地查看所有臣民的腿。

使用这种方式查找后，使者们来到一家农舍前。屋内，两个聪明的哥哥在吃午饭，而傻弟弟却在用炭火烙饼，他的一只腿用国王的手帕包扎着。

使者们明白，他们站在了要找的人的面前。然而，其中一位年长的使者无法容忍，国王的女儿竟会被这么一个脏小子搞到手。就是他自己，也想与国王的女儿成亲。

使者们带上傻小子，便开始往回返。他们来到树林时，那个想娶国王女儿为妻的使者，杀死了同伴和傻小子，把自己的腿砍伤并用国王的那半手帕进行了包扎。

国王和他的女儿对新的未婚夫十分满意：他是一个颇有才干、机智灵活的人。

与此同时，那位有先见之明的老人也在谋杀现场，只是没有人能看得见他。他走近两个死者，拉住他们的手，使他们站了起来：

"到王宫去吧，明日国王举行女儿的婚礼。"

他们去了之后，向国王禀告了全部真相。

国王招来骗子并问他，假如有人做了这种坏事或那种坏事，应该如何处置他。

骗子不加怀疑地回答道：

"将他两马分尸！"

"既然你给自己指定了这种死法，那你就这么去死吧！"国王说道。这个恶人被拴在两匹马上，两匹马将他撕裂成两半儿。而傻小子则娶了国王的女儿。

随即，举行了盛大国宴，我也出席了，吃啊，喝啊，跳舞啊……同时他们又这么招待我：给了一双矮勒的玻璃皮靴，一件纸做的长衣和一顶涂有黄油的椭圆帽儿。当我舞兴正浓的时候，黄油帽儿融化了，纸长衣扯破了，而玻璃鞋也成了碎片。

他们抓住我这个有过错的人，将我推进炮膛射了出去。这样，我就不知不觉地置身在这儿，在桌子旁了。而那小俩口依旧安然无恙，也许昨天还没有死的话。

动物对话

老人说，在伟大节日之夜，动物之间常会谈论它们在这一年里会发生什么事情。有一位非常精通动物语言的人，在伟大节日之夜，爬上了了牲畜圈上的干柴垛，注意地倾听起来。

一头犍牛对另一头犍牛说：

"过一个星期，我们就会把主人运到墓地去。"

吓坏了的主人从干柴垛一骨碌爬了下来，去找妻子并把他听见的话告诉了她。

妻子开始取笑他：

"真是些蠢话！当你的大限来到时，送你去墓地的不是牛，而是马。假如没有马，那么，任何一位邻居都会把自己的马给你，最后一次为你效力的。"

第三天，主人闹病，一命呜呼。

就在这天夜里，盗马贼从院子里把他的几匹马偷走了。

那么，邻居们呢？

一些人的马生病了，而另一些人则不愿意借马去送死人。于是，几头犍牛就把他运到了墓地。

走运的一天

在一个风和日丽的早晨，一只狼在自己的窝里睡醒了，伸了一下懒腰。这时，一轮红日正看着它。

一只狐狸跑了过来。

"你今天会走运的！"狐狸喊了一声。

"这是为什么啊？"狼问。

"因为当你醒来的时候，一轮红日正照着你呀。"

"那得看情况再说了，不过，还是应当弄些吃的东西；我本来还想躺上一整天的。"

狼在树林里跑时，遇到两个小偷拿着一块偷来的腌肉。见到狼后，他们扔下腌肉，撒腿就逃。

"狐狸说得真对，今天是我走运的日子。"狼闻着腌肉，内心暗想。"多香的腌肉啊！不过，要是吃了许多腌肉，那么，你一整天都想喝水。我看看，能不能碰到更好吃的。"

于是，狼就接着向前跑。它跑到牧场后，发现一匹母马带着马驹儿在吃草。

"这要好些。"狼想了想，便对母马说：

"亲爱的马啊，今天我一切都顺，所以我要吃掉你的马驹儿。"

"尊敬的狼先生,"母马回答道,"我真诚地为此高兴。像你这样一位大人物,想享用我的孩子,我认为是我莫大的荣幸。不过,我请你先帮我一个忙,我的后腿扎了一根挺大的刺。我听说,你是一位名医。当然喽,你肯定能拔出这根大刺,让我摆脱痛苦的。"

"名医!"狼得意洋洋地想。"我还是头一次听说呢!不过,它既然这么说了,可见,那就是真的。"

狼摆出一副傲慢的样子,走得稍微近些,以便仔细查看一下伤口。就在这时,母马用蹄子狠狠踢了一下狼的头部,踢的力量太大了,狼立刻失去了知觉,而母马带着马驹儿逃走了。

狼苏醒过来以后,对母马的狡猾行为怒不可遏,可是想了一下之后,便开始大骂自己:"这是我活该!你从来都没做过医生,干吗还要冒充是医生啊!感谢上帝,我的脑袋还完整无缺!"

狼感到一阵饿意袭来,这才又回忆起,狐狸预言它今天运气不错的话来,便继续向前跑去。

它跑到一座磨坊,发现一头母猪带着几个猪崽儿在吃草,狼的两只眼睛都红了。

"亲爱的母猪啊!我今天处处都顺,因此,我应该将你最好的小猪吃掉。"

"我真高兴,狼先生,真太高兴了,一位如此重要的人物想吃掉我的小猪。可是先生,你看看,这小猪太脏了。这副样子怎么配得上您这位重要人物呀!请允许我把它洗得干干净净的再供您享用。"

"重要人物!"狼暗自想道:"我以前还不知道呢。可是,假如这不是真的话,母猪是不会用这种方式称呼我的。"

"好,你去把它洗干净吧。"狼答应了,便在岸边坐了下来。

这时,母猪带着几个小猪不失时机地下到水里,这样,还未等狼醒过味来，它已游过了河，在磨坊附近消失了。

狼发现到手的东西溜走了，先是大骂母猪，而后是大骂自己了。

"我这是活该呀！"它低声说道："我没有必要自命为大人物，再说了，我根本就不是。因此，像母猪这么愚蠢的家伙都敢欺骗我。可还是不能灰心丧气呀，狐狸预言过我会有好运的。尽管想吃都想疯了，可还是稍微等等再说吧。"

狼接着又跑，跑到一块田野，那儿有两只山羊正在打架，打得难解难分，额头撞得啪啪作响。

"山羊肉可不大好吃啊！"狼皱起了眉头。"可饥饿是无情的。对从一大早没吃东西的人来说，有山羊肉吃也会高兴的。"

"亲爱的山羊啊！"狼转向山羊说道："今天我很走运，你们中的一个该是我的礼物了。"

"狼先生，像您这样一位大人物愿意享用我们中间的一个我们十分荣幸。"两只山羊同时回答。"不过，您首先得解决这块田野归谁拥有这个问题。就连法官们都无法判断我们的是非。而您，作为一位伟大的律师，当然喽，肯定会成功地解决这个问题。您暂且在田野中间坐坐，考虑考虑，而我们分散到两边，向您同时跑来。谁第一个跑到，谁就拥有这块田野。"

"哈，伟大的律师！我还是头一次听说哩。不过，如果不是这样的话，山羊们是不会这么说的。"狼想了想，便对它们说："好哇，你们跑吧。"

山羊们跑散开来，又向中间跑去，用犄角猛力顶狼，那劲儿太大了，差点儿将它顶死。狼倒地失去了知觉，而两只羊趁机逃跑了。

过不一会儿，狼苏醒过来，痛骂山羊把它骗了，但也懊悔自己。

"这是我活该啊！既然我从来就不是什么伟大的律师，就没有必要冒充嘛！"

不过，狼饥肠辘辘，实在难忍，依然拿定主意，继续向前走，希望意外找到什么好吃的东西。因为狐狸向它预言过，今天是自己走运的日子啊！

狼很快来到一个草场，一大群绵羊正在那里吃草。

"这真好极了！"狼想了想，转身对绵羊说了这样一番话：

"亲爱的绵羊啊！今天是我走运的日子，所以我要吃掉你们中的一只。"

"最最尊敬的狼先生，"绵羊们回答说，"您这样一位大老爷想吃掉我们中的一只，实属我们的荣幸。只是请允许我们先安排一下我们的事情。我们唱歌时，缺少一个领唱者。我们从前的领唱者，一位出色的大老爷死了，我们一直在找一位可以代替他的人，可没有找到。命运可怜我们，派来了您。据我们所知，您是著名的歌唱家，把调儿给我们好好调调，然后，您随便选一个供您小吃。"

"原来如此啊，著名的歌唱家。而这一点，我就从未怀疑过。只好这样了，应该满足它们的要求才对。"

"当心，你们要注意了！"狼对绵羊们喊叫起来，爬到了羊棚上面，坐好以后，开始嚎叫起来，同时，挥动着狼爪，就像挥舞指挥棒一样。

绵羊咩咩连连，狼嗥叫声声。全村的人都跑来看这场难听极了的音乐会，跟在人们后面的是一群狗，不知是谁，从后面猛力打了狼一下，于是，它便倒在了地上。

这时，群狗开始对他汪汪狂吠，人们则用杆子和草杈，以及碰到什么用什么，对狼一阵乱打乱扎。狼被打个半死，遍体鳞伤，好不容易才逃脱了。

"我这个笨蛋太随便了，竟然轻易相信我是什么著名的歌唱家！"狼将自己臭骂一顿。"由于我荒唐的虚荣心，甚至像绵羊那么愚蠢的动物，都能把我骗了。不必再做什么了，只好饿着肚子回家了。噢，不过，路上还有一块腌肉呢！因为没有更好吃的东西，也可以用腌肉当做晚饭嘛。"

狼踉踉跄跄地向家走去，它不时地停下想歇息一下。它来到放过腌肉的地方，可那块腌肉早就没影儿了。狐狸将它叼走了。

结果，狼只好饿着肚子回家了。

乌斯姆兹山和留比茨山的精灵们

老早老早以前，在乌斯姆兹山里生活着一些精灵，它们在整个地区以恶作剧负有盛名。像人一样，它们庆贺一些节日，每逢节日开办集市，在这儿可以买到各种各样乡下人所需要的东西。精灵们具有人形，为过节采购了奶酪和牛奶，款待村民，而且给他们出了形形色色、离奇古怪的谜语。村民们猜不出这些谜语，因此，这些精灵们对此十分开心。

"如果我们出的谜语被猜出来的话，"它们说，"我们就无法在乌斯姆兹山立足了。而我们在这儿的心情实在太好了。"

一次，精灵们在最近的一座城市收购了各种各样的日用小百货，在农村周边地区收购了奶酪和奶油，村民们由此断定，精灵们是在筹备一个盛大的节日。

第二天，在乌斯姆兹山附近种地的一位老爷的雇工，听到山里面一片闹哄哄的吵杂声和忙碌声。这个雇工细细倾听一会儿后，开始对自己的马吆喝：

"加油，亲爱的，加油！散发出的味道太香啦。"

犁了一个垄沟之后，雇工开始向回转身。猛然间，他看见地界有一张桌子，上面铺着干净的台布，桌上放有几张大馅饼和一罐子啤酒。你们可以想象得出来，他该有多么惊讶！他又是惊讶，又是高兴。

从山里传来一个声音：

"别把鼻子伸进罐子里，也别动用馅饼，而吃和喝是可以的。"

可雇工并不笨啊，他从馅饼切下中间部分，剩下没有动的馅饼边缘，就吃得饱饱的了；罐子里的啤酒他是倒在手里，一捧一捧喝的。不论是鼻子还是胡子都没有碰到罐子。

"鬼把你救了啊！"从山里传来一个声音："哦，苦啊，苦啊，我们必须从这儿离开了。"

雇工又开始耕地了，当他犁完一垄沟往回转身时，桌子已经不见了。

第二天，村民们得到命令，要各家各户将狗用铁链拴好，而村民自己则不要向外面看，不管那里发生什么情况。一个女子从地里干完活回家，听见了车轮的隆隆声以及马蹄声。她藏在一户人家门前的暗处，开始观察。出现了许许多多的小精灵，走得井然有序。接着是身穿老式褪色长衣的骑士。跟在他们后面的是12头强壮的犍牛，拉着一辆巨大的外面包银的铁车，而车上是一个装满金子的大锅。

车的后面又是一些骑士和他们的首领，一位身材高大的男子汉，留着长长的络腮胡子，帽子上插一根羽毛。与藏着女子的两扇大门平行时，那个首领停下脚步，不安地张望，好像在寻找什么东西。女子鼓起勇气，从藏身的地方走了出来。她走近骑马人跟前，问道：

"大人，您在找什么东西？"

"我把戒指丢了。"大胡子回答。

女子也找了起来，并很快找到一枚镶有巨大钻石的金戒指。

大胡子甚为高兴，便对那女子说：

"现在我什么都没有。一年之后，你来留比茨山，我会好好奖赏你的。"

一年过去了，女人进了留比茨山，不过，她不是一个人，而是手上抱着儿子。上山后，她看到悬崖里敞开的门，于是便走了进去。这时她发现自己已身在宽敞明亮的山洞内。山洞的中间有一张桌子，每面墙上都有些长板凳，上面坐着些骑士，正是一年前她看见的，所有人都睡着了。

当女子进入山洞时，骑士们都抬起了头。有一位起身后，走到她跟前问道：

"卢日支人还用小白面包招待对方吗？"

"招待，招待。"

"带长尾巴的鸟还往你们那里飞吗？"

女子想，他指的是喜鹊，便回答说：

"是的，还往我们这儿飞。"

"看来，我们的时辰还没有到，"骑士说完，又回到自己的位子坐下，睡着了。

其他人也都睡着了。

这时候，那个大胡子首领走到她的身边，指指那口装满金子的大锅，说道：

"你拿吧，愿拿多少就拿多少。"

女子把男孩儿放到桌上后，铺开围裙，往里面装满了金子，又把几个口袋塞得满满的。因为她没有能力拖着个孩子，又拽着个装满金子的围裙，她把金子弄出去以后，然后想回来抱孩子。然而，她刚一出来，两扇门便轰然一声关上了。这时女子回头一看，看见的只是一座光秃秃的山崖。可怜的女人吓得魂飞魄散，顿时昏厥过去。当她清醒之后，便连哭带叫起来。她扑倒在地上，跪着哀求上帝还给她的儿子。可是山崖默默无语，没有开门。这会儿，就连金钱也无法安慰这个可怜的女人。她失魂落魄地四处奔走，求所有人给她出主意。有一位明智的老者建议她，正好在一年之后，再去留比茨山，等待山崖开门。

不难想象，对可怜的母亲来说，这一年该有何等漫长！离期限还有一个星期了，而她守在山崖旁，眼睛一直未离开它。就这样，在最后一夜的时候，山崖开了，那女人当即兴奋地喊叫着冲了进去。她的儿子正坐在桌子上，玩一些金苹果呢。

魔鬼与乞丐

在山下一片树林附近，有一间小木屋，谁都不想住在这间屋子里，因为不管什么人住到这间屋子里，孩子们就会死掉。就这样，小木屋一直空了下来。

有一次，一个乞丐从这间木屋经过，他停下来说：

"上帝保佑你，主人。"

"你要什么呢？"魔鬼问。

"我是个穷人，连个安身的地方都没有。"

"那你就留下吧，不过，你要告诉妻子，让她每周六擦洗屋子，好好照看孩子，别让他们往炉台上爬。这是我的住处。"

这个穷人留下来，开始过日子了。妻子每周六都擦洗屋子，还特别照看孩子，不让他们异想天开地往炉台上爬。他们一家人就这样没出什么意外，消消停停地生活着。

冬天来临了。爸爸连个最差的零活都没有找到。贫穷来敲门了。一天晚上，乞丐一家人坐在一起，吃光了最后一个加盐的土豆。爸爸大声地抱怨自己的命运。魔鬼听到了，从炉台上爬了下来，没人能看到他。魔鬼走近乞丐跟前，对他低声耳语道：

"从周日到星期一的夜里 12 点，你去德拉乔沼泽间的小路，挖出一棵老橡树后，再往下挖。你的贫困日子就到头了。只是你要小心，对谁都不要说。"

星期日到了。这个穷人对任何人只字未提，好不容易等到了夜里，他拿好斧头和铁锹，蹚着深雪，便向德拉乔沼泽间的小路出发了。村里的钟楼响了 12 下。穷人开始砍橡树了。砍倒树后，他又接着往下挖。他干活很是卖力，豆大的汗珠滚滚而下。突然，铁锹碰在什么上，"当"的响了一声，露出了一个装满金币的小锅儿，穷人抓起小锅儿就走。天亮之前，他才急急忙忙赶到了家。他把小锅儿藏到了农舍后面，一个山岩的裂口内。苦日子总算熬到头了。不管他从小锅儿里取出多少钱，钱都没有减少，小锅儿里还是满满的。

穷人的妻子成了富婆：她变得非常懒惰，放弃了工作，也不再照看孩子了。孩子们爬上了炉台，尽情淘气，这使魔鬼极为厌烦。他跳下炉台，没谁能看见他。他对爸爸低声说道：

"我曾对你说过，要照看好孩子。现在，你是咎由自取了。明天，你的孩子都会死掉的。"

真的，那三个孩子都没有一个能够生还。

倒霉的事儿还不算完。人们渐渐地得知，穷人发财了，便刨根究底地追问，他的钱是从哪儿弄来的。他的妻子常常打扮得花枝招展，异常华丽。那些女邻居内心很妒忌，当面却百般奉承她，巧妙地欺骗她，结果，她把秘密全都泄露了出去。一天，成为富翁的穷人，坐在那里吃晚饭的时候，魔鬼挨近他说：

"如果你想活的话，那就从这里滚吧！"

在恐慌之中，两口子跑出了小木屋。而他们身后的小木屋和装钱的小锅儿，也都消失得无影无踪。那个穷人又像从前一样，开始四处乞讨了。

为什么狗与猫、猫与老鼠常常为敌

　　造物主从人类之中选出万物之王，赋予狗保护他自己、守护他畜群和财产的光荣权力。这一权力已写在文本里，托付给了众狗。众狗以此为骄傲，而猫却对它们甚为嫉妒。群猫召开一个会议，决定从狗那里把文本偷出来。它们偷出文本后，藏到了装各种旧物的仓库里。一只老鼠闻到吃的东西的气味，便潜入旧物下面，于是在那里发现了珍贵的文件。高兴之余，就把这件事情告诉了自己的同伴儿。老鼠们聚集在一起开会议论，该如何处理发现的这份珍贵文件。它们讨论了好长时间，也未能达成一致意见。最后，一只年龄最大的老鼠说：

　　"姐妹们，我觉得，咱们最好将这份文件吃掉。那样，咱们就不怕别人抢走了。"

　　所有老鼠都喜欢这个主意。它们毫不迟疑地将文件撕成碎片，嗑着，吃得一干二净。

　　过了一段时间，众狗召开了大会，一些年轻的狗想要看看那份人类赋予它们权力的文件。它们便找那条被委托照看这份文件的狗，没办法，这只狗不得不承认，这份文件让猫偷去了。群狗扑向猫，无论如何得要回这份文件。开始，猫闭门不见，然而发现，这无济于事，它们怕得不得了，便急忙跑去寻找文件。不过旧物下面的文件却不翼而飞。而那个地方只有老鼠能钻进去。因此，群猫便扑向老鼠。可是，老鼠无法还回文件，因为文件被吃掉了。从那一时刻起，猫与狗之间、老鼠与猫之间便结下了仇，代代相传，这种仇恨至今也未停止过。

快乐的性格是最可贵的才能

有位国王有三个女儿。考虑到百年之后的事，他希望其中有个女儿做自己的继承人，但不知道哪个合适。于是，他把女儿们找来，说道：

"你们当中谁最爱我，谁就是我的继承人。你自己挑选一个如意郎君，他就要管理这个国家。大女儿，骄傲而高尚的人儿，你告诉我，你怎么爱我呀？"

"我爱你如同爱自己的荣誉和好名声一样，"大女儿回答道。"对我来说，好名声和荣誉重于生命。而你，父亲，对我比生命还宝贵。"

国王沉思了一会儿，但一句话未说。他问二女儿：

"而你，我智慧而有学问的女儿，你怎么爱我呀？"

"我不同意姐姐的看法，"二女儿回答说，"我认为，如果良心安宁——一个人就健康和富有的话，那么，没有荣誉和好名声是可以生存的。对我来说，智慧高于一切。所以我爱你，就像爱我的智慧一样。如果我丧失了智慧，那么，最好就别让我活在这个世界上。没有智慧的生活——这无异于精神和肉体的死亡。因而，我爱你胜过生命。"

国王沉思了一会儿，但一句话未说。他又问小女儿：

"好啊，我明白了。那么你，我善良、快乐的孩子，你，我老年的欢乐和安慰，你又是怎么爱我的呢？"

"啊，亲爱的爸爸，"小女儿答道，"对于我，你比美妙的歌曲、笑声和任何的快乐还更可爱，你知道吗，这一切使我深深地爱你。"

国王不禁忧愁起来，小女儿，也是他最爱的女儿的回答，并不使他喜欢。他吩咐将他的小女儿送到树林里，住在一个孤独的小房子里，靠面包和水度日，直到她回心转意为止。

国王已经想把王国分为两半，给两个年长的女儿，可是，国王的受人尊敬和最亲密的朋友却建议他，等上一年再做决定。

国王答应了。然而在这一年里，他却不得不遭受许多痛苦。对他来说，从前，在满足以及对下属福利操心的那种时光，已经一去不复返了。现在，日日夜夜没个尽头，对下属的操劳令人苦恼，各种娱乐使他发烦，心灵的宁静已经离他而去。他找来两个女儿，让她们驱散他的郁闷心情，恢复他内心的平静。大女儿建议他对一切泰然处之，不闻不问。以荣誉和好名声依然保留在他身上来安慰他；二女儿则劝说他要有耐心，使他确信，一个人只要有聪明和智慧，他就能承受一切；然而，两个女儿的话，非但未能使国王得到宽慰，反而叫他大发脾气，将她们两人赶了出去。他在自己的朋友、德高望重的老人的陪伴下，越来越经常地走出城堡，总是不由自主地朝花园后边的黑黢黢树林走去，那里有自己小女儿的小房子啊。一次，国王已经走到树林的边缘，可很快又返了回来。又有一次，他已进了树林，可也回来了。他失眠了，几乎饮食不进，他老了，也变瘦了，除了老朋友，谁都不想见。备受尊敬的老人发现，如果这样继续下去，国王就会死的，于是，便吩咐套上舒适的马车，将国王送往被赶走的小女儿所住的小房子的方向。马车还没到小房子，他们就已听到了歌声和响亮悦耳的笑声。这笑声回响在国王的耳边，就像最甜美的音乐。他的心开始剧烈地跳动起来。

"这是谁在歌唱啊，好像一千只夜莺？"国王问。

"这是你的小女儿。"老人答道："是她在歌唱，在欢笑，使你重新回到了生活。"

国王让人把小女儿找来，热烈拥抱了她。他深信，快乐的性格是最可贵的才能，于是便把王国交给了小女儿。小女儿为自己选了一个贫穷的骑士做丈夫。她总是快乐无比，她的下属也都快快乐乐的。国王又活了很久，才含笑死去。

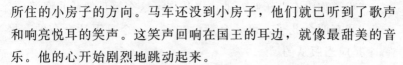

三，六，九

从前，有个国王，特别爱自己的百姓，而百姓对他也是爱戴有加。

有一天，国王突发奇想，要乔装成一个普通绅士模样，使人认不出来，到国内各处走走。偶然间，他经过田野，看见一位年迈的老汉在耕地。

"老人家，你多大岁数了？"国王问。

"115岁了，尊敬的先生。"老人答道。

"那么，你是靠什么方法才活到如此高龄的啊？"

"三，六，九，我就是靠了这个。"

国王没听明白，便请老人解释一下。

"我吃三天又干又硬的面包，睡六小时的觉，喝适量的酿制九年的葡萄酒。"老人回答。

"难道你没有儿子吗？他可以替你干这么繁重的活儿啊。"

"我有两个儿子，可一个都没在家。一个是下达命令的，另一个是应当服从的。"

国王又不明白了，便请他加以解释。

"我的大儿子学习十分出色，"老人边说边擦着眼泪，"学成之后，他回来对我说：'爸爸，请允许我参军去吧。'我不想妨碍他，他忠实地为我们伟大的国王效力。现在，好像当一个什么官了。另一个儿子也学习了，后来和我生活在一起，经常帮我。招募新兵的时候到了，就把他招去了。不管我怎么央求他们，不要把我唯一的儿子招走，也都无济于事。他们说，国王比你更需要他。啊，假如我们善良的至高无上的国王知道，我一个孤零零的老头子有多么艰难的话，他会马上放走我儿子的。"

国王给了老人一把金币，同他告了别，就急匆匆回京城去了。他把大大小小的军官召集到一起，说道：

"我给你们出一个谜语，谁猜得出来，谁就会被提拔为将军。我在田野里，遇到一位年迈的老者在扶犁耕地，就问他，他能活到这么大年纪是什么原因啊？他回答说：'三，六，九'，我就是靠的这个，这是什么意思呢？"

军官们开始想了，有猜这个的，有猜那个的，可是没人猜得出来。这时，从人群里走出一位年轻的百人长，说道：

"陛下，这个老人是我父亲。他吃三天又干又硬的面包，睡六小时的觉，每天还要喝酿制九年的葡萄酒。"

"好吧，孩子，你就是将军了。"国王说。

然后，国王下令备宴，叫来了军官们，并命令把老人请来，他的两个儿子也出席了。

"老人家，你的大儿子已经晋升为将军了，"国王说道，"小儿子呢，我放他回家，照顾你这位可敬的银发老人吧。"

只是这时，老人才知道，跟他在田地里谈话的这位绅士是谁。

他满含热泪的感激了恩人，便和小儿子一起回家了。他的两个儿子对他关怀备至，直到终年。

梨树上的死神

很久很久以前，有一个穷苦的老婆婆。她有一间小木房，小木房里有一个小果园，小果园里种有一棵梨树。老婆婆以乞讨为生。每当梨子熟了的时候，她就把它们卖掉。不过，她卖的梨可不多，因为一些淘气的小孩子把大部分梨偷偷摘走了。

一次，有位过路人求老婆婆在她家借宿。老婆婆收留了他。晚上，她提出要把别人施舍的一块面包送给他吃，但他回绝了，说他不饿。东聊西聊了一阵子之后，最多的还是谈到，一个穷人活在世上是何等的艰难。老婆婆又抱怨起那些偷摘她梨子的淘气孩子，并问客人，他是不是知道有什么药，惩罚那些淘气鬼。

"当他们爬上梨树的时候，最好就能让他们留在那里。"她说。

过路人就给了他一种用草药制成的药水，需要把这种药水抹到树上。夏天，当梨开始成熟的时候，老婆婆用药水把树抹好，迫不及待地等着看结果。

终于，有那么一天，趁老婆婆出去行乞的时候，跑来了一群孩子。一个孩子爬上去了，接着另外一个，又有几个，他们摘下梨想往下爬……可却不是那么回事儿。老婆婆回来发现，是些小家伙粘在了上面。

"别人的梨好吃吧？"她挖苦他们："好吧，现在，你们这些喜欢别人东西的家伙，就在那儿待着吧。"

孩子们央求着，哭着，可都无济于事。可爱的小家伙们只能认命留在梨树上了。而与此同时，果实落到了地上，老婆婆把它们装到了篮子里。

过不多久，死神来找老婆婆了。机灵的老婆婆请死神等一等她，她要把梨铺好晾一晾，同时建议它爬上梨树，吃些它爱吃的果实。死神爬上去了，然而却下不来了。这时候，附近有许多病人，他们受尽折磨，却死不了，因为死神也失去了自由。他们请来了一个名医，并且抱怨说，一个乞丐老太太把死神也监禁起来了。这个名医开始劝说老婆婆放掉那些俘虏。可她却建议他品尝一下她的梨。轻信的医生爬上了树，可也留在了那里。

两个月过去了。附近的病人多得没人照顾了。老婆婆怜悯诚实的人们，便把梨树上的药水刷洗掉了。于是，名医第一个下来了，接着是死神。小孩子也从树上爬下来了，四散逃走。打那以后，他们对别人的梨再也不感兴趣了。

被赶走的厨师徒弟

从前有个国王酷爱狩猎，他了解附近树林里常见的所有飞禽走兽。

有一天，他很不走运。他在树林里走了很久，可什么也没有打着。突然，他在一棵大树枝上发现一只鸟。这种鸟，他以前还从未见过。随着"叭"的一声枪响，那只鸟掉了下来。国王捡起鸟，只见翅膀下写有一行字："谁吃我的头，谁就是国王；而谁吃我的心，谁每天早晨就会在枕头下面发现五个金币。"国王对

这一切甚为惊讶，便小心翼翼地将鸟包好，带回了王宫。

然后，国王叫来厨师，特别严厉地命令他要格外小心地把鸟烤好，并将整只鸟端上餐桌。

厨师煨好鸟，加上调料就插上了烤肉的铁钎子。这时，在另一个炉灶油已开始烧开。厨师把徒弟叫来后，交代他注意照看烤的那只鸟，并经常翻翻，而他自己跑去处理别的事情了。

徒弟不时翻动着烤鸟，而他自己却在想：

"这可真怪，厨师自己没有把心取出来。他是忘了，还是怎么的？要知道，烤的东西烤熟的时候，心就会烤煳的。里面又会有什么呢？要不要把它吃了？也许，厨师不会发现的。"

说干就干。鸟的心就这样，不知不觉地进到了徒弟的胃里。

厨师回来差点儿疯了。他问徒弟，心单放一个地方没有，待了解全部实情后，厨师用炉叉子狠狠地打了他，并将他赶走了。而他自己迅速地切开一只小鸡，将心烤好，并与烤好的鸟一起，呈献给国王。

国王自己的继承人吃了头，而他自己则把心吃了。一清早，他翻遍了自己的所有枕头，可是却没有找到金币。国王以为，是有人在跟他开玩笑，便有些生气，后来也就把这事儿忘了。

与此同时，徒弟彼得却头也不回地逃跑了，他仿佛觉得，厨师在拿炉叉子追他。他脚不停地跑了整整一天，将近傍晚时，看见了一座远离人烟的城堡。他敲了敲城门，请求过夜。城堡的女主人，一个吝啬的地主婆，本不想放他进来，可后来动了怜悯之心，让他到马厩过夜，但不给提供晚饭。

次日，地主婆自己把人叫醒干活去了，然后顺便进了马厩——彼得睡觉的地方。彼得睡觉心里也不踏实，辗转反侧的，因此他的头就从枕的麦草捆儿滑到了一边。人家给他的麦草捆儿是做枕头用的。猛然间，麦草里的金币闪闪发光，地主婆贪婪地向金币扑去，并发现了又一枚，她总共收集了五枚金币。她想，在事情没有搞清楚之前，她是不会让男孩子离开自己的。

早晨起床后，彼得请求地主婆收留他打工，好挣点吃的。昨天晚上，凶狠的地主婆赶走了牧羊人，因此便答应收留彼得顶替他的位子。

第二天，地主婆又在彼得的枕头下面，发现了五枚金币。她确信，这个男孩子不会对过夜时发生的事情产生怀疑，便决定将他作为自己的摇钱树。她担心有人会识破这件事，便吩咐他睡在自己房间的门旁，这样将金币藏起来就更方便了。她给他头下一个枕头，那就像其他人一样了。除了麦草之外，什么也不会发现了。

大家都很奇怪，这个刻薄挑剔的地主婆，整整三年没有在自己的房间收留过牧童了，尽管他彼得，哪方面也并不比其他人强。第四年，狼从彼得身边叼走了小羊，于是，地主婆顿时怒火万丈，她打啊，打啊，直打得他挣脱后，逃命去了。

"这样的活儿我总会找到的。"他想。

就这样，彼得躺在树林里柔软的青苔上过了一夜。醒来后，他回头看了一眼，结果竟发现了五个金币！他收起金币就进城了，并给自己买了一身新衣服。

彼得在树林里走了一会儿，结果迷了路。这时，夜幕降临。他躺在橡树下就睡着了。早晨，彼得又发现了五个金币。这时，他仿佛突然意识到了什么。

"原来是这么回事儿！"他想了想："三年来，那个老刁婆把我的钱财骗取一空。为此，她是要付出代价的！"

他掏出面包咀嚼着，这时他发现，不远处有一棵梨树。他站起身来，摘了满满一帽子的梨。可是，当他吃了之后，感到头疼，鼻子好像也在长。好家伙——鼻子长了一尺！

彼得哭了起来，可是毫无办法。他拿定主意，趁面包没有吃光，在树林里走走，在人们面前，他觉得丢脸。

中午，彼得来到一个小河边，喝足了水。嘿！真是天大的奇迹！巨大的鼻子开始缩小，缩小，终于恢复到原来的样子。彼得回忆起，自己的口袋里还剩有一些梨。他掏出来吃了下去，鼻子又长大了。再喝些水，又缩小了。

彼得微笑了一下，脑子里闪过了一个令人开心的念头。

他得知，城堡那个地主婆，不久将为自己的女儿举办一个盛大的婚礼。周边地区还没有一种能让鼻子长大的美味可口的梨。彼得尽可能地多摘了一些梨，他穿好衣服，将脸涂上黑色，买了一个篮子，带上一些梨，就去城堡叫卖了。

客人们已经就座，这时，仆人们前来禀报说，有一个人在卖一种美味可口的梨。地主婆走到小贩跟前问，这些梨他要多少钱。

"两个金币。"

"太贵啦，喏，就一个金币，拿去走人！"

彼得恨得咬牙切齿，想象着，因为他的缘故，这个老刁婆收集了多少这样的金币啊。接着，他祝愿大家吃了他的梨更健康。之后，便急匆匆离开了。

开始给众人分水果了，其中就有那些不同寻常的梨。

"哎呀妈呀，您的鼻子多大啊！"未婚妻凝视未婚夫，喊叫起来。

"可您的呢，不也这样吗！"未婚夫反驳道。"好啊，你们的钱买回来一些什么乱七八糟的东西。"

你一句我一句，未婚妻与未婚夫吵了起来。所有客人都带着一个长鼻子站了起来，怒气匆匆地打道回府了。

获悉这件奇闻怪事后，可忙坏了医生们。一会儿是这个医生，一会儿是那个医生，都愿意提供自己的治疗，但一概无效。彼得知道了这个情况，笑得前仰后合。最后，他想自己扮演成医生，从那条小河里，灌满了几玻璃瓶水，便进城给人治病去了。

一个人的鼻子刚刚缩小，消息便不胫而走，到处都有患病的人请他。金钱源源不断地流到他的腰包。所有人的鼻子都恢复到原先的样子。只有那个吃了半个梨的可恶地主婆还带着半尺的鼻子。而医生先生假装他无论如何都帮不了她的忙。她央求他说，虽然自己很吝啬，但愿意出一大笔钱，可他只是耸耸双肩，表示无能为力。

彼得在城里买了一幢漂亮的房子，过上了舒适而快乐的生活。

魔　袋

从前有一个贫困的雇工，是个鳏夫，名字叫巴维尔·斯特鲁加里。每天，他去干活，养活自己和孩子。而且，他还是个很有名气的雇工，他一分钟都不会白白浪费掉，每个戈比都挣得诚实本分，不掺半点虚假。

有一次冬天，他去树林里砍柴。临走时，他嘱咐孩子们，让他们老老实实待在家里，并向上帝祈祷，让上帝赐予父亲干重活的力量。他告别儿子就走了。

他进了林子，看见一大堆篝火，篝火旁有三位相貌奇特的人，这样的人，斯特鲁加里以前还从未见过。他们是风、太阳和严寒。斯特鲁加里吓坏了，想跑，可是相貌奇特的人拦住了他：

"斯特鲁加里，你别害怕我们，我们对你没有恶意。"

巴维尔鼓起勇气，走到他们跟前。他们给了他一块样子美观的白面包和一块腌牛肉，饿极了的巴维尔可算吃了个饱。

"上帝会加倍报答你们的，好心的先生们。"他说。"我已经吃得饱饱的了，剩下的我想留给孩子，他们这些可怜的孩子，下生以来，连白面包都还没有见过呢。"

说完，他就想走，这时候，相貌奇特人中的一位，抓住他的手说：

"巴维尔，走之前你稍等一下，你告诉我们，我们三个人里谁最强大、谁最有力量、谁最勇敢。"

"当然是风了。"巴维尔答道。

太阳大怒，说道：

"巴维尔朋友，你等着瞧吧。当夏天割庄稼的时候，我将你晒得很厉害，你得活活被烧死。"

"不用担心，"风反驳说，"我会用清凉吹遍你的全身，你干活就不会觉得难受了。"

"瞧吧，冬天即将来临。你开始砍劈柴，而我会让你浑身发冷，在火旁都暖和不过来。"

风哈哈大笑起来：

"你吓唬人啊，真是的。别害怕，巴维尔朋友。我用温暖将你一吹，任凭什么严寒都坚持不住。你会热得连靴子和皮袄都脱下来。"

告别时，风送给巴维尔一个魔袋。

"这个袋子，"他说，"具有一种神奇的力量，你只要拍打它，就会跳出三位勇士问：'你要什么，主人？'你想要什么就要什么，你都会得到满足的。"

巴维尔对风表示了谢意，拿起袋子就回家了。他叫来孩子们，众邻居，干亲家和干亲家母们，然后拍打了一下袋子，而从袋子里——立刻跳出来三位勇士。

"你要什么，主人？"

"给我们大家端上一份有贵价钱饮料的精美午餐。"

瞬间，出现了一张桌子，上面摆着价钱昂贵的饭菜和饮料。

斯特鲁加里、孩子们、干亲家和干亲家母们，每个人都吃喝得饱饱的。

"我说，亲家，"一个嫉妒的干亲家母说，"我太喜欢你的袋子了，把它卖给我吧。"

斯特鲁加里拒绝了好一会儿，但他看见桌子上放的 500 个金币时，便忍不住把袋子卖了。

干亲家拿起袋子，与妻子高高兴兴地回家了。

"这个斯特鲁加里呀，真是个傻帽儿！"他对妻子说。"500金币就把这样一个宝贝卖了。要是我，不论出多少钱，我决不放弃这个宝贝！"

等他们到家时，干亲家拍拍袋子，从里面跳出三个身强力壮的男子汉，开始痛打他和他的妻子。

"我们将一直痛打到你们将袋子归还它的主人为止。"男子汉们说完，接着又不停地打。

"老婆，我们还是把袋子还了吧。"干亲家说。

"不。"

男子汉又打了起来。

"我们一定归还！"

"不。"

最后，他们被打了个半死。

"你快去还了吧。"干亲家母答应了。

干亲家去了，他低低鞠了一躬，求斯特鲁加里收回袋子。

"这我不能，干亲家。用你那 500 金币，我已跟邻居买了地。我怎么拿得出钱来还你呢？"

干亲家又开始恳求了，只要收回袋子不给钱都行。干亲家母来了，也开始恳求。终于，斯特鲁加里同意下来。他拿回了袋子，还借助袋子得到了他想要的东西。隔不多久，他还回干亲家的 500 金币，与孩子们过上了无忧无虑的幸福生活。

傻瓜扬

　　扬是一位富裕村民的独生子，他父亲舍得出一切，使他成为一个正常的人，可是毫无结果。要知道，药房是不卖智慧药的。上帝不赋予他思想的人，你是不能向他硬灌输的。父亲试着送他去上学，他可倒好，甚至连字母表都背不下来；胡诌八扯一气，弄得所有学生哈哈大笑。这样，老师不得不将他退给父亲了。

　　摆脱了学校，扬反倒高兴得不得了。回到家后，他往凳子上盘腿一坐，啃起面包来了。父亲得知怎么回事后，大为恼火，可也没有别的办法，只得把他留在了家里。父亲开始教他干活。扬很听话，完成了让他做的事情。可要求他做事情时加上自己的思想那就不行了。

　　时间就这样慢慢地过去。父亲上了年纪，开始考虑给儿子娶个媳妇，希望她来管他。可要实现这一想法，又谈何容易！十里八村的姑娘们都十分了解扬，没人愿意嫁给他。最后，父亲找到一个穷苦的孤儿，对她而言，有人收留她，给她一块有保障的面包，似乎就是莫大的幸福了，因此便答应做扬的妻子。

　　父亲过世了，于是，扬便开始经管家中的事情。那会管理成个什么样儿啊！要不是妻子的话，这个家早毁了！

　　有一年庄稼歉收。既没有粮食，也没有烧柴和干草。妻子便对扬说道：

　　"你去把咱家的牛卖了吧，春天咱们可以再把牛买回来。只是你要当心，你拿回的钱不能少于 200 块，不给钱就别卖。"

　　扬走了，他途经树林，不断向两边张望着，万一有盗贼来，他就会很容易地把绳子割断，将牛偷走。扬走向一棵高大的橡树，停下脚来歇歇气。他突然萌生一个念头：那棵橡树是不是要买他的牛呢？

"喂，你是不是要买我的牛啊？"扬问。

当时，刮着大风。橡树树尖摆动着头。扬错误地以为，橡树点头是表示同意了。

"那么你会给200块吗？"

橡树树尖继续摆动着。

"那好，你就给钱吧。嗯，也许，你没有钱？"

橡树树尖仍然摆动着头。

"好吧，我等，只是不要超过两个星期。两星期后，你答应还我吗？"

橡树摆动着，好像是说：是的。

"注意，你可要记得哦。如果你说话不算数的话，我就会把你砍掉，像砍死一条没用的狗似的。"

扬回到了家。

"卖了吗？"妻子问。

"卖了。"他回答，好像没这回事似的。

"可钱呢？"

"过两星期我就会得到。"

"这是什么人哪，不给钱你就卖他了？"妻子问道，当真开始惶恐不安了。

"树林里的一棵老橡树，"扬答道，发现妻子在哭，便开始安慰她。

"你这是干吗呀，你这个愚蠢的婆娘。我吓唬它说，如果它不付钱，我就砍了它。"

妻子很伤心，她竟会有这么一个傻丈夫，整整两个星期没跟他说一句话。

这件事让扬烦透了，他拿起斧头就找橡树去了。他来到后发现，他的那几头牛只剩下一个角了。

"啊呀，大叔，你把欠我的牛钱给我吧。"

不过，橡树没有摆动，因为那天没风。

"难道你没有听见吗?"于是，扬又把自己的要求重复了一遍。

橡树还是纹丝不动。

"哎呀呀，你这个商人可真行! 把牛都吃光了，却不想给钱! 要知道，我可是说过的，如果你说话不算数的话，我就会把你砍掉，像砍死一条没用的狗似的。你看，我现在就咔咔地砍你!"

可扬刚刚砍了几下，从橡树上就掉下来一小筐钱。

"哈哈! 你终于肯给了。"

扬急急忙忙抱起小筐就跑回了家。

"媳妇儿，我的好媳妇儿!"他大声喊道: "不想给钱? 哼，他这个骗子，我是靠力气要回来的! 你看看。"

妻子无法相信自己的眼睛，不过，她见到那么多钱，便跟扬和好了。而他逢人便自吹自擂，讲他是怎样从橡树那儿把钱要回来的。不过，他再也不需要卖牛了，妻子也不相信他了。什么事她都亲自参与，与扬却十分和睦，因为尽管他很傻，却善良可爱。

算命人拉切克

从前有个挖坟的工人，姓拉切克，十分贫穷。他家人口多，养活这一大家子人非常艰难。另外，好像故意作对似的，家里却很少死人。

吃完最后一个土豆后，这个穷汉子找到教区的神父商量，他该怎么办。可是，神父帮不了他，因为他自己也很穷。不过，他又不希望看他两手空空而归，便送给他一本书，说道：

"从这本书里可以学到许多东西，它能预示你的未来。"

"啊哈，预示未来，"拉切克想了想，"那么说，我就没必要在这儿没日没夜地干啦。我要去闯闯世界，寻找幸福。"

拉切克感谢了神父之后，又与妻子告了别，便冒充算命人云游四方了。

他来到一个城市，得知国王的女儿把戒指丢了。大门上和护窗板上贴满了告示：凡能找到戒指或指明戒指下落的人，将得到一大笔钱。

拉切克充满自信，根据书他什么都可以预测得到，于是便进王宫去了。他受到了盛情款待，可王后却不相信，像他这么一个普普通通的人，能预测到她戒指的下落。

"请不必怀疑，陛下，"拉切克回答道，"我一定把您的戒指找到。做这件事情可能需要好几天的时间。我得多读读这本书，因为灵魂是精力充沛的，而肉体则软弱无力，所以这个时候，我需要好好饱餐一顿。"

国王和王后立即吩咐从御厨给算命人弄些吃的，并让厨师本人把饭菜送来，并且问问算命人，他们做的饭菜是否合他的口味。这时，国王还加上一句，如果戒指找到了，他将使算命人幸福终生。可如果找不到，他就大祸临头了。

"这就是我的事儿了。"拉切克回答道，同时打开书。

国王马上注意到，他把书拿倒了，便跟他说了这件事。可是，拉切克没有一点慌张的样子。他回答说：

"难道陛下不明白，当人们想要得到以前的东西时，那就应该倒着拿书吗？"

"啊，原来是这么回事儿啊！"国王回答说，完全放下心来。

国王一家人离开了，让算命人更深入地思考问题。

正是晌午的时候，老胃开始提醒拉切克，该填填肚子了。书是用拉丁文写的，拉切克一窍不通。能不能从书里了解到戒指的去向——他更是一无所知。但现在他想的已不是戒指，而是厨师给他的午餐，是不是很快就能送到的问题。终于，一个厨师两手端着小钵儿出现了。

"啊哈，已经来一个了！"拉切克喊了起来。

厨师全身哆嗦了一下，差点没把小钵儿掉下来。之前他已经知道，拉切克是个算命的。

拿起羹匙儿之后，拉切克说：我已经知道一个了。他指的是，已经知道一个厨师了。然而，厨师对这句话却另有一番理解。他跑进厨房，告诉自己的同谋，"那个算命的说：'啊哈，已经来一个了！'后来他又说：'我已经知道一个了'。"其他两个厨师听了，脸红得像芍药。

现在，该下一个厨师去古怪的算命人那里了。他拿了肉、蔬菜和丸子。拉切克刚从门里看见他，便喊了起来：

"啊哈，这是另一个了！"

厨师手里的肉、蔬菜和丸子一下子飞落到地上。厨师开始道歉说，他马上重换新的，可是拉切克却请他放心，反正他这么吃也行。当盘子一扫而空，厨师走了以后，拉切克在他身后说了一句：

"现在，另一个我也知道了，第三个会是什么样子呢？"

厨师听了这些话以后，勉强站稳脚跟，好不容易才回到了厨房。

同伴们焦急地等着他开口，想听听那个算命人是否了解他。从他那苍白的脸色和颤抖的声音，他们就猜到了事情的真相。

"我们被发现了，"第二个厨师说，"他对我说：'啊哈，这是另一个了！'接着又说：'现在，另一个我也知道了。第三个会是什么样子呢？'"

他们开始商量，该怎么做方能免得一死。这时，第三个厨师想起来，他要给算命人送一道烤肉。当他拿到一只烤好的野鸡和鸭子往上面送的时候，厨师领班对他耳语道：

"请他不要出卖我们。"

第三个厨师刚把门打开，拉切克就高声喊道："哈，这就是第三个了！"于是，拿过一块鸭肉，补充了一句："现在，三个我全认识了。"

厨师觉得，犹如一把尖刀刺入他的心脏。

"仁慈的先生！请不要出卖我们厨师吧。"他低低地鞠躬说道。

"当你们给我送来那么美味的食物时，我是绝不会出卖你们的。"

厨师跑回厨房，三个人一道拿了各种各样的馅饼，加上一小杯银子，还有一枚偷来的戒指，去找算命人了。

"现在你们三个人全齐了，"拉切克说道，指的是厨师，而他们理解是："所有三个小偷"。

把馅饼和饮料放到桌上后，厨师领班开始说话了：

"仁慈的先生，您答应不出卖我们的。"

"明白，我答应过的。下面呢？"

"这就是我们给您带来的金币，每人五百，还有一枚偷来的戒指。千万别出卖我们啊！"

拉切克觉得，他被人用刀背在额上砍了一下，但很快便猜到了是怎么回事。

"当我有这样一本书的时候，我怎么会猜不到呢？放心好了，我不会出卖你们的。"

他站起身来，走来走去，考虑用什么办法不说出小偷而把戒指还给公主。

一个机会帮了他的忙。他走到窗前，看见院子里有一只鸭子。

"你们到这儿来。"他对那三个厨师喊道："你们把戒指塞进它的嗉囊里，而我来推测，是鸭子吞了戒指。"

说做就做。当国王一家人聚集到一起的时候，拉切克便宣称，戒指被鸭子吞吃了。他们抓住可怜的鸭子，杀了，并在它的嗉囊里找到了戒指。

大家都十分高兴，称赞算命的人。他一在街上出现，人们便开始喊：活神仙！

根据国王的意愿，对算命的人还要进行一次考验。在大庭广众面前，给他端上一个密封的小盆儿，拉切克应该猜出里面装的是什么。他挠一挠自己的耳朵后边，忧郁地说了一句：

"噢，拉切克呀，拉切克①，这下你可要大祸临头了！"

小盆儿揭开了，令众人大为惊讶的是，里面的确有一只虾。人们对算命人又是一片赞扬声和"活神仙"的叫喊声。由于找到了戒指，国王给了算命的人一大笔钱。王后和公主又以自己的名义，补加了许许多多别的小饰物。贫穷的挖坟工人回家时已是一个富翁。他深深感谢了神父和他的那本书，并开始过上了幸福的生活。

---

① 拉切克与俄文中的"虾"谐音，拉切克说："噢，拉切克呀，拉切克，这下你可要大祸临头了！"是指自己的姓，但也可以理解成："噢，虾呀虾，这下你可要大祸临头了！"

波兰童话故事

关于美丽的叶琳娜的故事

　　一位父亲有三个儿子，小儿子愚笨。他们家的园子里，种了一棵苹果树，上面结了好多金灿灿的苹果。每天夜晚，都会飞来一种奇怪的鸟，吃了许多苹果。这使父亲甚为苦恼，病倒在床上。他把儿子们召集来，说道：

　　"亲爱的孩子们，你们骑上马，去寻找那狡猾的偷果鸟吧。我再也忍受不了啦！"

　　儿子们骑上马出发了。在一个十字路口上，有个路标，路标上有字：往右走的人一路平安无事；往左走的人会把马丢掉；而简直走的人不仅会把马丢掉，自己也会丧命。

　　大哥往右走了，二哥往左走了，而留给弟弟的就只有简直走了。

　　愚笨的弟弟走啊，走啊，迎面来了一只狼。狼一下子把马抓住，吃了。愚笨的弟弟就开始步行了。他回头一看，狼还跑在他的后面，它赶上来后问：

　　"人啊，你这是去哪里呀？"

　　"父亲园子里种了一棵苹果树，结了好多好多金灿灿的苹果。每天夜晚，都有一种鸟把苹果吃了。我去寻找这只鸟。"

"我知道这种鸟在哪儿。你去那里用几年的时间都到不了。骑上我吧，我送你去那里。"

愚人骑上狼，过了三天他们就到了目的地。他们到了一座城市时，狼说：

"到王宫去抓鸟吧，只是不要碰到鸟笼子。"

愚人去了王宫，见到了笼子里的鸟，就想：

"我怎么能没有碰鸟笼子就弄到鸟呢？干脆我把鸟笼子一起拿走算了。"

可是，他刚一碰到鸟笼子的时候，整个王宫便响起了叮咚声。仆人们跑来，抓住这位不速之客，把他带到了国王面前。这个愚少年心地坦白地告诉国王，他来这里的目的。

"在那么一个王国里，有一匹金鬃马。如果你能搞到这匹马，我便将鸟和笼子一起送你。"国王说。

愚少年便去找狼，告诉它所发生的事情。

"我告诉过你，别碰鸟笼子，结果你看，弄成这个局面。到那个王国的路程很远，可是算了，我把你送去吧。"

愚少年骑上狼，四天之后，他们就到了目的地。

"你去抓马吧，可是别抓缰绳。"狼说道。

愚少年去了马厩，见到了金鬃马，便想：

"我怎么不用缰绳就能把马牵出来呢？"

可是，他刚一碰到马缰绳，各处都响起了铃声。守夜人抓住小偷，把他带到了国王面前。

"你怎么竟敢偷我的马呢？"

愚少年向国王和盘托出事情的真相。

"唔，如果是这样的话，那么，你去某国把美丽的叶琳娜偷出来，把她带给我，那时你就会得到带有缰绳的金鬃马了。"

愚少年找到狼，讲述了全部真情。

"瞧，你又没听我的话。好吧，现在按你知道的去做吧。那个王国可远得很呢！"

愚少年开始央求狼，而狼也可怜起他来了。几天后，他们到达了目的地。

"我去找美丽的叶琳娜吧，你等着就行了。"狼说。

狼跑向花园，藏到了树丛中。美丽的叶琳娜与自己的闺友正在散步，她刚刚走到与树丛平行时，狼便将她抓住，带走了。

"你们两个骑在我身上，"狼对愚少年说。于是，他们便向有金鬃马的国王疾驰而去。

"你与美丽的叶琳娜分手不觉得遗憾吗？"狼问。

"非常遗憾，亲爱的狼。"

"那么，我们还是别把她交出去了。"

当叶琳娜发誓说，她绝不会逃跑时，就把她留在了树林里。而他们自己朝王宫走去。狼往地上一敲，就变成了美丽的叶琳娜，而愚少年就领着她去了王宫。

国王大喜，吩咐将金鬃马交给了愚少年。与此同时，化为美丽的叶琳娜外形的狼，对愚少年耳语道：

"当你牵马的时候，可要记得我啊。"

国王与美丽的叶琳娜散步去了，而愚少年牵马时，心里默念道："现在，我的狼朋友，你可在哪儿呀？"

就在这一瞬间，与国王散步的少女往地面一碰，又变成了狼。狼跑到了树林，美丽的叶琳娜骑上了马，而愚少年骑上了狼，一起驰向拥有鸟的国王。

"你与马分手不觉得遗憾吗？"狼问。

"非常遗憾，亲爱的狼。"

"那这样吧，姑娘和马待在这儿，你和我去见国王。"

狼变成了马，而愚少年牵着它去见国王了。

国王非常高兴，吩咐把鸟连同笼子都送给愚少年，还给了许多钱。愚少年拿走自己所有的财物，去了树林，那里有姑娘在等着他。而国王骑着金鬃马游玩去了。当愚少年来到树林时，美丽的叶琳娜已经在等他了。这时，他想起了狼："现在，我的狼朋友，你可在哪儿呀？"

就在这一瞬间，载着国王的马朝地面击打一下，一转身变成了狼，跑去追愚少年了。

"你看，现在鸟和马你都有了，还有了美丽的姑娘。"狼说。

当他们跑到当初狼吃了马那个地方时，狼说：

"喏，现在该说再见了，不过，你要记住：提防你的哥哥们。"

狼消失不见了，而愚少年与美丽的叶琳娜继续策马前行。他们来到了愚少年与哥哥们分手的那个十字路口。这时他下马，让它吃些草，而他自己则和美丽的叶琳娜坐下来吃点东西。他们吃饱喝足之后，愚少年便躺下睡觉了。这时，哥哥们来了。叶琳娜开始叫睡觉的人，可没有叫醒。而哥哥们见到美丽的姑娘、金鬃马和鸟以后，把自己的弟弟砍成碎块，扔进了河里。他们将财物据为己有，还威胁姑娘，不许她说出真相，要说，这一切都是他们得到的。

父母两位老人怀着万分喜悦的心情，迎接儿子们，对他们的历险奇遇十分惊讶。不久，便订下长子与美丽的叶琳娜的婚礼。

就在这个时候，狼绕着树林乱窜，并嗅到一股奇怪的气味。它循着这股气味到了一条河边。此时它意识到发生了什么事情。狼毫不迟疑地跳入水中，拖出身体的碎块，并藏到了树丛内。然后，狼把马咬死，扔掉内脏，而自己则爬到马肚子里。很快，乌鸦和其他猛禽从各处向内脏飞来，这时狼跳起来抓住一只乌鸦仔。老乌鸦们开始在狼的身边飞来飞去，恳求它放了它们的孩子。

"要是你们给我弄来活命神水和使尸体碎块长合在一起的圣水的话，我就放了它。"狼回答说。

乌鸦飞走了，又很快带着两种神水飞了回来。狼拿起神水，把乌鸦仔撕成两半，用神水喷洒，结果，两部分长合在一起了。然后，再用活命神水一喷，乌鸦仔扑棱一下翅膀，飞走了。

当猛禽飞走的时候，狼进了树林，从树丛里取出愚少年的尸体碎块，把它们组合好之后，用神水一喷，碎块便长合到一起了；然后，再用活命神水一喷，愚少年便站在狼的面前，像没事人一样。

"哎呀，我睡得太死了！"他说。

"如果没有我，你再也醒不过来了。"狼反驳说。"今天，你哥哥要与美丽的叶琳娜举办婚礼，可是，你到不了那儿。"

"那么你，亲爱的狼，把我送去吧。"

"那就这样吧，坐好了。"狼发了几句牢骚。

快到城市的时候，愚少年从狼身上下来了。

"给你，这是袜子、皮靴和美丽的叶琳娜穿的衣服，"狼对他说，"没有这些新购置的东西，她是不想结婚的。当她要皮靴时，你就把靴子送给鞋匠，让他给她送去。至于袜子和衣服，你也同样这么做。"

狼进了树林，而愚少年则朝父亲的家走去。

正好在这个时候，美丽的叶琳娜在筹备婚礼。

"没有不用试就穿上正合适的皮靴，我绝不结婚。"

愚人把皮靴送给了鞋匠，鞋匠又将皮靴送给了未婚妻。这皮靴她穿上正合脚。

"没有不用试我喜欢的面料做成的衣服，我绝不结婚。"

没有一位裁缝做的衣服合乎未婚妻的心意，愚少年则带给一位裁缝一身衣服，请他转交，并带去这样的话：

"你把衣服带给未婚妻，她会满意的。"

美丽的叶琳娜立即认出了衣服，当她跟愚少年到这儿到那儿的时候，穿的就是这身衣服。少女猜到了，她的勇士还活着，但却不动声色。当百般纠缠要她结婚时，她说：

"我没有不用量就穿着正好的袜子，我是绝不去结婚的。"

愚少年将一双袜子送给店铺，而商贩就把这双袜子送给了未婚妻。袜子正合适，可未婚妻却继续挑剔：

"只有准备盛大的宴席，邀请来自城市和周边城乡所有穷人和富人参加时，我才会结婚。"

当应邀来的宾客聚集在桌旁坐好的时候，美丽的叶琳娜认出了愚少年，上前拉住他的手，领到父母的身边，说道：

"亲爱的爸爸妈妈！不是那两个哥哥弄到的鸟、金鬃马和叶琳娜，而是这一位！"

叶琳娜随即向爸爸妈妈讲述了，哥哥们如何杀了弟弟，却逼她讲谎话的经过。

爸爸给愚儿子和美丽的叶琳娜举行了婚礼，而将有罪的儿子们永远逐出了家门。

马、犍牛、公鸡、猫和虾

有一个农民，把一匹马和一头犍牛套上犁杖。犍牛走得慢，马走得快，两者都觉得不得劲儿。因此，它们都白白受到折磨。

"主人牵着咱们也枉费力气，"它们大发议论，"咱们觉得很吃力，可咱们的工作根本不顶什么用。咱们最好无拘无束，自己弄些吃的。"

于是，它们便拿定了主意。

它们走啊，走啊，这时，朝它们飞来一只有凤头的公鸡，问道：

"邻居啊，你们这是去哪儿呀？"

"主人给我们吃的不好，我们白白受到折磨，现在，我们毫无目的，走哪儿，算哪儿。"旅行的马和犍牛回答。

"那么，我就跟你们一块儿走吧。"公鸡回道。

"你这是啥目的呀？女饲禽员给你的粮食管够儿，你呆在暖和的地方，可我们如果带上你，那么，你是无法跟上我们的。"

"你们说的可倒轻巧！你们还是听听，我是怎么生活的吧。通常认为，我应该叫大家起床。可如果我叫早了，干活的人就会打我，为什么我不让他们睡觉。我叫晚了，女主人便会发怒。她说，我喂你这个糊涂虫有什么用！人们随时有可能突然把我抓去炸了。我的生活就是这个样子。不过，你们别怕，我能飞，不会拖累你们的。"

"好吧，那你就跟我们走吧。"马和犍牛说。公鸡边飞边喔喔啼叫，它们更开心了。

它们走啊，走啊，突然间，不知从哪儿跑来一只猫，叫道：

"喵，喵，你们这是去哪儿呀？"

旅行者告诉猫，它们旅行的原因和目的，而猫却说：

"那好吧，我也跟你们去。"

"你可是为什么呀？你把厨房里的所有菜都舔光，喝饱了牛奶，在炉子上低声打着呼噜。"

"你们说的可倒轻巧！你们处在我的地位，就不会这么说了。粮仓和食品库里的大大小小老鼠，数也数不清，你就随你所愿的去干吧。可女主人生气了，大喊大叫，什么猫养肥了，变懒了，我却得跟这些老鼠做你死我活的斗争。不，这样的生活我已经够啦！自由万岁！"

这时，猫跳到马背上，大家哈哈大笑起来，继续赶路了。

它们走啊，走啊，看见它们身后爬着一只虾。

"等一等，等一等，自由的朋友们，我也跟你们走。"

旅行者们惊奇地看了看虾，同它开起了玩笑：

"你那种生活方式不很好吗？晒晒太阳，再不就在水里凉快凉快。"

"朋友们，你们根本不了解我的情况。"虾回答说。"我们的情况是这样：你小的时候，就待在洞里好了，挺安全的。可当你长大了些，你就得在岸上为自己寻找安逸的生活，将洞让给小的。你就沿着岸边爬你的呗，可你在这里还会被抓住，仿佛就应该这样似的。相信我，这样的生活对虾来说，并不幸福。我要跟你们走，不管怎么都行！"

虾用它的螯紧紧抓住犍牛的尾巴，于是，它们携手同心，继续往前走。当它们休息的时候，马和犍牛在草地上吃草；虾给自己找了一处有水的地方；而对它们来说，猫在捉几只老鼠和小鸟时，做各种奇妙的动作让朋友们开心，公鸡啄着葵花籽，好像在站岗。大家都感到知足和幸福。

有一天，突然来了暴风雨。虾忍受这种恶劣天气的本事比其他人更强。而其他人可就遭罪了。如果在屋檐下该多令人高兴啊！

在林子边的空地，它们碰到了一个被废弃的小房子，里边住着大鬼和小鬼。当时，两个鬼正在巫婆那儿做客，因此门没有上锁，旅行者们便走了进去。

"我喜欢凉爽，我要呆在过道里。"马说。

"可我最好暖和些。"于是，犍牛就进了小房的房间里。

"我的位子在屋架下面。"公鸡声言并飞了上去。

猫跳上了炉台，而虾一下子钻进了水桶。因此，每人都按自己的喜好安顿了下来。

半夜时分，两个鬼做客回来。大鬼走进过道，撞到了马身上，便问：

"谁在这儿？"

"我是带烟盒的老爷，你想不想抽点儿烟？"马说完，便狠狠踢了大鬼的脸，鲜血立刻从它的鼻子里流了出来。

大鬼跑进了房间，碰见了犍牛，便问：

"谁在这儿？"

"我是带叉子的小伙儿。"犍牛回答，用角朝大鬼顶去。大鬼费了好大劲儿才清醒过来，向炉台奔去。

可这时候，猫向它扑去，开始用爪子挠它。

大鬼又向水桶跑去。这时，虾从水桶爬出来，夹住了它的小腿肚子。

大鬼向小阁楼冲去，可是公鸡在那里喔喔啼叫。

大鬼因为害怕而失去常态，它跑出房子，进了树林，小鬼跟在后面，它俩很快就消失了。

而我们的朋友们占据了小房子，开始过起快活舒心的日子。

列日博卡

一位老人有三个儿子，两个儿子以聪明著称，并且已经结了婚。而小儿子列日博卡很笨，是个光棍儿。

预感到死神来临，老人将自己的财产分给了两个年长的儿子，此外，又分给三人每人一百金币。父亲死后，儿子们将他风光地下了葬，并开始经营起父亲留下的产业。

一个哥哥对列日博卡说：

"听我说，弟弟，我们用这笔钱做点买卖，让这些钱流通起来。来，把你的钱也投上。我们给你带回来红礼帽、红宽腰带和红皮靴。你待在家里就行了，帮助我们的老婆搞搞家务。"

　　傻小子高兴极了，便把钱交出去了。他早就想有一顶红礼帽、红宽腰带和一双红皮靴了。两个哥哥走了，而懒蛋留下来躺在炉台上。嫂子们支使他去这儿去那儿的，可他却连动都不动。要是给他来杯格瓦斯，再加上点葱和几张馅饼该有多好，而关于其余的事情，他就毫不在乎了。

　　"列日博卡，你去给我们打些水来。"有一回，嫂子们对他说。

　　外面是冬天，很冷，这时，列日博卡特别不想离开炉台。

　　"你们自己去好了，我不去。"他回了一句。

　　"还是你去吧，傻小子。为了这个，我们给你准备了格瓦斯、洋葱和一些馅饼。可你要是不听话，那你就看不到红礼帽、红腰带和红皮靴了。"

　　听了这番威胁的话，列日博卡爬下炉台，拿起斧子和水桶，打水去了。

　　他来到河上，砍出一个冰窟窿，就开始汲水。他将水桶放到冰上后，停了一下，往水里看，一边轻轻地挠挠耳朵后边。

　　突然，冰窟窿里出现一条狗鱼。

　　傻小子用钩杆一下子将它抓住，拖了上来。

　　"放了我吧，"狗鱼恳求道，"而我会回报你的。你想要什都可以。"

　　"我想要一切都能如我所愿。"

　　"只要你说：

　　'按照狗鱼的吩咐，

　　根据我之所愿——

　　你变成那个那个。'

　　你就会如愿以偿了。"

　　"明白了，"傻小子说，"就像这样：

　　按照狗鱼的吩咐，

根据我之所愿——

出来吧，克瓦斯、洋葱和几张馅饼。"

所要的东西马上就有了。傻小子吃饱了，也喝足了。

"现在，够了。"他说："我已经饱了，是不是总是这样啊？"

"总是这样。"狗鱼回答。

傻小子把狗鱼放回了水里。

"嗯，好吧，我再试试。"

他又说了一句：

按照狗鱼的吩咐，

根据我之所愿——

水桶啊，回家去吧。

带水桶的扁担开始朝前移动，不慌不忙地回家了。而傻小子跟在它们后面，嚼着卷葱的馅饼，喝着格瓦斯。

当水桶到家的时候，列日博卡爬上了炉台，刚刚躺下睡着，嫂子们就把他叫醒了：

"起来，列日博卡，给我们劈劈柴去。"

"难道你们就不能自己劈吗？"

"这不是女人的活儿。你要不劈劈柴，那你在炉台上自己也会冻僵的。另外，你也休想看到红礼帽、红腰带和红皮靴。"

傻小子转过身，喊道：

按照狗鱼的吩咐，

根据我之所愿——

你去吧，斧子，砍柴去。

斧子从长凳下跳出来，劈够了棚子里的劈柴，把它们扔到炉膛里，又躺到了长凳下边。而傻小子继续舒适地躺在炉台上，一边吃着馅饼卷洋葱，一边喝着格瓦斯。

"列日博卡，"几天后，两个嫂子对他说道，"我们的棚子里空了。你去树林里，弄回些劈柴来。假如你弄不回来——那你就再也看不到礼帽、腰带和皮靴了。"

这一回，列日博卡听话了。他想向人们显示一下能力，便爬下炉台，穿上鞋和衣服，走进院子，从棚檐下拖出雪橇，上面放好馅饼、洋葱，手里拿起鞭子，坐上雪橇后，高声喊道：

按照狗鱼的吩咐，

根据我之所愿——

雪橇啊，快快跑进树林。

雪橇飞快地沿着村子跑起来，扬起一条条雪的痕迹。成群的人们跑出来，看这见所未见的奇观。而傻小子只是不时地喊叫，雪橇便飞快地跑起来，将人们撞得站不住脚，撞翻一些大车时，吓坏了许多女人和儿童。雪橇来到树林，列日博卡喊道：

按照狗鱼的吩咐，

根据我之所愿——

斧子啊，多多地砍些劈柴，

在雪橇上整整齐齐码放好。

一切发生得像预期的那样神奇。斧子砍了劈柴，又一摞摞码放到雪橇上。而傻小子坐在那里，吃着馅饼卷洋葱。当劈柴砍得足够了的时候，傻小子就坐上雪橇回家了。他刚一进村，那些被他吓倒的人们便将他围住，把他从雪橇上拖下来，开始揍他。列日博卡没料到会这么倒霉，先是吃了一惊，因此人们顺利地将他狠狠地痛打一顿。等他清醒过来，集中了思路后，他喊了起来：

按照狗鱼的吩咐，

根据我之所愿——

给每人打他一劈柴。

就在这一刹那，许多劈柴照人们的后背打来，结果吓得人们四散逃跑了。而傻小子笑得前仰后合，回到了家，重又躺倒在炉台上。

打那时起，有关奇人傻小子的名气，便远近传开了。连国王也知道了他的情况。国王想见见他，便派了自己声名显赫的部队长官去找他。

"从炉台上下来吧，列日博卡，穿上衣服跟我去觐见国王。"长官说道。

"那是为什么呀？格瓦斯、洋葱和馅饼，我家有的是。"

为他敢这么大胆跟长官讲话，长官给了列日博卡一脖拐。可傻小子没从炉台动地方，低声说了一句：

按照狗鱼的吩咐，

根据我之所愿——

往长官身上来一毛掸子！

在污水里浸过的毛掸子开始抽打长官，不幸的使者慌忙跳出窗外，坐上四轮马车就直奔国王去了。

国王又派去一个狡猾些的使者。使者首先摸清傻瓜喜欢什么。他走进木屋后，走近炉台前，深深鞠了一躬：

"列日博卡，我们去觐见国王吧。他为你准备了红礼帽、红腰带和皮靴。"

"如果是这样，那我就去。你先走，我会赶上你的。"

使者走了，而傻瓜吃了馅饼卷洋葱，喝了格瓦斯，又美美地睡了一觉。过不一大会儿，哥哥们开始把他叫醒，说该上路了。可是，傻小子没动地方，却说出了一句口头语：

按照狗鱼的吩咐，

根据我之所愿——

炉台啊，快快带我去见国王。

炉子里喧嚣起来，嗡嗡直响。木屋的门闪向了两边，炉子平稳地出了家门，沿街跑起来，赶上使者后，停在了王宫前。

国王带着全体大臣跑到台阶上，对这个怪物感到惊讶，而傻小子躺在炉台上，吃着馅饼卷洋葱，还不时地向四周张望。

"你是什么人，从哪儿来，为什么出现在这里？"

"我是傻小子列日博卡,刚才我正躺在炉台上吃着馅饼卷洋葱,喝着格瓦斯,而到你这里来,国王,是拿红礼帽、腰带和皮靴的。"

国王与傻小子谈话的时候,国王的女儿走上了台阶。

傻小子喜欢上了公主。

按照狗鱼的吩咐,

根据我之所愿——

公主啊,做我的妻子吧。

他低声说了一句,接着,炉子动了地方,回家去了。炉子回家后,两扇门闪开了,炉子又回到了原地。傻小子躺在上面,一副若无其事的样子。仍然吃着馅饼卷洋葱,喝着格瓦斯。

从那以后,国王的女儿为列日博卡而感到忧伤,她向父亲哀求,请他把列日博卡召到宫廷中来。

无论父王怎么劝她,她都反复说同样的话。确信他的看法无效之后,国王便派人去召见列日博卡了。

然而这次,列日博卡说什么都不想去见国王了。使者是把列日博卡捆着去见国王的。

国王立即召见魔法师,下令将列日博卡与国王女儿囚禁在一个玻璃大桶里,让它随风而去。大桶像鸟儿一样飞在空中。

国王女儿在大桶里伤心地哭泣着,请求丈夫把她放出来。列日博卡回答说,他在大桶里心情不错。可公主一再恳求,最终,他的心软了下来:

按照狗鱼的吩咐,

根据我之所愿——

大桶啊,落到神奇岛上吧。

这是一个奇怪的岛屿,谁上去都能得到他想要的一切。列日博卡与妻子在岛上自由自在地漫步和享受心灵所想要的一切。只要他们想吃东西,马上就出现了摆好的餐桌,吃完了,餐桌便消失了。

列日博卡再没什么可需要的了。不过，公主受的完全是另一种教育。她想有自己的宫殿，于是便出现了一座大理石建筑的宫殿，宫殿的圆顶是琥珀材料做成的，镶有水晶玻璃，而家具则是镀金的。过了一段时间后，公主声称，没有人她感到寂寞，她想有一座桥，有了桥，人们就会走这座桥上岛来了。据她说，必须有几个女侍从。然后，她还想见到父亲。按照狗鱼的吩咐和列日博卡的意愿，从岛屿到岸上架设了一座精制玻璃为材料的桥，桥上的栏杆是镶金的，栏杆上面是金刚石小球。桥的长度足以到达王宫。列日博卡本来打算带妻子一起去她父亲——国王那儿。可他脑海里突然闪过一个主意，他应该更聪明些，那样一个傻小子是羞于见那些有教养的人的。他想啊，想啊，决定最后一次找狗鱼帮忙：

　　按照狗鱼的吩咐，

　　根据我之所愿——

　　我要成为一个聪明有理智的人，

　　让人们大吃一惊！

就这样，他成了一个既聪明又理智的人，童话故事里没有讲过，笔也写不出来。列日博卡与妻子上路了，他们走过神奇的桥来到国王那里，跪在了他的脚下。

国王见到又聪明又潇洒的女婿，拥抱了他，并指定他做自己王位的继承人。当天晚上，国王举行了盛大宴会。

吃啊，喝啊，人人都很开心。我也出席了，喝了葡萄酒和蜜酒，我告诉你们的，便是我亲眼所见。

俄罗斯童话故事

青蛙和勇士的故事

在某一个王国里，有一位国王。这位国王没有王后，却有三个情人，每个情人都为他生了一个儿子。国王对此大喜，并为全体大臣举办了一个盛大的宴会。后来，国王又竭尽全力地将孩子送出去培养。当三个孩子长大成人的时候，国王对他们一视同仁地钟爱，绝不偏袒任何一个。但他不知道，该将管理国家的重任委托给谁，以取代自己。然而，他们的母亲之间并不和谐，因为每个母亲都希望，自己的儿子能成为继承人。国王也发现了她们之间的不和谐，不知道该如何做，才能使她们融洽相处。终于，国王想出了一个办法。他将三个儿子叫到跟前，说道：

"亲爱的孩子们啊！现在你们都已长大成人，也该考虑一下娶妻成家的事情了。"

孩子们回答他说：

"仁慈的国君，我们的父王啊！我们唯您命是从，您让我们怎么办，就怎么办。"

于是，国王对他们说道：

"亲爱的孩子们，你们每人给自己做一支弓箭，上面签上题词。从京城到禁伐林区拔出弓箭，射向不同的方向：弓箭射向的那个方向，那座城市，那栋房子——不管是大臣的还是将军的，那么，他家的女儿就是你的媳妇，那座城市就完全归你所有。"

听完父王的话，孩子们非常满意他的主意，每人给自己做了一支弓箭并签上自己的题词。

后来，他们都急不可耐，去了禁伐林区。先射箭的是大哥，方向是右；接着是二哥，他射的方向是左；名字叫伊万勇士的小弟弟，将箭射向正前方，可是这支箭却偏向了一旁。之后，他们向父王讲述了，自己的箭都射向了哪个方向。

父王听完他们的叙述后，吩咐他们去寻找自己的箭。这样，孩子们便分头出发了。

大哥在一位大臣的官邸里找到了自己的箭，这位大臣的女儿是一个大美人。于是，王子带着她去见自己的父王了。二哥在一位将军的府内，找到了自己的箭。这位将军也有一个非常漂亮的女儿，王子带着她也去见自己的父王了。

两位王子一到，国王立即举行了盛大的婚礼，表示庆贺。

不过，国王的小儿子却未能找到自己的箭。他感到特别伤心，便打定主意：不找到自己的箭，绝不回去见父王。他在林中和山间转了两天，到第三天时，他误入一个巨大的沼泽地。他刚一向前走，就开始往下陷。发现了这种危险情况，伊万勇士不知该怎么办。他向四外望去，看从哪儿可以走出泥沼。终于，他发现一个芦苇搭成的小窝棚，他大为惊奇，心中暗想："显然，这里住着一位什么隐士或者落在牧群后面的放牧人。"为确信起见，他悄悄走近那个窝棚，

他刚刚走近，朝窝棚内一看，便发现里面有一个硕大的青蛙，嘴里叼着一支箭。看到青蛙后，勇士伊万想离开那个窝棚并放弃自己的那支箭，可青蛙喊了起来：

"呱，呱，勇士伊万，进到我的窝棚来，把你的箭拿走吧！"

勇士伊万这一惊非同小可，不知道如何是好。而青蛙却对

他说：

"如果你不进我这个窝棚，那你就永远走不出这个沼泽地。"

勇士伊万回答它说，他不能进这个窝棚，因为他不能因为窝棚的仁慈而走过这片沼泽地。青蛙一句话没说，翻了个跟头，就在这一刹那间，窝棚变成了一个五颜六色的凉亭。勇士伊万见到这一切，更是惊讶不已，他只好登上那个凉亭，看见里面放有极为豪华的长条沙发，便坐了上去。

青蛙立即对他说：

"我知道，勇士伊万，你需要吃的，因为你已经两天多没有吃东西了（还真是这样，为寻找那支箭他已三天没吃什么了）。"

青蛙马上又翻了个跟头，就在这一瞬间，一个有各种食品和饮料的餐桌摆好了。勇士伊万在餐桌旁坐下，开始美餐起来，而在他进餐时，青蛙一直坐在地上。后来，他吃完从桌旁站起来，那青蛙又翻了一个跟头，餐桌马上就被抬走了。这之后，青蛙说道：

"听我说，勇士伊万，你那支箭射中我这里了，那你就应该娶我才对。"

勇士伊万忧愁万分，心想："我怎么能给自己娶一只青蛙呢？不，我最好告诉它，我绝不能娶它为妻。"

可青蛙却说：

"假如你不娶我，那么我会让你相信，你是一辈子也别想走出这片沼泽地的！"

勇士伊万比先前更是愁上加愁，不知如何是好。最后，他忽然想骗它，就对它说：

"听我说，青蛙，要我娶你为妻，那你得先把那支箭还给我，我就可以拿那支箭到父王那里，对他说，我的箭射到你那儿了。"

而青蛙却说：

"不行，你想骗我，从我手中要回你的箭，从此，你就再也不会回来了。我要使你深信，假如你不娶我为妻的话，那么，你就休想走出这个凉亭！"

勇士伊万吓坏了，心想："不错，这只青蛙像是个有魔法的人，可这个时候，自己又无路可走。我已经如此之不幸，竟将箭射到了它那儿。就得这样了，我只有娶它了。"

他说完这些话不大一会儿，那只青蛙便从身上脱下了蛙皮，变成了一个美女。然后，她说：

"你看，亲爱的勇士伊万！我其实就是这样的。至于我穿青蛙皮，那只是白天，而在夜间，我总是你现在见到的这个样子。"

勇士伊万看见眼前是那么一个美女，高兴得不知说什么好，向她重申自己的誓言，他一定娶她为妻。

此后，他们彼此又聊了好久，接着她告诉他：

"现在，你该回王宫去了。而我又要变回青蛙。你既然娶我，就把我随身带上好了。"

说完之后，她穿上了蛙皮，变成了一只青蛙。勇士伊万在凉亭里看见了一个非常旧的小盒子，便把青蛙装了进去。伊万王子走出凉亭，回自己的王国去了。

他来到京城，然后进了王宫。国王见到他，非常高兴他的归来。待勇士伊万平静下来，国王便问起他关于那支箭的情况，不过，儿子面色忧郁，回答道：

"仁慈的国君、我的父王啊！我的箭射中了一只青蛙，遵照您的命令，我把它带回来了。因为您吩咐我们，让我们每个人根据找到的箭，给您带回来，做自己的未婚妻。于是，我就带回了自己的青蛙。"

他的两个哥哥和嫂子开始笑话他，而国王开始劝他，让他扔掉青蛙，娶大臣或将军的女儿为妻。嫂子们开始给他介绍——一个是自己的外甥女，另一个是自己的亲戚。可是，勇士伊万请求父王，允许他与青蛙成亲。因为父王怎么都劝不住他，也只好同意了。勇士伊万应该成亲的那一天到了，他坐在四轮马车里；而人们则将青蛙用金盘子抬进王宫。等勇士伊万在宫中婚宴结束回到自己房间时，夜色已经降临。青蛙脱下了蛙皮，又变成了一个美女；等天一放亮，则又变成了一只青蛙。勇士伊万与自己的青蛙美满幸福地度过了一段时光，没有因为自己的妻子白天是一只青蛙，而感到丝毫的忧伤。

他们婚后过了好长时间，国王下令召见所有的儿子。孩子们来了以后，父王对他们说：

"亲爱的孩子们！如今你们都已完婚成家，那我就希望，能穿上你们的妻子、也就是我的儿媳们，每人为我做的一件衬衣，赶在明天用。"

然后，国王给他们每人一块衣料。孩子们收了衣料，找自己妻子去了。勇士伊万的两个哥哥带回了衣料，对妻子们说道：

"父王让你们用这块衣料，每人为他做一件衬衣，赶在明天用。"

妻子们收下他们的衣料，便喊来保姆、老妈子以及一些睡眼惺忪的侍女们，让她们给自己每人做一件衬衣。那些保姆和老妈子立即跑来，开始做了起来：有的剪裁，有的缝纫。与此同时，她们又派女仆到青蛙那儿，看它是怎么做衬衣的。正当女仆来到勇士伊万的房间，恰好赶上他把衣料带回来，他把衣料放到桌子上，一脸忧愁的样子。青蛙发现他忧心忡忡，便对他说：

"怎么了，勇士伊万？你干吗闷闷不乐呀？"

他回答说：

"我怎么能不愁呢？父王下令，用这块衣料为他做一件衬衣，赶在明天用。"

青蛙听完他的话，说道：

"别哭了，别伤心，勇士伊万，躺下睡吧。傍晚神智昏，留待翌日晨。你放心，一切都会妥妥当当的。"

之后，青蛙取出剪刀，将整块衣料剪成许多小碎片，然后，打开小窗，抛向风中，说道：

"狂风啊！带走这些碎片，给我的公公做一件衬衣吧！"

仆人跑去对她的主人们说：

"啊，夫人们！青蛙将衣料剪成了碎块，扔到窗外去了。"

国王的儿媳们一起嘲笑了青蛙，说道：

"那她的丈夫明天带什么去呢？"

然后，她们开始缝自己的衬衣。白天就这么过去了。勇士伊万起床后，青蛙递给他一件衬衫，说道：

"亲爱的勇士伊万！你就把这件衬衫带去，送给爸爸吧。"

正当勇士伊万拿着衬衫送给爸爸的时候，他的两个哥哥紧随其后，也带来了自己的衬衫。国王醒来时，他的孩子们已经进来了。大哥首先把衬衫呈了上来。国王看了看，说道：

"这件衬衫做的跟平常没什么两样。"

接着，他看了看二儿子呈上来的衬衫，说这件衬衫做的还不如那件。而当小儿子把衬衫呈给父王的时候，他看得十分满意且惊讶不已，因为这件衬衫连个缝儿都找不到。他说：

"这件衬衫，你们在最隆重的节日时送给我吧。而那两件衬衫和别的东西一起送给我吧。"

此后，又过了一段时间，国王将儿子们招来，对他们说：

"亲爱的孩子们！我想知道，你们的妻子是不是会用金线和银线缝纫东西。这里，我给你们一些金线、银线和丝线，用这些做一块地毯，希望赶在明天用。"

孩子们从父王那里收下金线、银线和丝线，勇士伊万的两个哥哥把这些线带给自己的妻子说，让她们赶在明日前，各自缝纫一块地毯。他们的妻子便喊来保姆、老妈子以及一些睡眼惺忪的侍女们，让她们帮自己给每人做一块地毯。侍女们立刻跑来缝纫地毯：有的用金线缝，有的用银线缝，有的用丝线缝。与此同时，她们又派女仆到青蛙那儿，看它是怎么做的。女仆按照她们的吩咐，来到勇士伊万的房间时，恰好赶上他把做地毯的金线、银线和丝线带了回来，一脸忧愁的样子。

青蛙坐在椅子上，说：

"呱，呱，呱，勇士伊万，你干吗闷闷不乐呀？"

勇士伊万回答她说：

"我怎么能不愁呢？父王下令，要用用这些金线、银线和丝线做一块地毯，要赶在明天用。"

青蛙说：

"别哭了，别伤心，勇士伊万，躺下睡吧。傍晚神智昏，留待翌日晨。"

接着，青蛙取来剪刀，将整块绸子剪碎，将金线和银线扯坏，然后，扔出窗外，一边说道：

"狂风啊！把我爸爸用来挡窗的那块毯子带给我吧。"

然后，青蛙"呼"的一声关上了窗户，又坐到了椅子上。

从那两个媳妇派来的女仆看到再没有别的什么了，便回去复命了：

"哎哟，二位夫人！我不知道青蛙有什么值得夸耀的。它什么都不会做，给勇士伊万用来织毯子的材料，它都给剪碎了，扯断了并扔到了窗外，然后说，让风把它父亲用来挡窗的毯子带给它。"

儿媳们听完女仆的叙述，忽然也想这么做，因为她们知道，风儿就是根据它的那些话，才为它缝纫衬衫的。所以，她们以为，风同样也会像听从青蛙的话那样，为她们每人做一块毯子的。随后，她们拿起金线、银线和绸料，将它们撕坏扯断，抛出窗外，并喊道：

"狂风啊！把父亲挡窗户用的毯子带给我们吧。"

在这之后，她们挡上了窗户，坐下来等那些毯子。可她们等了很长时间，风儿并未带来她们需要的毯子，只得派人进城买来金线、银线和一块绸料。人们把那些东西买回来后，两个儿媳便坐下，喊来女仆们给她们织毯子，有的用丝线，有的用银线，有的则用金线。一天就这样过去了，而第二天，勇士伊万刚刚起床，青蛙便把毯子递给他，说道：

"拿去吧，勇士伊万，把毯子送给自己的父亲吧。"

勇士伊万拿上毯子，疾步去了王宫，等候自己的哥哥们，因为她们的毯子还没有赶制出来。不过，刚一织好，他的哥哥们便将毯子带来了。这时，国王刚刚醒来，孩子们就带着毯子来到了身边。于是，国王最先接下大儿子的毯子，看完之后，他说：

"这张毯子适合雨天盖马用。"

接着，他看了看二儿子的毯子，说道：

"这张毯子应该铺在前厅，好让来王宫的人擦擦脚。"

然后，国王收下小儿子勇士伊万的毯子。他看着毯子，十分惊讶，赞不绝口地说：

"这张毯子应该在最庄严隆重的时刻，有人到我这儿来作客时，才铺到餐桌下。"

然后，他命勇士伊万把这张毯子收藏起来保护好，而将那两张毯子还给勇士伊万的两个哥哥，说道：

"你们把毯子带回给自己的媳妇吧，并告诉她们，让她们为自己而珍惜这些毯子吧。"

此后，国王又对儿子们说：

"现在，亲爱的孩子们哪，我想得到你们媳妇亲手烤制的面包，以便赶在明天用。"

孩子们听完父王的话，回自己的房间去了。勇士伊万的两个哥哥回到自己妻子那儿后，说父王吩咐她们给他烤制面包，赶在明天用。媳妇们听完丈夫的话后，便打发女仆去青蛙那儿，看看它怎么做。

女仆遵照她们的吩咐，来到勇士伊万的房间，这时，他刚好满脸愁容地回到了房间。发现这个情况，青蛙说道：

"呱，呱，呱，勇士伊万啊，你为什么这么忧心忡忡啊？"

勇士伊万回答它：

"青蛙啊，我怎么能不愁呢？父王让你烤面包，可谁又能代替你来烤呢？"

青蛙刚一听完，便说：

"别哭了，别伤心，勇士伊万，我会把这一切做好的。"

然后，它让人弄来了面粉、和面的木桶和一些水；所有需要的东西搞来后，青蛙就把面粉撒进木桶里，接着倒进水，和好面，倒在冷壁炉里，再后来，它关上炉门，说道：

"面包啊，你快烤好吧，烤得既干净松软，又像雪一样白！"

做完这些以后，青蛙在椅子上坐下来。而女仆把这一切看在眼里，就回到她的主子们那里，禀报说：

"二位夫人哪！我不知道国王为什么会夸赞青蛙，它什么都不会做。"

接着，女仆讲述了青蛙所做的一切。而她们，听完这一切之后，忽然打算自己也像青蛙那样做。她们吩咐仆人搞来面粉、和面的木桶和一些水；这一切准备好之后，每个人把面粉倒进自己的木桶，用凉水溶解开，再倒进冷壁炉里。之后，她们关上炉门说，让她们的面包烤好之后，既干净松软，又像雪一样白。不过，因为她们是用凉水和的面，而且又倒进了冷壁炉子里，所以她们和的面团在炉子里漂来漂去。发现这个情况后，她们又吩咐搞些面粉，这时已经用热水和面了，同时吩咐生好炉子，把自己的面包放入壁炉里烘烤。但是由于太匆忙，结果，一位夫人的面包烤焦了，而另一位夫人的面包还完全是生的。青蛙呢，它把自己的面包从壁炉里取出来，又干净，又松软，还像雪一样白。

勇士伊万拿着青蛙烤好的面包，快步朝父王走去。随后，哥哥们也来了，带着她们烤的面包。国王迅速起身，这时正好他们带着自己的面包来到跟前。

父王从大儿子手中接过面包，看了看说：

"这个面包只有在贫困时才吃。"

随后，他接过二儿子的面包，看了看说：

"这个面包也不怎么样。"

最后，他接过小儿子的面包，看了看说：

"把这个面包给我吧，等有客人来，在就餐时享用。"

然后，他转身对另两个儿子说道：

"亲爱的孩子们，应当承认，尽管你们的妻子都很漂亮，可是，却不能与青蛙相提并论。"

他接着又说：

"可爱的孩子们啊！由于你们的妻子都完成了我吩咐所做的事情，请你们明天带她们进宫吃饭，以表我的谢意。"

同时，他又吩咐勇士伊万把自己的青蛙带来。

之后，孩子们就各回各的家了。勇士伊万回家后，心情很是忧郁，心想："我怎么将它随身带进宫呢？"

青蛙坐在椅子上，说道：

"呱，呱，呱，勇士伊万啊，你怎么搞的，为了什么事情这样闷闷不乐呀？"

勇士伊万回答说：

"我怎么能高兴得起来呢？父王命令我们明天进宫见他，带自己的妻子一起吃饭，我可怎么带你去见父王啊？"

对此，青蛙说道：

"别哭了，别伤心，勇士伊万。傍晚神智昏，留待翌日晨。你躺下睡吧。"

勇士伊万再没说一句话。次日，勇士伊万想要进宫的时候，青蛙说：

　　"如果父王见到一辆极其豪华的轻便马车，要亲自去迎接的时候，你就对他说：'父王，不劳大驾了，这马车走得很慢，看样子，我的青蛙在小盒子里呢。'"

　　在勇士伊万刚要动身进宫之后，他的两个嫂子又打发女仆去看看，青蛙穿什么衣服去。

　　女仆进了房间后，见到了青蛙所做的一切。就在那一刻，青蛙打开窗户，大声喊了起来：

　　"啊，你们，狂风啊！飞往我的国家，告诉他们，要来一辆最最豪华、隆重场合用的四轮马车，还要来一些仆人、跟班、腿快的人、骑手，这些人是从前同我父亲在一起检阅的。"

　　接着，青蛙"呼"的一声关上了窗户，在椅子上坐了下来。

　　女仆突然发现，驶来一辆特别特别豪华的四轮马车，一起来的还有一些仆人、跟班、腿快的人和骑手，人人都穿着名贵豪华的服装。

　　于是，女仆去她的女主人那里，对她们讲述了所看到的一切。她们听完后，忽然想自己也照此办理。她们打开窗户，也喊了起来：

　　"狂风啊！快快飞去告诉他们，要来一些最为豪华的检阅时用的马车，还要来一些仆人、跟班、腿快的人和骑手，这些人是从前同我们的父亲们在一起检阅的。"

　　这之后，她们关上了窗户，等待奇迹的出现。可是，风儿不听她们的话，她们要的马车并没有来。看到这种情况，她们下令套上自己的马，向王宫驶去。

　　她们都已聚到一起，等着青蛙。可她们突然看到，一些骑手疾驰而来，腿快的人疾步跑来；最后，驶来一辆特别豪华、检阅时使用的马车。当国王见到时，便想：这准是哪一位国王或者王子，就要前往迎接，可勇士伊万说道：

　　"父亲，不劳大驾了，不用你去，这马车走得很慢，看样子，我的青蛙在小盒子里呢。"

这辆马车走进台阶时，从勇士伊万的马车里走出一位美若天仙的妻子。她走进房间时，众人大为惊讶，而国王看到自己的小儿媳妇，更是高兴万分。

众人入座后，开始进餐。青蛙没有喝干，便倒在了袖子后面；没有吃完，便把骨头放到另一只袖子的后面。她的两个嫂子发现了，也这样做，她们没有喝干，便倒在了袖子后面；没有吃完，便把骨头放在了袖子后面。后来，人们从餐桌旁站了起来，随即响起了悠扬的乐曲声。于是，青蛙前去跳舞。她用一只袖子一挥，突然间，大厅里出现了一尺高的水面；然后，她用另一只袖子再一挥，顿时，沿着水面游着一些大雁和天鹅。人们边看，边对青蛙的巧妙把戏啧啧称奇。等她一跳完舞，则一切都化为乌有了。

这时，那两个嫂子也跳起舞来。她们把自己的袖子一挥，却把大家喷洒了一身水；接着，她们把自己的袖子又是一挥，可骨头却把大家的眼睛给打坏了。看到这个场面，人们都开始取笑她们。

与此同时，勇士伊万突然想把自己妻子那张蛙皮烧掉，他想，要是没有那张蛙皮，它就永远会像在宫里那个样子了。为此，他便装作有病的样子，从王宫回到了自己的住处。他一回来，便走进房间，找到了那张蛙皮，马上将它烧了。这时，他的妻子知道了，也装作有病，向家赶去。它一回来，便奔去找那身蛙皮，可哪儿都找不到，便说：

"哎呀，勇士伊万哪，如果你能再稍稍忍耐一点时间的话……不过现在，你得到十万八千里之外找我了。在一个非常遥远的王国，在一个阳光普照的国度，你要记住，我叫最有智慧的瓦西里莎。"

她说完之后，便就没了踪影。勇士伊万哭得十分伤心，谁也安慰不了。后来，他去王宫父亲那里，讲述了自己的不幸。国王听了，非常同情他失去了自己的妻子。

勇士伊万对父王说，他打算去寻找自己的妻子。国王没有反对他的想法，于是，他便动身了。他走了好长时间，可不是短时间啊；他走了好远的路，可不是近路啊。故事讲得快，事情做起来可不快。最后，他来到一个小木屋，木屋由两只鸡腿支撑，不停地转动着。

勇士伊万说：

"木屋啊，你把后面朝向树林，把前面冲向我吧。"

按照他的话，木屋停了下来。勇士伊万走进木屋，看见一个妖婆娅尕坐在那儿，怒气冲冲地说道：

"直到今天，没闻过俄国人的气味儿，也没见过俄国人的面儿。而现在，俄国人的气味儿就出现在眼前。"

然后，她问：

"勇士伊万啊，你是自愿而来还是身不由己而来呀？"

勇士伊万回答说，与其说自愿而来，还不如说是两倍的迫不得已而来。之后，讲述了他要寻找什么。

这时，妖婆说道：

"我很同情你，勇士伊万，好吧，我愿为你效劳，告诉你的妻子在哪儿，因为她每天都要飞我这儿来休息。只是，你要加小心，当她要休息的时候，你就要抓住她的头，而你一抓到她的时候，她就会变成青蛙、蟾蜍和蛇以及其他一些两栖动物，那你也不要撒手；最后，她会变成一支箭，这时，你就把这支箭放在膝盖上折断，那时，她便永远属于你了。"

勇士伊万感谢了她的指点。之后，妖婆将勇士伊万藏了起来，刚刚把他藏好，最有智慧的瓦西丽莎便朝她飞来。勇士伊万从藏的地方走出来，悄悄地靠近瓦西丽莎，一下子抓住她的头。这时他发现，她开始变成了一个青蛙，然后是一只蟾蜍，最后是一条蛇。勇士伊万吓了一跳，便把手松开了。于是一瞬间，瓦西丽莎便消失得无影无踪。而妖婆对他说：

"既然你不会抓住她，那就去我妹妹那儿吧，她要飞到我妹妹那里歇息。"

勇士伊万从妖婆那儿离开，感到非常遗憾，因为他亲手放走了瓦西丽莎。他走了很久，终于来到一个鸡脚支撑的木屋，这个木屋在不停地转动着。

勇士伊万对木屋说：

"木屋啊，你把后面朝向树林，把前面冲向我吧。"

等木屋停下来，勇士伊万走进木屋，看见前面角落里坐着一个妖婆娅尕，她怒气冲冲地说道：

"直到今天，没闻过俄国人的气味儿，也没见过俄国人的面儿。而现在，俄国人的气味儿就出现在眼前。"

然后，她问：

"勇士伊万啊，你是自愿而来还是身不由己而来呀？"

勇士伊万回答说：

"与其说自愿而来，还不如说是两倍的违心而来。"

于是，他对她讲了来的意图。

这时，妖婆说道：

"听我说，勇士伊万，我要使你相信，你会在这里见到自己的妻子，只是你要当心，别放过她。"

然后，妖婆将勇士伊万藏了起来，刚刚把他藏好，最有智慧的瓦西丽莎便朝她飞来。勇士伊万从藏的地方走出来，悄悄地靠近瓦西丽莎，一下子抓住她的手。这时他发现，她开始变成了各种各样的两栖动物，可勇士伊万还是紧紧抓住她的手。最后她变成了一条黄颔蛇。勇士伊万吓了一跳，便把手松开了。瓦西丽莎顿时便消失得无影无踪。

这时，妖婆对他说：

"既然你不能抓住她，那就去我三妹那儿吧，因为她要飞到我三妹那里歇息的。"

勇士伊万从妖婆那儿离开，感到非常伤心，因为他亲手放走了瓦西丽莎。他走了好长时间，那可不是短时间啊；他走了好远的路，那可不是近路啊。故事讲得快，事情做起来可不快。最后，他来到一个由两只鸡腿支撑着的小木屋。

勇士伊万说：

"木屋啊木屋，你把后面朝向树林，把前面冲向我吧。"

等木屋停下来，勇士伊万走进木屋，看见前面角落里坐着一个妖婆娅尕，她怒气冲冲地说道：

"直到今天，没闻过俄国人的气味儿，也没见过俄国人的面儿。而现在，俄国人的气味儿就出现在眼前。"

然后，她问：

"勇士伊万啊，你是自愿而来还是身不由己而来呀？"

勇士伊万回答说：

"与其说自愿而来，还不如说是两倍的违心而来。"然后告诉她来寻找什么。妖婆听完后，便说：

"听我说，勇士伊万，你妻子今天会飞来这里休息。那时你就要抓住她。你很快就会明白，要将手抓得紧些，别放了她。虽然她会变成不同的两栖动物，可你还是别松开她的手。当她变成一支箭的时候，你就要抓住这支箭，将它折为两半，那时，她就永远属于你了。可是，勇士伊万，假如你放了她，那你就永远得不到她了。"

勇士伊万对她的指点表示了感谢。妖婆刚把他藏起来，最有智慧的瓦西丽莎便朝她飞来，打算休息一下。正在这个时候，勇士伊万从他藏身的地方悄悄出来，靠近跟前，一把抓住了最有智慧的瓦西丽莎的手。发现这一情况后，她开始变成青蛙、蟾蜍、蛇以及别的两栖动物，不过，勇士伊万再也不会把手松开了。最有智慧的瓦西丽莎发现，她无论如何也摆脱不了，最后，变成了一支箭。而勇士伊万抓住箭，将它折为两半。就在此时，最有智慧的瓦西丽莎出现在他的面前，说道：

"好了，亲爱的勇士伊万，现在我服从你的旨意。"

勇士伊万一见到她，欣喜若狂，这一整天，他们都是在极其快活的心情中度过的。第二天，勇士伊万请瓦西丽莎跟自己一同回国，可是她说：

"亲爱的勇士伊万，既然我说要服从你的旨意，那我就准备跟你到天涯海角。"

接着，他们商量怎么走，坐什么走，因为他们连匹马都没有。见此情景，妖婆立即赠送他们一条飞毯说，这条飞毯比你们的马更快，可以把你们送回家。这样，不用三天，你们就可以到自己的国家了。

勇士伊万和最有智慧的瓦西丽莎感谢她赠送的礼物。之后，他们铺开飞毯，告别了妖婆娅尕，飞往自己的国家去了。他们乘飞毯飞了三天，第四天，飞毯按照他们的指令，直接降落在了王宫。勇士伊万和最有智慧的瓦西丽莎向自己的房间走去。国王很快得知儿子和儿媳归来的消息，欢喜万分，亲自迎接他们。为了他们的归来，国王还举办了盛大的宴会，之后，又将国家的管理大权交给了勇士伊万，由他代替自己，当了国王。

美丽的阿纳斯达希亚和俄国勇士伊万的故事

从前，有一位国王，他有三个女儿，还有一个儿子俄国勇士伊万。父亲临死前，吩咐自己的儿子：

"我最亲爱的儿子啊！我死后，一些媒人会找到你，把你的妹妹们嫁给最先来提亲的人！"

"是，爸爸。"

就这样，父亲死了，这位国王升天了。他们隆重地葬了父亲后，不知何处来的一些媒人，为大妹妹提亲，说道：

"俄国勇士伊万啊！把你的妹妹嫁给我们吧。如果你不愿意，我们就要强娶！"

毫无办法。他按照父亲的吩咐，将大妹妹嫁了出去。人们上了车，不知把妹妹带去了什么地方。

过了一段时间，又有人来给二妹妹提亲。来人又说：

"俄国勇士伊万啊！把你的二妹妹嫁给我们吧。如果你不愿意，我们就要强娶！"

毫无办法。他按照父亲的吩咐，将二妹妹嫁了出去。人们上了车，不知把二妹妹带去了什么地方。

又过了一段时间，有人来给小妹妹提亲：

"俄国勇士伊万啊！把你的小妹妹嫁给我们吧。如果你不愿意，我们就要强娶！"

毫无办法。他把这个小妹妹也嫁了出去。人们上了车，不知把小妹妹带去了什么地方。

之后，又过去了好些日子，俄国勇士伊万感到身心交瘁，极其寂寞。

"我要去边境，看看我的军队去。"他说。

他收拾一下就出发了。他走了一天，接着又是一天。他来到第一道边境线，这道边境线的全军覆没。俄国勇士伊万伤心地叹了一口气。他用勇士般的声音喊道：

"在这支伟大的军队里，还有活着的人吗？"

回答他的是一个活着的长官：

"有，俄国勇士伊万，有个活着的人。"

伊万问他：

"是什么人打败了这支军队？"

"打败这支伟大军队的是美丽的女王玛利亚—马列芙娜，她是用右脚打的。"

"她往哪儿走了？"

"去另一条边境线了。"

于是，他也去另一条边境线了。他走近这条边境线发现，他这里的全部军队也被打败了。俄国勇士伊万伤心地叹着气：

"这算什么战士啊？我对他做了什么呀？他什么音信都没来，就把我的军队打败了？"

俄国勇士伊万高声喊了起来：

"在这支伟大的军队里，还有活着的人吗？"

回答他的是一个活着的长官：

"有，俄国勇士伊万，有个活着的人。"

伊万勇士问他：

"是什么人打败了这支军队？"

"打败这支伟大军队的是美丽的女王玛利亚—马列芙娜，她用的是左手。"

"她往哪儿走了？"

"去第三条边境线了。"

伊万勇士也急急忙忙走了，赶往第三条边境线。可他这条边境线上的军队又被打败了。伊万失声痛哭：他对自己的军队感到惋惜。他高声喊道：

"在被打败的这支伟大的军队里，还有活着的人吗？"

"有，俄国勇士伊万，有个活着的人。"

伊万勇士问：

"是什么人打败了这支伟大的军队？"

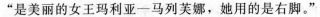

"是美丽的女王玛利亚—马列芙娜,她用的是右脚。"

"她往哪儿走了?"

"瞧,往那儿,往绿油油的草场去了。"

伊万勇士也朝绿油油的草场走去。

他来到草地发现:一个帐篷已经支好,一匹马拴在帐篷旁,来回走着;亮晶晶的小麦被作为饲料散放着。他突然也把自己的马靠近那匹马跟前,一起吃饲料,而自己则走向帐篷。来到帐篷,他看见美丽的女王玛利亚—马列芙娜正躺在那儿睡觉。俄国勇士伊万怒不可遏,他抽出自己的利剑,想将女王的头割下来,可转念一想:

"我算什么战士、什么勇士啊!杀一个睡着的人,就如同杀一个死人!"

他突然想躺下睡觉,一会儿就进入了梦乡。

美丽的女王玛利亚—马列芙娜醒来后,说:

"这是一个何等粗鲁无礼的人,未经通报,未得到我的允许,便进入我的白色帐篷,而且还将我的马赶走,放自己的马去吃饲料!"

她勃然大怒,抽出自己的利剑,想将勇士的头割下来,可转念一想:

"杀一个睡着的人,就如同杀一个死人!我这可算是什么战士啊!他是比我先来的,他是可以先把我杀死的,然而,他却没有这样做!"

于是,她叫醒了俄国勇士伊万:

"起来吧,俄国勇士伊万!醒醒吧:不为吃我的烤猪肉,也得为了救救你自己吧!"

于是,俄国勇士伊万机灵一下醒来,他又变得极为愤慨。

玛利亚—马列芙娜对他说道:

"你怎么竟如此粗鲁无礼,缺少教养:未经我的允许就私闯我的洁白帐篷，还把我的马从饲料旁赶走，放你的马过来!"

伊万王子回答道:

"而你才粗鲁无礼，缺少教养呢! 你算是什么战士? 你的作为就像强盗一样，连封信件书函都没有，就不宣而战，连个口信都不来，就向我们开火!"

他们用愤怒和傲慢的言词激怒对方，自己也都情绪激烈，怒火万丈，他们开始各自散开。

他们离开了三里后，又相遇了，便相互打了起来。俄国勇士伊万击中了玛利亚—马列芙娜，将她的踝骨打进地里；他们再一次各自散去。离开四里之后，他们又相遇了，用长矛厮打起来。俄国勇士伊万又击中了她的腰部。玛利亚—马列芙娜又拍了一下自己的马，她又飞走了，消失得无影无踪。他们又分开了五里，再次相互激怒对方。俄国勇士伊万自豪地将她打落马下，将她的双肩按在地上。他抽出自己的利剑，打算砍下她的脑袋。

玛利亚—马列芙娜向俄国勇士伊万俯首认罪:

"别杀我，俄国勇士伊万! 我不是美丽的王后玛利亚—马列芙娜，我是美丽的阿纳斯达希亚!"

俄国勇士伊万对此甚为高兴，他抛弃前嫌，将她从地上拽起来，她从身上脱下勇士的服装，变成了女人装:

"好，现在我们去我的王国吧，俄国勇士伊万!"

他随她来到她的王国，同美丽的阿纳斯达希亚成了亲，开始了美满甜蜜的生活。

美丽的阿纳斯达希亚把王国各处的所有钥匙都给了他，让他看了所有的珍宝，带他到王国的各处转转，只有一个房间他没有去过。她吩咐过，不准他去那个房间。

"这有什么了不起的，"他说，"她吩咐不让我去这个房间? 那我还偏要去看看。"

这个房间被锁在十二道门后面，用十二根铁链锁着。他前去开门。打开最后一道门后，他看见：永生不死的凶恶的瘦老头儿柯谢依正在熊熊的烈火中，在焦油沸腾翻滚的大锅里。俄国勇士伊万本已拉开弓，想用箭将凶恶的瘦老头儿射死，可他却抖抖身子，飞走了。

"哎呀，谢谢你啦，俄国勇士伊万，感谢你把我放出来，让我重获自由！为贪图美丽的阿纳斯达希亚的美色，我被囚禁在这里可整整是十五个年头啊！（就是说，她用自己的美色欺骗了我，将我囚禁在这里。）"

柯谢依边飞边找到了美丽的阿纳斯达希亚，抓住她一起飞走了。

俄国勇士伊万两手空空，一无所获。他暗想："我用理智得到了她，却因失去理智失去了她。"

他在没有她的情况下，生活了一个来月，感到极其孤独和寂寞。

"让我重新得到我美丽的阿娜斯达希亚！"

他收拾好行装便出发了。所有将军和伯爵都把他拦住了：

"您这是去哪儿呀？那个凶恶的瘦老头儿会把您杀死的。"

"人生百年，终有一死！"他说。

于是，将军们将军队给了他，说道：

"带上吧，想带多少就带多少。"

"不，"他说，"最好一个人死，也比我们都阵亡要强！"

就这样，他一个人上路了。

他走了一天，两天，一个星期，一个月，也许还要多。故事讲得快，事情做得可不快啊。他来到一个树林，树林里有一座宏伟的宫殿。宫殿旁边有三棵橡树，那个高大啊，简直令人恐惧。他走近这座宫殿，请求收留过夜。突然，出来的人竟是他的大妹妹，她认出了哥哥，放声痛哭起来。

"哥哥，你这是去哪儿呀？要走很远的路吧？"

"嗳，亲爱的妹妹，我路上累了，你先让我吃饱喝足了，然后你再问吧。我现在还饿着呢！"

她把他领进自己的宫殿，让他吃饱了，也喝足了，然后向他打听：

"你要去哪儿呀？要走很远的路吧？"

"我要走啦，"他说，"我要得到我美丽的阿纳斯达希亚！"

"唉，"她说，"伊万啊，你靠理智得到了，又因丧失理智失去了。我丈夫比你有力量，他追啊，却没能夺回来。哥哥呀，你最好别去了，凶恶的瘦老头儿柯谢依会杀死你的！"

"唉，你说的什么话呀，人生百年，终有一死！"

他躺下睡了。

这时，她的丈夫大乌鸦王正在疾飞。由于他带来的气流，空气里发出哗啦啦的金属声音；由于他的力量，掀起一股风暴。只要他吹口气，这三棵橡树就被楔入地里。她的丈夫大乌鸦王飞回来了。他马上问：

"怎么，有股俄国人的气味儿？"

"啊，是我哥哥来了。"她说。

"他在哪儿呢？"

"睡下了。"

大乌鸦王立刻叫醒了他，让他在桌旁坐下来，跟他聊了起来，他开始询问：

"你这是去哪儿呀？要走很远的路吧？"

"我要去找到美丽的阿纳斯达希亚！"他说。

"哎呀，哥哥，你靠理智得到了她，又因丧失理智失去了她。我劝你，最好还是回家吧！"

"看你说的，"他说，"人生百年，终有一死！将来的某个时候，总要死得值得！"

他们吃完饭，便躺下睡了。次日早晨，他们起床，喝了茶。

俄国勇士伊万匆匆忙忙吃了些东西，又上路了。妹妹和妹夫去送他。

"你去吧，"妹夫说，"如有什么麻烦，我会帮你的!"

他同他们道了别，又一个人赶路了。

他走了一天，两天，一个星期，一个月，跟先前一样。他来到一个树林，树林里有一座宏伟的宫殿，比上次见到的还好。宫殿旁边有六棵橡树。他走近这座宫殿，敲敲门，请求收留过夜。突然，出来的人竟是他的二妹妹，她放声痛哭起来。同哥哥打过招呼后，妹妹问：

"哥哥，你这是去哪儿呀? 要走很远的路吧?"

"啊，妹妹啊，你先让我吃饱喝足了，然后你再问吧。我现在就想喝，想吃!"

她把他领进自己的宫殿，让他吃饱了，也喝足了，然后，开始询问俄国勇士伊万：

"你要去哪儿呀? 要走很远的路吧?"

"我要得到我美丽的阿纳斯达希亚!"他说。

"唉，哥哥啊，"她说，"你靠理智得到了她，又因丧失理智失去了她。我丈夫雕王比你有力量，他追啊，却没能抢回来!"

"唉，妹妹呀，人生百年，终有一死!"

他躺下睡了。

他刚刚睡着，呼啦啦刮起了一股强劲的风。雕王飞来了，马上问道：

"怎么，有股俄国人的气味儿?"

"啊，是我哥哥来了。"她说。

"他在哪儿呢?"

"去睡觉了。"

这位雕王立刻叫醒了他，让他跟自己吃啊，喝啊，他们开始交谈了彼此的生活情况：

"你这是去哪儿呀,哥哥?要走很远的路吧?"

"我要去找美丽的阿纳斯达希亚。"

"哎呀,哥哥,你靠理智得到了她,又因丧失理智失去了她。我劝你,最好还是回家吧!"

"哎,妹夫,人生百年,终有一死!"

他们吃完饭,便躺下睡了。次日早晨,他们起床,喝了茶并匆匆忙忙吃了些东西。妹妹和妹夫来送俄国勇士伊万了,这位雕王说道:

"你去吧,"妹夫说,"如有什么麻烦,我们会帮你的!"

他同他们道了别,又一个人赶路了。

他走了一天,两天,一个星期,一个月。他又来到一个树林,树林里有一座巨大无比的宫殿。宫殿旁边有十二棵橡树。俄国勇士伊万走近这座宫殿,请求收留过夜。出来的人竟是他的小妹妹,她认出了他并放声痛哭起来。她开始问道:

"哥哥,你这是去哪儿呀?要走很远的路吧?"

他却对她说:

"啊,妹妹啊,你还是先让我吃饱了,喝足了,然后你再问吧。我现在就想喝,想吃!"

她把他领进自己的宫殿,让他吃饱了,也喝足了,然后,开始详细地问他:

"你这是去哪儿呀?要走很远的路吧?"

"我要得到我美丽的阿纳斯达希亚!"

"唉,哥哥啊!"她说,"你靠理智得到了她,又因丧失理智失去了她。我丈夫鹰王比你有力量,他追啊,却没能追回来!"

"唉,妹妹呀,人生百年,终有一死!"

他去睡了。

突然,鹰王飞来了,伴随着一股猛烈的风暴。他马上问道:

"怎么,有股俄国人的气味儿?"

"啊，是我哥哥来了。"她说。

"他在哪儿呢？"

"去睡觉了。"

这时，鹰王立刻叫醒了他，让他跟自己吃啊，喝啊，他们开始交谈了彼此的生活情况：

"你这是去哪儿呀，哥哥？要走很远的路吧？"

"我要去找到美丽的阿纳斯达希亚。"

"哎呀，哥哥，你靠理智得到了她，又因丧失理智失去了她。我劝你，最好还是回家吧！"

"哎，妹夫，人生百年，终有一死！"

他们吃完饭，便躺下睡了。次日早晨，他们起床，喝了茶并匆匆忙忙吃了些东西。妹妹和妹夫来送俄国勇士伊万了，这位鹰王说道：

"你去吧，"妹夫说，"如有什么麻烦，我们会帮你的！"

他又一个人赶路了。

他走了一天又一天，走了一星期又一个月，将马停在了一座巨大的宫殿前，美丽的阿纳斯达希亚就住在这座宫殿里。他来到宫殿，他美丽的阿纳斯达希亚正坐在那儿，正像一位蒙难者。她看到俄国勇士伊万，失声痛哭起来。

"哎，俄国勇士伊万啊！"她说："你靠理智得到了我，却又因丧失理智失去了我！俄国勇士伊万，你来这儿是没用的：那个凶恶的瘦老头儿柯谢依会杀死你的，我也不会有好日子过的！"

"那该怎么办呢？"他说："人生百年，终有一死，就让我们俩死在一起吧！"

他在她那儿过了夜，吃得饱饱的，喝得足足的。次日，他打算与美丽的阿纳斯达希亚离开这儿。

他们刚一动身，一个精灵（由鸽子变的，给永生的凶恶的瘦老头效劳）便从炉灶地下飞了出去，找瘦老头去了。俄罗斯勇士伊万领着美丽的阿纳斯达希亚跑了三十里，或许还多一些，那精灵飞到永生的凶恶的瘦老头儿柯谢依跟前：

"永生不死的凶恶的瘦老头呀，你怎么光顾着吃啊，玩啊，不知道家里发生了什么事情吧？俄国勇士伊万把美丽的阿纳斯达希亚偷走了！"

"他是怎么到这儿的？是什么风吹来的？"

精灵回答他：

"这我哪儿知道啊？"

瘦老头柯谢依立刻来到自己的马前：

"咳，我的马儿啊！我们到处游逛，尽情玩乐，却不知道家里发生的情况：俄国勇士伊万把美丽的阿纳斯达希亚偷走了！"

"怎么会这样？"它说："我们就是再用上三天三夜吃、玩和烤馅饼，也能追上他们！"

三天三夜过去了，软软的馅饼已经烤好了。俄国勇士伊万带着美丽的阿纳斯达希亚，大概又跑了三十里。这个凶恶的瘦老头儿柯谢依骑着这匹马追上了，从他的身边抢走了美丽的阿纳斯达希亚。瞧，这个凶恶的瘦老头儿说道：

"啊，俄国勇士伊万！为了感激你把我从深渊中解救出来，我饶恕你，让你活着。以后，不要到处跑了！"

瘦老头儿柯谢依骑上自己三条腿的马，带上美丽的阿纳斯达希亚，回他的国家去了。他将美丽的阿纳斯达希亚带回后，又将她囚禁在自己的城堡里。

伊万王子独自一个人留在原地，心想：

"我怎样才能得到美丽的阿纳斯达希亚呢？即使他想杀死我，我也要去。没什么大不了的，人生百年，终有一死，我死了更好！"

他走了，又朝美丽的阿纳斯达希亚走去。她看见了，痛苦地大哭起来。

"俄国勇士伊万呀，你干吗又来了？凶恶的瘦老头儿柯谢依会杀死你的！"

"反正早晚免不了一死！"

第二天，他们收拾好东西，上路了。

那只鸽子又飞来找凶恶的瘦老头儿，向他报告：

"你怎么回事啊，瘦老头儿柯谢依，光知道饮酒作乐，连自己家里的情况都不知道！俄国勇士伊万把美丽的阿纳斯达希亚偷走了！"

凶恶的瘦老头儿柯谢依立即来到自己的三条腿马跟前：

"唉，我的马呀！我们在这儿饮酒作乐，却不知道家里发生的事情！俄国勇士伊万把美丽的阿纳斯达希亚偷走了！"

"怎么会这样？"它说，"我们就是再用上三天三夜吃、喝和烤馅饼，也能追上他们！"

他们饮酒啊，作乐啊，烤馅饼啊，三天三夜一晃之间就过去了。瘦老头儿柯谢依骑上马，瞬间就追上了俄国勇士伊万和美丽的阿纳斯达希亚。他们把伊万碎尸万段，将她带回了自己的国家。美丽的阿纳斯达希亚对凶恶的瘦老头杀死俄国勇士伊万，痛哭不已。

过了一段时间（当时是夏天），大乌鸦王嗅到气味不对，说道：

"似乎有我们亲人血的味道。我要去找雕王老弟，一起去看看，我们的鹰王老弟是不是还活着？"

他飞去找雕王老弟，他还活着。

"雕王老弟，似乎有股我们亲人血的味道。"

"我也感觉到了。我们的鹰王老弟是不是还健在？咱们去看看他吧！"

他们飞到了鹰王老弟那儿，他安然无恙。

"怎么回事，老弟，有股我们亲人血的味道？"

"我也嗅到了!"他说。

他们跟着气味飞去,一直飞到大舅哥的身边:大舅子已被砍成碎块。二妹夫雕王(这位身体轻些)立即飞去找起死回生的神水去了。他急匆匆地飞了三天三夜,带回来救命的神水。用使身体长合的神水一喷,被砍成碎块的身体就长合到一起了,跟从前一模一样;再用起死回生的神水一喷,俄国勇士伊万就突然站了起来。

"哎呀,"他说,"我睡得太久啦!"

"如果不是我们,恐怕你要睡上一辈子啦。老兄,你最好还是回去吧,不然,那个凶恶的瘦老头儿还会杀死你的!"

"这有什么,弟兄们!人生百年,终有一死。我一定要去得到我美丽的阿纳斯达希亚!"

"假如你去的话,一定请美丽的阿纳斯达希亚搞清楚,他是在什么地方搞到那匹马的?否则,我们毫无办法!"

他感谢了妹夫们,同他们告别后就走了。

他来到王国,去找那个凶恶的瘦老头儿柯谢依。他来到美丽的阿纳斯达希亚跟前,她吃惊得不得了:这是怎么回事?她见到伊万王子,心想:瘦老头已经把他杀死了。她不相信,她还以为,是凶恶的瘦老头变成了他的样子。你看,他现在正同她打招呼呢。这时,她竟高兴得哭了起来:

"伊万王子啊,我看见的是你吗?"

"一点儿不错。"他说。

"不可能,这是瘦老头儿变成的俄国勇士伊万的样子吧?"

"不,我就是俄国勇士伊万,是三个妹夫把我恢复成原来样子的。你呢,等凶恶的瘦老头儿飞来后,问他,他那匹马是从哪儿搞到的?你把我藏到一个什么地方,否则,我们将一事无成!"

就这样,她给他吃饱喝好后,将他藏在了自己的衣柜里。

凶恶的瘦老头飞来了。他问:

"怎么,有股俄国人的气味儿?"

"您自己曾在俄国各地飞来飞去的,弄上了俄国人的气味儿。我这里可什么人都没有,我丈夫来不了了,您已经把他剁成碎块了!"

"那他还活得了?我曾对他说过,叫他下次别来,他竟敢取笑我?我可不喜欢玩笑!"

"哎哟,我可爱的无所不能的柯谢依!您是在哪儿搞到那匹马的呀?"

"你以为,你丈夫能搞到吗?"

"我丈夫都被您砍成碎块了,他怎么可能搞到?他的所有骨头,或许,都让大乌鸦一块块给叼走了……"

"是有那么一匹母马,"他说,"它在大海的另一边跑来跑去,有十二群狼尾随着它。它怀驹仅一个小时。在大海的另一边有一棵天蓝色的树。它在这棵树旁跑过去,就像一阵风一样。这会儿,它要躺下来,马上就要产驹了。之后,它又得逃走。现在,那十二群狼就会跑来咬死那匹马驹。只不过,谁也别想得到它!"

凶恶的瘦老头儿柯谢依在她那儿过了夜,跟她分手后又飞走了。

美丽的阿纳斯达希亚走近俄国勇士伊万跟前,将他从衣柜里放出来。他开始问她:

"快说说,怎么才能搞到那匹马?"

"我亲爱的,是有那么一匹马,"她说,"可是搞不到。那些狼会把你撕成碎片的。在大海的另一边有匹母马跑来跑去的,后面跟着十二群狼。母马通常一个小时怀驹。那儿有一棵天蓝色的树。它跑近那棵树旁,这时立刻有十二群狼撕咬这匹马驹。你是无法搞到的,你最好还是回家吧!"

"不,我亲爱的,我一定去搞到那匹马驹。没有你我活不了!"

俄国勇士伊万告别了心爱的人，走了。

他走了一天，一天又一天，走了一个星期，一个月又半年。他走啊，走啊，来到一座树林。袋子里的所有食物他都吃光了。他饿的特别想吃东西。他到处走啊，找啊，却发现没什么可吃的。突然，他发现一棵树上的洞里有许多蜜蜂，于是便爬了上去，在洞里弄来蜂蜜，饱餐一顿。这时候，蜂王对他说：

"别吃啦，俄国勇士伊万！我暂时对您还会有用的！"

而它只是在筑巢，就是说，如果将蜜拿光，巢就要毁掉的。

俄国勇士伊万没有再吃蜂蜜，他掏出一把折叠小刀，切下一块内皮，可以淌出汁液，他就以此充饥。他走近大海发现：他没地方能趟过去，他也没地方可以吃东西。他立即看到小山丘上有个洞穴，心想：

"反正也是个死！"

他爬进这个山丘里马上发现，那儿有许多海狸。一个老海狸边跑边说道：

"别吃我们，俄国勇士伊万！我会对你用的，我知道你为什么到这儿来。可如果没有我，你将一事无成！"

别无他法，他只能忍耐，便将海狸放了。

老海狸回答他说：

"你骑在我身上吧，我们一起渡过这个大海！"

俄国勇士伊万骑上海狸，便开始渡海。渡过大海以后，他从海狸身上下来。海狸就说：

"俄国勇士伊万啊！你走到这棵蓝色的树前，爬上去。母马在夜里十二点跑来，马上就要生下马驹。你立刻从树上跳下来，从地上抓住马驹，赶快往我这儿跑。不然的话，群狼就会追来，将你、我和所有的人咬死。"

他来到树跟前，爬上了树。夜色降临，十二点了。突然，一匹母马跑来，像一道闪电，它用蹄子叩击着地面，躺了下来。瞬间，马驹诞生了，而它自己则跳起身来，跑开了。他从树上跳了下来，抓住这匹小马驹，带它一起跑向大海。到了大海后，伊万王子骑上了海狸，海狸就把他带走了。海狸刚刚把他带走，突然，十二群狼疾驰紧紧追赶着他们。他们开始在海里游起来，眼看就要追上他们。俄国勇士伊万吓坏了，不知如何是好。

"哎呀，蜂王啊！它想帮我排忧解难，可是却把我骗了！"

突然间，不知打哪儿飞来许多蜜蜂——黑压压一片，开始猛蜇群狼的眼睛。它们不知往哪儿跑，有些在游，有些沉了下去。这样，海狸就把俄国勇士伊万带过了大海。

俄国勇士伊万对海狸十分感激。海狸对此甚为满意，并愿意为俄国勇士伊万提供任何一只海狸，为他效劳。俄国勇士伊万对它再次表示了感谢。天已大亮，于是，俄国勇士伊万带着这个马驹上路了。不过，俄国勇士伊万还是走向这只蜜蜂，对它给予的帮助表示感谢。蜜蜂回答说："现在，你想吃多少就吃多少吧，你还可以用蜂蜜来喂你的马。现在，我又产蜜啦！"

俄国勇士伊万谢了谢它。

"你吃吧，"它说，"还可以喂喂自己的马！"

俄国勇士伊万吃饱了，也喂好了自己的马。他一下子撕下了树皮，给马作了一个笼头：因为马驹长得太快，难骑。

这时，马驹对他说：

"噢，俄国勇士伊万！骑上我吧，做我们需要做的事情。您怎么让我跑呢？是比漂浮的云彩还高，还是比耸立的树林要低？"

俄国勇士伊万对此惊讶万分，他高兴得不知如何是好，让它随便选择。

"按你了解的走吧！"他说。

他的这匹马驹缓缓上升，比漂浮的云彩还高；飞起来像闪电一样，飞向凶恶瘦老头的王国，也飞向了美丽的阿纳斯达希亚。她高兴极了，还用力地吻了他。他催促她快走，而她却对他说：

"别害怕，俄国勇士伊万！别着急，你把路上需要的东西带好，再把珍珠财宝带上！"

他们走了，带上了一切必需的东西。第三天，他们动身了。

那只鸽子又从炉灶下面飞向凶恶的瘦老头儿，向他报告：

"你怎么回事啊，瘦老头儿，光知道饮酒作乐，连自己家里的情况都不知道！俄国勇士伊万把美丽的阿纳斯达希亚偷走了！"

凶恶的瘦老头立刻来到自己的三条腿马前。

"噢，我亲爱的三条腿马呀！我们在这儿只顾饮酒作乐，却不知道家里发生了什么事情！俄国勇士伊万又把美丽的阿纳斯达希亚偷走了。"

"唉，瘦老头呀！这会儿咱们可无能为力啦。"

"你说什么？难道你不想为我效劳了吗?"

"我要为你效劳，不过，我们依然什么也做不了!"

瘦老头骑上马，朝俄国勇士伊万追去。

马对俄国勇士伊万说：

"俄国勇士伊万啊！凶恶的瘦老头儿柯谢依快追上我们了，你从我身上下来吧，我一个人就可以把他杀死!"

俄国勇士伊万下了马，他的马对自己的兄弟说：

"喂，我的兄弟三条腿马啊！你向上旋转腾空，将瘦老头掀翻，我们再把他杀死。不然的话，我将你们两个一块杀死!"

这匹三条腿马腾空而起，将瘦老头儿掀翻在地。

他们点起火，将尸体烧掉，将骨灰打扫干净。俄国勇士伊万把美丽的阿纳斯达希亚安置在三条腿马上，向自己的王国走去。他顺路去了妹夫们的家，对他们表示了谢意，然后，回国去了。

在那里，举国欢腾，设下盛大舞会。王子伊万和美丽的阿纳斯达希亚过上了好日子。

普尔卡军士

有一位军士普尔卡，在团里服役，他觉得服役太辛苦。他为自己收集了一些干面包，带走了检阅用的马具，突然间就跑了。他跑了大约一年。他把用于吃喝的钱花光了，便吃点儿随身带的干面包，又想回去了。

"可是不该回去，"他想，"要不，还是回去。"

就这样，他突然又往回走了。

他走向一座树林，他觉得那是一条路。于是，他就走在这条路上了。前面有一栋三层楼，他走了进去。里面只有一张床，走来一个年轻小伙子。

"谁让你躺在这张床上了？每年躺在这张床上的是我！"

"我错了，"军士说，"请原谅，这真有些失礼了。"

"那——你可以租嘛，"他说，"给我干一年活，你要每天不停地生炉子，不能剪发，不能洗脸，不能向上帝祈祷。"

房子的主人走了，剩下了普尔卡一个人。一年的时间转瞬即逝。房子的主人来了。

"不错，"他说，"你努力了，好样的！喏，给你五个卢布，洗洗脸，理理发吧，向上帝做做祈祷。最后一点，你出去玩玩，到第三天再来找我。"

普尔卡军士玩到第三天回来了。

"怎么样，钱够用吗？"

"还剩一戈比银币。"

"那你就再租一年吧，留下来也是天天生炉子。"

一年又过去了，主人回来了，他看着。

"你真是好样的，"他说，"喏，给你五个卢布，洗洗脸，理理发吧，向上帝做做祈祷。最后一点，你出去玩玩，到第三天再来找我。"

普尔卡军士玩到第三天回来了。

"怎么样，"他说，"钱够用吗？"

"还剩一戈比银币。"

"那你就再租一年吧，"他说，"不能剪发，不能洗脸，也不能向上帝祈祷。"

转眼又是一年，主人又回来了。

"喏，你拿着，这是五个卢布，"他说，"你去洗洗脸，理理发，向上帝做做祈祷。最后，你再去玩玩，到第三天来我这儿。"

普尔卡玩了两天，又回来了。"怎么，我都干三年了，还不能呆在这位主人的唯一房间里？"

他走进房间，里面站着一位少女，已被沙子埋到顶脖了。

"啊，你呀，普尔卡军士！"她说："是上帝把你带到这儿的吗？你在他这里干了很久了吧？"

"我干了三年。"他说。

"喏，给你本书，你用三个晚上读读有关我的一些情况吧。我会嫁给你。如果你要有什么害怕的话，你就不用怕了。"

他开始读第一个夜晚：他读啊，读啊，他成了团里一名上等兵。

"普尔卡军士，你去团里报到，上校委派你的。"

接着，普尔卡军士就是团里的人了：上校委派你的。后来委派他当了上士。

再后来，又成了他团队的首长。

"你干吗这么看着他？用刺刀抓住他！"

全体战士马上阵亡了。姑娘从埋到膝盖的沙子出来了，到第三天夜晚，又成了一名上等兵，然后又是军士，后来又是一名上士，再后来又成为一名团首长。

"干吗盯着他看，用刺刀抓住他！"

现在，全体战士都已阵亡。姑娘整个人从沙子中走了出来，并对他说：

"喏，普尔卡军士，在王国的码头等着我吧。我将乘一艘银制的船来。如果主人跟你结账，他会给你又是金币又是银币——你都不要拿，只说：把我生炉子烟筒里的三个线团形东西给我吧。"

他来到主人那里。

"怎么，普尔卡，"他说，"给我再干一年，怎么样？"

"部队有事，"他说，"我已干了三年，该回去了，请给我结账吧。"

"给你，金币和银币都有。"

"不要。"

"那你要什么呢？"

"给我生炉子里的东西，烟筒里的三个线团状东西。"

他舍不得给，可还是给了。

"喏，普尔卡，"他说，"即使你救了美丽的巴尔格拉菲尼亚，可你也见不到她。"

普尔卡离开了主人，得到了那三个线团状东西，他觉得那些东西很重。

"这是什么呢？"他自言自语地说，当他离开团队时，带了许多干面包，可也没那么重。"我还是把它扔了吧。"

这个线团滚着，用人的声音说道：

"太感谢你啦，普尔卡军士，你把我从炉筒中救了出来。"

他走着，还是觉得挺沉，就把另一个也扔了。线团也说了同样的话。接着又把第三个线团也扔了。他来到一家小酒馆。

"掌柜的，给我来一升喝的。"

"怎么，普尔卡军士，你救了美丽的巴尔格拉菲尼亚，却见不着她的面儿。把我的女儿嫁给你吧。"

"走开！"他说："别纠缠她。"

他喝了一会儿，玩了一会儿，是该去王国码头的时候了。他从小酒馆走了出来。这个掌柜的叫来一个小男孩。

"你去跟他说，"他说道，"普尔卡军士，是不是你忘的这条手帕？（可他什么都没有忘）再把这个大头针别在他的大衣上。"

男孩子赶上了普尔卡，问：

"是不是你把手帕忘了？"

"是我，是我！"他说。

而这个时候，那男孩不知不觉地将大头针别在了他的大衣上。

他到了码头，睡意使他低垂下头。美丽的巴尔格拉菲尼亚乘着银制的船驶来了。

"保姆们，奶娘们，抛下这死亡之锚，一定要把这个人找到！"

她们去找了，找到了这个睡着的人。她们叫啊，叫啊，也没法将这个人叫醒，她们就走了。普尔卡醒来后，跑向岸边，喊啊，喊啊，怎么喊她们也听不到。他伤心地又来到那家小酒馆。

"给我来一升喝的。"他说。

"怎么，普尔卡军士，你救了美丽的巴尔格拉菲尼亚，却见不着她的面儿。把我的女儿嫁给你吧。"

"走开！"他说："别纠缠她。她这就够伤心的了。"

他喝了一会儿，玩了一会儿，是该去王国码头的时候了。他从小酒馆走了出来。这个掌柜的叫来一个小男孩。

"你去跟他说，"他说道，"普尔卡军士，是不是你忘了这副手套？（可他什么都没有忘）再把这个大头针别在他的大衣上。"

男孩子赶上了普尔卡，问：

"是不是你把手套忘了？"

"是我忘的。"他说。

而这个时候，那男孩不知不觉地将大头针别在了他的大衣上。

他来到了码头，睡意使他低垂下头。美丽的巴尔格拉菲尼亚乘着银制的船驶来了。

"保姆们，奶娘们，抛下这死亡之锚，一定要把这个人找到！"

她们去找了，找到了这个睡着的人。她们叫啊，叫啊，也没法将这个人叫醒。她们就走了。普尔卡立刻醒了。他跑向岸边，喊啊，喊啊，怎么喊她们也听不到。

他伤心地又来到那家小酒馆。

"给我来一升喝的。"他说。

"怎么，普尔卡军士，你救了美丽的巴尔格拉菲尼亚，却见不着她的面儿。把我的女儿嫁给你吧。"

"你不要再纠缠自己的女儿了，"他说，"我不会娶她的。"

他喝了一会儿，玩了一会儿，是该去王国码头的时候了。他从小酒馆走了出来。这个酒馆又派去一个小男孩。男孩子问：

"普尔卡军士，是不是你忘了这个烟斗？"

而后男孩把大头针给他别上了。普尔卡来到了码头，睡意又征服了他。这次，巴尔格拉菲尼亚乘了三艘金制的船驶来。

"保姆们，奶娘们，抛下这死亡之锚，一定要把这个人找到！"

她们来了，到处找他。她们叫啊，叫啊，没法将他叫醒。美丽的巴尔格拉菲尼亚亲自下船，她叫啊，叫啊，还是没能将他叫醒，她伤心地流下了眼泪。她亲手写下了："你去非常遥远的地方，去火焰河那边的女儿国找我吧！"他醒来之后，喊啊，喊啊，还是没人听得见。

这样，他便动身去火焰河那边的女儿国了。他走啊，走啊，不知走了多远的路，他来到另一个王国。突然，在一个哨所，士兵们开炮以示欢迎。他自己也感到奇怪——对我的欢迎怎么这样隆重呢？更使他意想不到的是，国王亲自来迎接他，挽着他的手，带他进了自己的王宫。

"感谢你，普尔卡军士！"他说："你把我从烟筒里救了出来。"

在另一个王国，普尔卡也受到了同样的接待，在第三个王国仍是如此。之后，他就继续向前走。他走近了火焰河，带着自己的武器。突然，他感到热了起来。他摘下行军背囊，扔掉武器，脱了大衣——可还是感觉热。

"这是怎么了？"他想："如果在打仗的时候，我要把这一些东西扔掉处境会很困难。得回去把这些东西捡回来，再将这些装备重新戴上。"

他穿戴好自己的全副装备，又出发了。岸上有一家旅馆，旅馆上写着："进来喝完后，马上从原路出去"。——可在旅馆里一个人都没有。突然有一个念头，他想在旅馆内安顿下来稍事休息。这时，旅馆的老板来了。

"你怎么，认字吗？"他说。

"我错了，我认字。"

"那你看见没有，门上写的字是：'进来喝完后，马上从原路出去'吗？"

"我错了，"他说，"对不起。请告诉我，怎样才能渡过那条火焰河呢？"

"啊，"旅店老板说，"我可以帮你渡河，只是价钱贵些。"

"这没关系，我付多少都可以。"

而旅馆老板专为飞往那个方向的鸟提供食品——啄食一群公

牛。老板马上牵来一头公牛，将它宰杀后，掏出内脏，再把普尔卡军士放了进去，然后再缝上。这时，鸟王飞来了。它抓起公牛飞过火焰河，将这头公牛往地上放时，普尔卡就势撞开缝口逃掉了。他在芦苇丛里藏了起来。每只鸟飞来，都用人的声音说：

"为什么这里有人的气味呢？快去找鸟王来。"

群鸟向四方飞散了。普尔卡就去女儿国了。他走近一口井，坐到了井的旁边。突然，走来一位少女。她见到一个男子坐在井旁，便对他说：

"啊，亲爱的朋友，我们美丽的巴尔格拉菲尼亚害怕男人。"

"喏，"他说，"把你自己的衣服给我拿来。我装扮成一个女人，就像一个女人在你们这里生活。我的名字就叫玛利亚。"

于是，她领着这个少女玛利亚，去见美丽的巴尔格拉菲尼亚。

"哎呀，"美丽的巴尔格拉菲尼亚说道，"你打哪儿找到这么一个姑娘呀？"

"在水井旁边。"

后来，他就在她们那里住下了。

普尔卡走进马厩。马厩里躺着三个勇士，他们被杀死后锁在了一起。美丽的巴尔格拉菲尼亚非常害怕他们。

"我可以将他们埋葬，可您给我什么呢？"

"如果你能办到的话，美丽的巴尔格拉菲尼亚会给你半个王国。"

普尔卡挖了一个坟墓。他背起一个勇士，将他葬在墓穴里。

"谢谢你，普尔卡军士，你把我的骨头收集到了一起：我死了三十年了，被锁在一起。给你，这是我的礼物，这是我的力量，这是我的仆人——一匹灰褐色的马。你一旦需要马的时候，你就到禁猎区的草场，高声喊：'灰褐马啊，神奇的马，快快飞到我这儿来吧！'它飞时，大地在颤抖，嘴里喷着火苗，鼻孔里冒着滚滚烟。"

接着，普尔卡埋葬了另一个勇士，后来，又埋葬了第三个勇士，也从他们那里得到了同样的礼物。

多丹·多丹内奇向美丽的巴尔格拉菲尼亚求婚来了。

"嫁给我吧，如果你不答应，我将强迫娶你，我将消灭你的女儿国。"

美丽的巴尔格拉菲尼亚召集了姑娘们，进行了反击战争。他们打得天昏地暗，战争进行了好长时间。而普尔卡军士留在了家里。他走上阳台，拿一副望远镜凝望他们的战场，发现：国王正在殴打她们。他来到外面一片禁猎区的草场，说道：

"灰褐马啊，神奇的马，快快飞到我这儿来吧！"

他带着从第一个勇士借用的力量，奔向了战场。与其说他用刀砍，倒不如说用马蹄踩。他杀啊，踩啊，过了一会就返回来了：睡意征服了他。突然，美丽的巴尔格拉菲尼亚从战场上回来，自言自语地说："看来，上帝在庇护我们，上帝的帮助没让我们灰心绝望。"

后来，那个国王聚集了更多的兵力。美丽的巴尔格拉菲尼亚率领姑娘们再次奔赴战场。而普尔卡军士留在了家里。他出去来到一片禁猎区的草场，说道：

"灰褐马啊，神奇的马，快快飞到我这儿来吧！"

他带着从第二个勇士借用的力量，杀向了战场。与其说他是用刀砍，倒不如说用马蹄踩。他砍杀了全部敌兵。他又回到家中：睡意征服了他。率领少女们的美丽的巴尔格拉菲尼亚说："看来，上帝在庇护我们，上帝的帮助没让我们灰心绝望。"

第三次，国王召集了十二名骑士。他说：

"美丽的巴尔格拉菲尼亚，嫁给我吧！不然，我就用武力拿下你，让你所有的姑娘死得很难看。"

她重新集中起军队，对他宣战。他们来了，战斗开始了。普尔卡拿起望远镜，走上阳台，注视着战场。前面站着十二名骑士。他从第三名勇士和战马借用到的最大力量，再次奔赴战场。那些骑士对普尔卡说：

"你怎么，想一对一地决斗吗？"

"不，"他回答道："我一个人对你们所有人。"

他挥刀砍了起来，他杀了第一个，又一个，直到杀完十二个。战斗即将结束了，他与一个人打斗时，那个人砍伤了他的手臂。他驱马走近美丽的巴尔格拉菲尼亚。

"请给我的手包扎一下。"他说。

激战结束了。他又先于所有人回家了。这时，睡意又将他征服，他沉睡了很长时间。他向后伸出手，于是，女仆看到了他手上伤口的缝合处。

"哎呀，"她说，"这才是庇护我们的人啊！"

美丽的巴尔格拉菲尼亚召见他，并且说道：

"你不就是那个普尔卡军士吗？"

他向她坦白了：

"我正是那个普尔卡军士。"

"喏，这就是我给你的全部王国。"

后来，他娶了她。还给了我一勺蜂蜜，整个故事就结束了。

蛇

从前有一位国王，他的王国与蛇的王国有一道边界，而且他们还有一个协议规定，国王不得越过边界，蛇也不能飞到人的地界上。但是，蛇首先违背了协议。

那蛇有三个头，中间的头上有颗七角星。当它飞越边界的时候，那么，任何一支军队都会因为这颗星而全军覆没。因为它的光芒会毁灭一切。而如果它发现，哪儿有畜群在放牧，那就会杀死它们。

国王一忍再忍，终于召集了一批猎人。其中一位年纪很大了。他没有与其他猎人站在一起，而是单独站在一旁。

国王对猎人们说：

"蛇王飞到我们这儿来，给我们造成许多损失。你们谁能找到蛇的这颗七角星，让它不再燃烧和给我们带来屈辱啊？"

所有猎人都拒绝满足国王的愿望。而只有那位年纪很大的猎人说：

"我要击落蛇的这颗星，陛下。"

国王将他领到房间，给他下了这样一道指示：

"注意，如果你完成我的委托，那么我会把任何一个女儿嫁给你。如果你完成不了，那么，你最好不要回来，反正我也会砍下你的头。"

"这么说，陛下，"猎人回答，"请您给我一件耐火的衣服。"

这个猎人要什么，国王一概给予满足。就这样，这个猎人中午时分去树林了。他越过国界，一直向前走，太阳还未落山呢。这时，他听见了嗡嗡声，那是群蛇在飞。他隐藏在树叶里，躺着。蛇在他头顶飞过，落到了沟壑里。它们好久无法安静下来，最后总算平静了。

当群蛇安静下来的时候，猎人朝沟壑走去。他到那里发现，蛇王正躺在群蛇中间睡觉。猎人刚看见它们时，感到一阵恐惧。他是这么想的："反正国王要砍头的。既然是这样，那我就去沟壑好了。"

猎人将自己的枪放进橡树下面的树叶里。而自己则走下沟壑。他发现自己无处可走——到处都躺着蛇。于是，他决定在蛇里走。当他走近蛇王时，打量一眼那颗星并碰了一下，他发现，那颗星刚刚固定在蛇鳞上。他开始悄悄摘那颗星，而在他摘的时候，抬头看了看天空和繁星——他在注意时间。他刚摘那颗星时，并未得手。于是，他决定更用力地去拽，当他再拽那颗星的时候——竟然拽下来了。他摘下星就跑了。

他跑出沟壑时，看了看月亮，而月亮在向树林倾斜，已是半夜了。他跑向飞毯，坐上就飞走了，可却忘了拿枪。他一边飞一边想，不知道该往哪儿放这颗星。而星却照的很远，一切看得清清楚楚。

蛇全起来了，跟它们起来的还有蛇王。它向全国喊道：

"你们怎样保护夺来的这颗星啊？马上去追！"

有几条蛇飞来了。猎人听见有蛇在他身后飞，这时他才清醒过来："我可是有袋子啊。"于是，他把星放进袋子里，光亮便消失了。而群蛇看到光亮消失了，就以为，他还在原地呢，便没有继续追。它们开始寻找他：用身体击打地面，在树下搜来搜去，但还是没有他的踪影。

猎人飞回了国界。可马上有一个理性的声音告诉他："这颗七角星我是得到了，可带有名字的猎枪却丢了。"

猎人飞去晋见国王。国王带他进了房间，手里拿着那颗星，开始朝它观看。猎人说：

"我已完成您的任务，陛下，只是用有名字的枪做了抵押。"

国王对他说：

"这是小事一桩，不值一提。我那里有一仓库一仓库的枪。你去给自己选一支算啦。你怎么，值得为一支枪去送命吗？"

"为了那颗星我没有牺牲，而为了那支猎枪，我也不会牺牲的。"

可国王却不想让猎人深夜去取枪，因为天太黑，猎人会拿那颗星给自己照亮。

次日清晨，蛇王发现了这支枪。它看了看，说道：

"我在这儿等到十二个昼夜，他该不该来，还是骑马来取他的枪，而没有枪他是无法生活的。"

可猎人呢，却决定第十四个昼夜动身。这一天到了，猎人坐着飞毯出发了。他飞到放枪的地方，看了看，然而却没发现枪。他下到沟壑，绕着蛇走（这时那些蛇都睡了），可哪儿也没有枪。沟壑内非常暗。他又不敢把那颗星取出来。他想啊，想啊，最后还是决定取出来。他从袋子里取出星，那星发出的光芒将全国照得通亮，仿佛是晴朗的白日，太阳照耀一样。他看了看，而枪放在蛇王的三个头的下面。猎人走近蛇王，开始取枪。他取出枪后，匆匆奔向上面的飞毯前。他跑到飞毯前，坐上去就飞走了。

群蛇醒来了，蛇王向全国喊道：

"快抓住，你们快抓住他呀！"

群蛇飞起来了，隆隆的声音响彻全国，甚至连国外都听得到。蛇王向猎人攻击，而猎人则停下飞毯，从上面走下来。他退到橡树跟前，举枪瞄准射击。立刻击中了三个蛇头。蛇王纵身跃起，用躯干击打地面，扬起的尘土遮住了整个树林。群蛇在蛇王的身边飞来飞去，并返回了沟壑。

猎人坐上飞毯飞过了边界，将那颗星挂在自己的脖子上，继续向前飞去。好，终于飞到自己的王国了。次日，国王得知，猎人回来了，带回了猎枪，还有那颗星。

国王把猎人叫到跟前说：

"我有三个女儿，你可以任选一个，还有半壁江山，也都拿去吧。"

不过，猎人是个有家室的人，他说：

"国王，你把女儿嫁给她们自己所爱的人吧。半壁江山我也不需要。"

这时，国王问道：

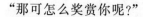

"那可怎么奖赏你呢?"

"国王,你能怎么奖赏就怎么奖赏吧。可最好还是允许我在您的国土上打猎。"

国王给猎人签署一份文件说,他的吃啊,喝啊,穿啊,直到天年不用付一分钱;他愿在哪儿打猎就在哪儿打猎。

而国王找到了优秀的工匠,让他们从这颗七角星里取出所有的毒来,这颗星就只闪闪发光而不再燃烧了。国王将这颗星挂在自己的宫里,它几乎能给全国照明,而且明亮耀眼,国人因这颗星而感到温暖。

铜、银、金三王国

在某个王国,有一位国王。他有位金色辫子的爱妻娜斯佳以及三个儿子:大王子彼得、二王子瓦西里和三王子伊万。有一天,王后带着几个奶妈和保姆在花园里散步,突然间,刮来一股旋风,抓走了王后,不知将她带到了什么地方。国王又是忧愁,又是悲伤,可又不知道该怎么办。

王子们长大了,国王对他们说道:

"我亲爱的孩子们哪,你们谁去寻找自己的母亲啊?"

两个哥哥收拾了一下,便出发了。

一年过去了,没有他们的音讯。又一年过去了,还是没有他们的音讯。接着,第三个年头开始了……伊万王子开始请求父亲:

"让我去寻找妈妈吧,也打听一下哥哥们的情况。"

"不行,"国王说道,"我就剩下你一个人了,别扔下我一个孤零零的老人。"

可是，伊万王子却说：

"反正我要去的——不管你是允许还是不允许。"

还能有什么办法呢？

国王只好让他去了。

伊万王子骑上自己那匹良马，就动身了。

他走啊，走啊……故事讲得快，做事可快不了啊。

他来到一座玻璃山，那山高入云端，山顶擎着蓝天。山下搭着两个帐篷，里面是大王子彼得和二王子瓦西里。

"你好，伊万，你这是去哪儿呀？"

"追赶你们，去找妈妈。"

"唉，伊万啊，我们很早就找到了妈妈的踪迹，可脚印就在那里停下不动了。你试试爬上这座山，而我们连一点力气都没有了。我们在山下站了三年，爬不上去了。"

"没什么，哥哥们，我来试试。"

伊万王子开始向那座玻璃山爬去。他向上爬一步，却滚翻似的向下滑十步。他爬了一天又一天，双手被玻璃割伤了，双脚也被割出了血，到第三天，终于爬上了山顶。

伊万向山下的哥哥们喊道：

"我这就去找妈妈，你们留在这儿吧。请你们等我三年零三个月，如果我不能如期回来，那就没必要再等了。就是大乌鸦也不能带回我的遗骸的。"

伊万王子稍事休息一会儿，便沿山走去。

他走啊走啊发现一座紫铜宫殿，大门两侧的几条可怕的蛇用紫铜链子锁着，它们呼出的是火。近旁有口井，井口有个紫铜罐，用紫铜链吊着。群蛇欲奔去喝水，不过链子太短。

伊万王子拿起紫铜罐，舀冰凉的井水，让群蛇喝得饱饱的。它们变得平静了，并躺了下来。于是，他走过大门进了紫铜宫

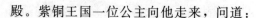

殿。紫铜王国一位公主向他走来，问道：

"你是什么人，好心的青年人？"

"我是伊万王子。"

"怎么回事，伊万王子，你到这儿来是出于自愿还是情不得已？"

"我在寻找自己的母亲——娜斯佳王后。是旋风将她硬拉到这儿的。你知道她在什么地方吗？"

"我倒是不知道，可离这里不远住着我的二姐，或许，她会告诉你。"

同时，公主给了他一个小紫铜球。

"你滚动这个紫铜球，"她说，"它就会告诉你去我二姐家的路。等你打败旋风后，可别把不幸的我给忘了。"

"好吧，"伊万王子说。

他扔下了紫铜球。球滚着，而王子随后跟着。

他来到一个白银王国，大门的两侧有几条可怕的蛇用银链锁着。旁边有一口带银罐儿的井。伊万王子打水让蛇喝得饱饱的。它们躺下来，放王子过去了。白银王国的公主跑了出来。

"旋风将我囚禁在这儿，很快就三年了，"公主说，"我没有闻过俄国人的气味儿，也没有见过俄国人的面儿。而现在，俄国人自己来了。你是什么人啊，好心的青年人？"

"我是伊万王子。"

"你是怎么来这儿的：是本人自愿还是情不得已？"

"我是自愿来的，为了寻找自己的母亲。当年，她正在绿树成荫的花园里散步，忽然刮来一股强劲的旋风，不知将她刮到了什么地方。你是否知道，在哪儿才能找到她？"

"不，我不知道。但离这儿不远有一个黄金王国，那儿住着我的大姐，美丽的叶琳娜。"

不知走了多长时间，王子看见一座金色宫殿，犹如着火一样。大门两侧可怕的群蛇乱挤乱钻，被金链子锁着。这些蛇喷着火焰。旁边有口井，井边有个金水罐儿，也用金链子锁着。

伊万王子打满了水，让这些蛇饱饱喝了一顿。它们躺下来，不再闹腾了。伊万王子来到宫殿，迎接他的是一位美若天仙的叶琳娜公主。

"你是什么人哪，好心的年轻人？"

"我是伊万王子。我在寻找自己的母亲——娜斯佳王后。你是否知道，在哪儿可以找到她？"

"怎么会不知道呢！她住的地方离这儿不远。现在，我给你个金球，让它在路上往前滚，它会将你带到你所要去的地方。不过你要当心，等你打败旋风后，可别忘了我这个可怜的人，把我带往自由的世界吧。"

"好吧，"王子说，"可爱的美人儿，我不会忘的。"

伊万王子让球向前滚着，自己则在后面跟着。他走啊，走啊，到了一座王宫前。那座王宫真是妙不可言呐：既大且圆的珍珠和五彩斑斓的宝石闪闪发光，令人炫目。大门两侧，六头蛇发出咝咝怪声，喷着炙人的热气。

王子把它们也饮饱了，群蛇平静下来，放王子过去了。王子经过了许多房间，在最远的一个房间里，找到了自己的母亲。她坐在高高的宝座上，身穿华丽的王后服装，头上是已加冕的珍贵王冠。

她仔细看了一下客人，喊了起来：

"伊万，我的小儿子！你怎么突然来到这儿的？"

"来找你呀，亲爱的妈妈！"

"噢，孩子，你会很麻烦的。旋风的威力太大了。不过，我会帮助你，给你加油的。"

这时，她捡起一块地板，带他进了地下室。那里有两个装水的木桶——左手一个，右手一个。

娜斯佳王后说：

"伊万，你喝些右手边的水。"

伊万喝了。

"喂，怎么样？身上的力气增加了吧？"

"增加了，妈妈！现在，我用一只手就会把宫殿翻个个儿。"

"是吧，那你就再喝些！"

伊万又喝了一些。

"儿子啊，你现在的力气又增加了多少？"

"只要我愿意，能将整个世界翻个个儿！"

"行了，儿子，这就足够了。来，现在你把这两个水桶掉个个儿，把你右手的桶挪到左边去，而把你左手的桶挪到右边去。"

伊万王子抓起两个水桶，将它们彼此互换了位置。

娜斯佳王后对他说道：

"一个水桶内盛着力气大的水，而另一个水桶内盛着力气弱的水。打仗时，旋风喝力气大的水，因此你怎么都制服不了它。"

他们回到了宫殿。

"旋风就要飞回来了，"娜斯佳王后说，"你一定要抓住它的战槌，注意别放开。旋风腾空上天时，你要跟着它；它在大海之上、高山之巅和深渊之处带着你时，你也要牢牢地抓住它，别松手。旋风会累得疲惫不堪，想要喝力气大的水时，它会冲向放在右边的水桶。而这时，你就喝放在左边桶里的水……"

她的话刚刚说完，突然，院子外面黑了起来，周围的一切颤抖起来。旋风飞进了房间。伊万王子向它扑来，抓住了它的战槌。

"你是什么人？从哪儿冒出来的？"旋风喊道。"你看我不把你吃了才怪！"

"哼，鹿死谁手还难说呢！或许你能吃了我，或许未必！"

旋风忽而冲进窗里，忽而冲上云霄。它带着伊万王子一会儿飞向高山，一会儿飞向海洋，一会儿俯身深渊……但王子始终没有松开紧握战槌的手。旋风飞遍了整个地球。它筋疲力尽，疲劳不堪。他直接飞到地下室，冲向放在右手的水桶，一下子喝了起来。

而伊万王子奔向左边，也紧贴近水桶喝了起来。

旋风喝着，每喝一口，它的力量都渐渐失去；而伊万王子每喝一滴，他身上的力量却在不断增加，成了一个威力无穷的勇士。他抽出利剑，一下子砍掉旋风的头颅。

身后有些声音喊了起来：

"再砍一下！再砍一下！不然，它会复活的！"

"不，"王子回答道，"勇士的手是不会杀两次的，一下子就可以要它的命。"

伊万王子跑向娜斯佳王后。

"我们走吧，妈妈。是时候了。哥哥们还在山下等着我们呢。同时，路上我们还要将三位公主一起带上。"

就这样，他们一起动身了。他们找到了美丽的伊琳娜，她用金蛋滚了一下，整个金色王国便被藏进了金蛋里。

"谢谢你，伊万王子，"她说，"你从万恶的旋风手中解救了我。这个金蛋给你，假如你愿意的话，就做我的未婚夫。"

伊万王子拿了金蛋，同时，吻了吻公主鲜红的嘴唇。

之后，他们又来到白银王国接公主，在那儿又接了紫铜王国的公主。她们还随身带了织好的麻布，到了她们应当下山的地方。伊万王子用麻布将娜斯佳王后，然后伊琳娜公主以及她的两个妹妹，一一送下了山。

哥哥们站在山下等着。见到了母亲，他们分外高兴。见到了美丽的叶琳娜——他们都惊呆了；而见到了她的两个妹妹——他们不禁嫉妒起来。

"这样吧，"瓦西里王子说，"我们的伊万在哥哥们面前，还是个毛头孩子，我们把母亲和公主们带给父王，我们就说：这是用我们勇士的手得到的。而让伊万自己一个人留在山上玩玩好了。"

"你说的那算什么正事，"彼得王子说，"我要娶美丽的叶琳娜，白银王国的公主你娶，而紫铜王国的公主，我们送给一位将军。"

这时，伊万王子自己正打算从山上下来，他刚把麻布绑在树根上，而山下的哥哥们却抓住麻布用力拽，最后将麻布从他手中夺走了。现在，伊万王子可怎么下山啊？

伊万王子一个人留在了山上。他哭了起来，往回走。他走啊，走啊，无论哪儿连个人都没有，无聊死了！由于苦闷，伊万王子便抡起旋风那把战槌。他刚把战槌从一只手扔到另一只手，突然，不知从哪儿跳出来一个瘸子和一个独眼龙。

"伊万王子，你需要什么？你命令三次——我们就会执行你的三次指令。"

伊万王子说：

"瘸子和独眼龙啊，我想吃东西了。"

突然，不知从哪儿冒出来一张餐桌，桌子上已经摆好了美味佳肴。

伊万王子美美地饱餐了一顿，又将战槌从一只手扔到另一只手。

"我想休息！"他说。

还没等他把话说完，就有了一张橡木床，上面铺好了一床鸭毛褥子和一床绸缎被子。伊万王子美美地睡了一觉后，又将战槌扔了一下，立刻，那瘸子和独眼龙又跳了出来。

"伊万王子，你需要什么？"

"我想回到自己的王国！"

他的话刚一出口，转眼之间，伊万王子就不知不觉地已置身在自己的国家了。他站在那儿，环顾四周。他发现，市场上，迎面向他走来一个鞋匠。这个鞋匠一边走，一边唱歌，一边有节奏地打着拍子——真是一个快活的人！

王子问：

"你这是去哪儿呀，男子汉？"

"拿鞋去卖，因为我是个鞋匠啊。"

"收下我去你的作坊做活吧。"

"你会做鞋吗？"

"不错，随便什么我都会。不要说做鞋，缝衣服也行。"

他们回到了家，鞋匠说：

"这是加工过的皮革，是最好的。你做双鞋，让我看看，你会到什么程度。"

"嘿，这算什么加工过的皮革呀?! 都是些废料罢了，仅此而已。"

夜里，等大家睡下之后，伊万王子取出金蛋，把它放到路上滚着，一座宫殿出现在他的面前。伊万王子进了房间，从箱子里取出一双鞋，这是用金线缝的。他向前滚着金蛋，又把宫殿藏进了金蛋里面。他把那双鞋放在桌子上，便躺下睡了。

早晨，天刚放亮，主人见到了鞋，惊叫一声：

"这种难得的鞋只有在王宫中才能穿啊！"

而在这时，宫中正在筹备三个婚礼：彼得王子娶美丽的叶琳娜为妻；瓦西里王子娶白银王国的公主为妻；而紫铜王国的公主则被嫁给一个将军为妻。

鞋匠将那双鞋带到了王宫。美丽的叶琳娜一见到那双鞋，马上就什么都明白了："看来，我的未婚夫伊万王子，正在王国里逛呢！"

美丽的叶琳娜对国王说道：

"叫这个鞋匠在明早前，不用尺码就能给我做一身结婚时穿的衣服，而且要用金线缝的，镶有天然宝石和珍珠。不然的话，我是不会嫁给彼得王子的。"

于是，国王叫来了鞋匠。

"你无论用什么办法，"他说，"让美丽的叶琳娜公主在明天得到一套金线缝的结婚礼服。不然，我就处你以绞刑！"

鞋匠闷闷不乐地回到家中，耷拉下灰白的头。

"是这么回事，"他对伊万王子说，"你给我闯下大祸了！"

"没关系的，"伊万王子说，"你睡吧，清晨头脑更清醒。"

夜里，伊万王子从金色王国里取出一套婚礼服，放在了挨近鞋匠的桌子上。

早晨，鞋匠睡醒了，一套婚礼服放在了桌子上，像着火一样，将整个房间照得亮亮堂堂。

鞋匠抓起衣服，便向王宫跑去，交给了美丽的叶琳娜公主。

美丽的叶琳娜奖赏了他，又吩咐道：

"注意，明天黎明前，要在七里外的海滨，建起一个有金色宫殿的金色王国。那里有形形色色的神奇树木，各种各样的鸣禽，会以不同的声音为我歌唱。可如果你办不到的话，我会下令，将你处以极刑。"

鞋匠勉勉强强地地活着回家了。

"是这么回事，"他对伊万王子说，"你那双鞋可闯下大祸了！这次我肯定活不了了啦！"

"放心吧，"伊万王子说，"没事的，你睡吧，清晨头脑更清醒。"

人们入睡以后，伊万王子来到七里外的海滨。他把金蛋滚了一下，一个王国出现在他的面前，王国的中央是一座金色宫殿。从金色王宫算起，有座延伸七里的大桥，四周神奇的树木成荫，百鸟的歌喉婉转动听。

伊万王子站在桥上，正在往栏杆上钉钉子。

美丽的叶琳娜见到了宫殿，便跑向国王：

"国王，你看，我们这儿发生了什么奇迹啊！"

国王看了看，也惊叹不已。

而美丽的叶琳娜却说：

"父王，请吩咐套上一辆金色马车，我要到金色的宫殿，与彼得王子举行婚礼。"

瞧，他们坐着马车，沿着金桥走来了。

桥上，锋利的柱子，镀金的小环儿；而在每一根柱子上都栖息着一对鸽子，它们互致问候，雄鸽说：

"亲爱的，你还记得，是谁救的你吗？"

母鸽回答：

"我记得，亲爱的，是伊万王子救的。"

而这时，伊万王子站在栏杆旁边，正在钉金色的钉子。

美丽的叶琳娜高声喊了起来：

"善良的人们啊！快让那些飞跑的马停下来吧！救我的不是坐在我身边的人，而站在栏杆旁边的人，才是救我的那个人！"

她拉着伊万王子的手，将他带进了金色的宫殿，在那里，他们便举行了婚礼。回到国王那儿以后，对他讲述了事情的全部真相。

国王本想将两个哥哥处死，可伊万王子在大喜之日，却恳请父王饶恕他们。后来，将白银王国的公主嫁给了彼得王子，而紫铜王国的公主则嫁给了瓦西里王子。

女巫与太阳姐姐

在一个遥远的国家里，住着一位国王和王后。他们有一个儿子叫伊万王子，天生就哑。他 12 岁那年，有一次去马厩看自己喜爱的养马人。这个养马人总给他讲一些童话故事。可现在，伊万王子去听他讲故事，但是已经不是那样一些童话故事了。

"伊万王子！"养马人说。"你妈妈很快就要生女儿了，对你来说，就是妹妹。她会是一个可怕的女巫。所以你去请求你爸爸给你一匹最好的马，不管什么马都行——能跑就行——赶紧离开这儿，随便去哪儿都成，假如你想躲开这场大祸的话。"

伊万王子跑到父王跟前，生来第一次开始跟他说话。国王对此甚为高兴，也不去问，他为什么需要这么一匹好马。立即下令，从自己的马群当中，给王子鞴好随便一匹最好的马。伊万王子骑上马就跑得没影儿了。

他跑了好久好久，碰上了两个年老的女裁缝，他求她们收留他与她们一起生活。可老人家说：

"我们倒很高兴收留你，伊万王子，可我们活的时日也不多了。你看，我们这个针线箱都快用坏了，现在，我们一缝好这个针线箱——我们的大限就马上到了。"

伊万王子哭了起来，又继续往前走了。他走了好久好久，骑马来到威尔塔杜布跟前，请求说：

"请收下我吧！"

"我倒是高兴接纳你，伊万王子，只是我活的时日也不长了。等我将所有这些橡树连根拔出来，我就会马上死去的！"

王子比先前哭得更厉害了，继续骑马前行。他来到威尔塔格尔跟前，开始求他，可他的回答却是：

"我倒是很高兴接纳你，伊万王子，可我自己的命都活不长了。你瞧，我被派去移动这些山，只要我移走最后一座山——我就必须马上死！"

伊万王子流下痛苦的泪水，还得继续往前走啊。

他骑马走了好久好久，终于骑到了太阳姐姐面前。她收留了他，供他吃喝，像对亲儿子一样照顾他。王子本可以在这里生活得很惬意，可是不行，有时突然变得忧愁起来：他很想知道家里发生了什么事。经常的情况是，他登上高山，遥望自己的王宫，发现，一切全被吃掉，只有城墙依然还在。他叹了口气，又哭了起来。

有一次，王子看了看家里的惨状，又忍不住哭了起来。扭头一看，太阳姐姐在问：

"伊万王子，你怎么刚刚哭过啊？"

他说：

"眼睛被风吹了。"

又有一次，也是同样的情况。太阳姐姐突然不许风再吹。

第三次，刚刚哭过的伊万王子一转身，这次没办法了——只得向太阳姐姐承认了全部实情，并请太阳姐姐发发善心，放他回家看看。她不放他，而他又一再央求；最后，他又央求，太阳姐姐终于放他回家看看并在上路时给了他一把刷子，一把梳子，还有两个青苹果：无论一个人多老，只要吃了一个小苹果——瞬间就能返老还童。

伊万王子来到威尔塔格尔身旁，只剩下一座山了：他拿自己的刷子扔向空旷的大地——突然从地下冒出许许多多的高山，其山顶支撑着天空，多少？嘿，老鼻子啦！威尔塔格尔高兴极了，便开始干起活来。

　　不知又走了多少时间，伊万王子来到了威尔塔杜布跟前，只剩下三棵橡树了，他拿起梳子，向空旷的大地掷去——从什么地方突然喧闹起来——从地下长出一大片橡树林，一棵比一棵粗！威尔塔杜布高兴起来，感谢了王子，就去拔百年橡树了。

　　不知又走了多少时间，伊万王子来到了老婆婆跟前，给了每人一个苹果。她们吃了苹果后，瞬间返老还童了。她们赠送他一条手帕：用手帕一挥——身后就变成了整整一片湖泊！

　　伊万王子就要到家了。妹妹跑出来迎接他，疼爱地说：

　　"坐呀，哥哥，"她说，"你弹弹古斯里琴吧，我呢，去准备午饭。"

　　王子坐了下来，笨拙地弹起古斯里琴。这时，从洞里钻出一只老鼠，说起人话来：

　　"快逃命吧，王子，赶快跑吧！你妹妹出去磨牙呢！"

　　伊万王子出了房间，骑上马，便向后面疾驰而去。而老鼠按照琴弦在来回跑——因为古斯里琴还在弹，而妹妹还不知道，哥哥已经离开了。她磨好了牙，奔向房间，往里一看，一个人都没有！只有一只老鼠溜进洞里去了。女巫大为震怒，牙咬得咯咯直响，便追上去了。

　　伊万王子听到了喧闹声，回头一看，眼看妹妹就追上了。他挥了挥手帕——身后立刻出现一个很深的湖泊。等女巫游过湖泊，伊万王子已经跑得很远了。

　　她疾跑如飞……眼看就近在咫尺了！威尔塔杜布料到，王子在逃离妹妹的魔掌，于是赶紧拔掉橡树，将路堵上——又压上了整整一座大山。这一下女巫可过不去了！她开始清除道路，她不停地咬啊，咬啊，用力地挤过去了，而伊万王子又跑得很远了。她扑赶追去，咬啊，咬啊，又差不几步了……可跑开已来不及了！威尔塔格尔看到了女巫，抓起一座最高的山，正好把山翻转到路上，而把另一座山又加到这座山的上面。在女巫攀登爬山时，伊万王子又跑得老远老远了。

女巫翻过山，又去追赶哥哥……她远远地看见他，说道：

"这会儿你逃不出我手心了！"

眼看着近了，眼看着赶上了！就在这千钧一发的紧急时刻，伊万王子疾驰到太阳姐姐的阁楼前，大声喊了起来：

"太阳啊太阳，快把窗子打开啊！"

太阳姐姐打开了窗户，这时，王子连同他的马一起跳进了窗户。

女巫开始央求，把哥哥出卖给她。而太阳姐姐根本没听她的。于是，女巫说道：

"让伊万王子和我上秤称一下，看看谁比谁重！假如我重，那么，我就把他吃掉；假如他比我重，那么，就让他杀死我！"

他们上秤去称了。首先坐下的是伊万王子，然后女巫爬了上去。她的脚刚迈上去，伊万王子就把她向上一抛，他用的力气太大了，他本人直接就进入了太阳姐姐的阁楼。而女巫这条毒蛇依然留在了地上。

神奇的戒指

　　一个穷猎人，在树林里靠打兔子和山羊，或者凶猛的野猪，然后进城卖掉为生。

　　有一次，猎人进了林子，却一无所获。他闷闷不乐地到处徘徊，来到一处长满青草的林中空地。突然，从什么地方响起吓人的喊叫声。猎人仔细倾听一下，那喊声再次响起。猎人未多考虑，便转身朝发出喊声的方向走去。在林中空地的尽头，他发现一处灌木丛，绝望的喊叫声正是从那里传出来的。猎人慢慢靠近灌木丛，发现了一条巨蛇盘绕在灌木丛周围，高高地昂起头，不断发出嗞嗞声，拼命乱嚎乱叫。而一头巨鹿，用多杈的角无情地、不分部位地顶着蛇。如果鹿顶到蛇的头部，蛇马上就可能丧命。蛇已经遍体鳞伤，鹿站在血泊之中，继续无情地用犄角顶它。

　　由于恐惧，猎人的头发都竖了起来。他本想头也不回地跑掉，可是那蛇发现他之后，声音更大地喊叫起来，用人的声音说道：

　　"猎人哪猎人，你看到了我所受到的极大折磨，离死已经不远了。可怜可怜我，救救我吧！"

猎人这一惊非同小可，蛇竟用人的声音说话！他鼓了鼓勇气，从肩上拔出一支箭，拉紧了弓弦，对鹿瞄准后，将箭射了出去。箭没射中鹿，却打掉了它的一只角。巨鹿停下来，看了看勇猛的猎人，发现他从腰里抽出一把长长的猎刀，便头也不回地拼命逃走了。

"走近些，别害怕，"蛇对自己的救命恩人喊了一声，同时出了灌木丛，迎向猎人爬来。

"谢谢你，好心的猎人！"蛇继续说道，因疼痛而扭动着身体。"你救了我一命，为此，我一辈子都欠你的。跟我走吧，我会以国王的方式奖赏你，让你幸福终生。噢，亲爱的救命恩人，须知，我还未向你公开我是什么身份。我的父亲是蛇国国王，我是它的独生女儿。为了我的生命，它会付给你一大笔珍宝，这些珍宝把它的仓库装得满满登登的。"

猎人听着，惊讶得一句话都说不出来。

"可我不值得这样的奖赏，"最后，猎人拿定主意，这样说道，"每天，我都在林子里打野兽，可我却未能成功地杀死你的敌人。"

"但不管怎么说，你都使我摆脱了致命的危险，我们快走吧。"

蛇爬过了林中空地，而猎人在后面跟着它。到了一条小河后，蛇洗净了自己的伤口，继续向前爬去。就这样他们走了整整一天，只是在傍晚，当黄昏降临大地的时候，他们才来到一个很大的山洞。蛇停下来对猎人解释说，这是通向蛇王国的入口。它爬进了山洞，猎人则紧跟着它。很快他觉得，他的脚踩在什么软乎乎的东西上面，仿佛皮毛似的。山洞里漆黑一片，猎人看不见蛇王的女儿，它只能用尾巴的轻轻接触让他知道，应该往哪儿走。他们在极暗里走了很久。忽然，一束耀眼的光线穿过黑暗，于是，整个山洞很快被照的通亮，一点不比阳光差。

"别怕。"蛇悄声说。

猎人停下脚步，转过身来，这才看清了，他们经过的是一条小道。天哪！这全都是大大小小的蛇啊，它们盘成了一团，紧紧地一个挨一个地卧在那里，简直就像绿色的地毯！这个地毯的边缘蛇头直立，伸出舌头。山洞的地面和拱顶到处是蛇，数也数不清。

猎人吓得几乎昏了过去！

蛇王女儿发现这一情况后，开始安慰他，让他在蛇身上走，那些蛇不会伤害他的。猎人鼓起勇气，跟着他的同路人继续向前走去。

他们走了好久，除了那些可怕的蛇，一个人都没遇到。然而，就在远处闪了一道亮光，在亮光的中央显露出建筑物的轮廓，这就是照亮整个山洞的光的发源地。

"这是谁的宫殿啊？"猎人问道，一边赞赏地望着那宏伟的建筑。

"这是我父亲——蛇王的王宫。"蛇回答说。"我们现在就到那里去。你注意听好了我对你说的话。当我告诉它，我处于何种危险之中，以及你怎么救了我时，它会给你金子，银子和各种宝石，但你什么都不要。这对你为我立下的功劳，太微不足道了。你要它舌下的神奇的戒指。"

"我要这枚戒指有什么用啊？"猎人问。

"你得到它以后，我再告诉你，它的威力何在。不过，在你得到它以前，你还得受到父亲的不少折磨。它会说，它没有戒指，戒指丢了，或者是你让别人骗了，等等。然后，就会给你各种财宝，可你还要坚持自己的意见。如果你什么都得不到的话，我就要些花招。"

猎人答应全都照办，他们这才向两排巨蛇之间的王宫走去。那些蛇友好地点着头，欢迎蛇王的女儿。

终于，他们进入由蛇交织而成的两扇大门，走进了富丽堂皇的王宫——蛇王的女儿在前，后面跟着猎人。王宫里有许多大蛇，但猎人对它们已经习惯了。他的全部注意力都被一条巨大的蛇所吸引。它在类似王座的高台上，蜷曲成一个环，趴在那里。看见进来的人之后，蛇王抬起了头，头上的王冠镶满了钻石。它用犀利的目光扫视了一眼猎人。

"亲爱的父亲，"蛇王女儿爬到宝座跟前，说道："你好像很奇怪，我将这个人带到了这里。不过，当你得知，他帮了我什么样的忙之后，那么你就会确信，这个人不是我们的敌人，而是朋友。"

"那你就讲讲吧，亲爱的女儿，"蛇王反驳说，"我并不怀疑，这个人帮了你很大的忙，不然，你就不会将他领到蛇国了。这儿除了蛇之外，从来就没有来过一个动物或一个人。你快别打扰我了，你就说说，这个人是如何博得你的好感，以及你为什么把他带到这儿来的吧。"

蛇王女儿一五一十地讲了全部情况：它如何在今天早晨爬到了林中空地，但忘记了随身带上自己的两颗毒牙；它如何盘绕在一个灌木丛上，开始晒太阳；以及正在这个时候，它们的天敌——一只鹿，如何向它扑来，开始用角凶狠地不断顶它，它已失去了自卫能力……如果不是上苍派来这位救命恩人——猎人的话，恐怕它就没命了。

"现在你知道，亲爱的父亲，你的女儿处于何等危险的境地了。我不怀疑，你会以国王的方式奖赏我的救命恩人，所以我就把他带来了。"

"感谢你救了我的女儿，"蛇王说，连连点头。"你想要什么，尽管要好了，如果这是我权力范围之内的话。我请我所有在场的下属们作证。"

"高贵的蛇王啊，"猎人回答，"除了你舌头底下的戒指，我什么都不要。"

"可是，谁跟你讲的有关戒指的情况啊？承认吧，是你说的吧？"蛇王对女儿愤怒喊叫起来。

然后，蛇王用目光打量了一下那些盘成一个个圈儿、安静听他们谈话的下属们，问道：

"这个知道戒指秘密的人应该得到什么？"

"死刑！"众蛇回答。

"最严厉的死刑！"蛇王肯定地说。"当心点儿，卑贱的家伙，这就是你自己作的下场！"

"亲爱的父亲！你曾当着自己全体下属的面，给这个人以国王的许诺，不管这个人要什么，你都会给他的。现在我——你的女儿，问你，你能违背国王的誓言吗？"

"我的女儿！我的女儿呀！"蛇王喊了起来："你为什么要泄露不为世人所知的秘密呢？当我向这个人发誓的时候，我并不知道，他已经得知了这个秘密。我无法履行这一诺言。"

"可究竟是为什么呀，亲爱的父亲？"

"那是因为我没有这枚戒指，今天早晨，戒指丢了。"

"那你就派号称万事通的蛇到鼠国去。它一定会找到戒指的。戒指不会落到任何别的地方。"

"我绝不给戒指！"蛇王气得喊了起来。"让他要别的什么吧，我什么都舍得。"

蛇王女儿泪流满面。

"难道你就这么爱你的女儿吗？这种爱太少了！"它说，两眼含着眼泪。"你是可惜用戒指换回我的生命。我也没必要珍惜自己的生命了。我要去林中空地，盘绕在灌木丛上，让鹿来杀死我好了。至少，我没有在自己的天敌面前蒙羞，我的父亲为我而舍不得自己的戒指。"

蛇王女儿说完，便转身向门爬去，同时朝猎人示意，跟着它走。

"女儿呀,我的女儿!回来,你这个死心眼儿!"蛇王随后喊着女儿:"就按你的办好了,给你戒指。"

说完这些话,蛇王吐出了戒指。女儿一把抓过戒指,将它转交给了猎人,并嘱咐他,要永远把戒指放在舌头下面。

蛇王女儿谢过父亲之后,提出要送送猎人。路上,它说:"我亲爱的救命恩人!现在,我该告诉你这枚戒指的威力何在了。听我说:无论你想要什么,都可以借助这枚戒指得到。如果你拿定主意做什么,你就点燃一支松明,将戒指放在火的上面拿好,并说出你的愿望。这样,你的愿望就会实现了。只是你要当心,对任何人都不能说出有关戒指的事情,让谁都不知道,戒指在你的舌头下面。现在就说声再见吧。"

"蛇王女儿,谢谢你为了我,恳求你父亲所赠给我的珍贵礼物。不过,等一下,我怎么才能从这儿出去呢?我会吓死的。"

"你看,这时,你就可以试试戒指的威力了。"

猎人点燃一支松明,刚放到火上烤,便有一条叫阿拉宾的巨蛇,站到了他的面前,大声说道:

"你需要做什么,我的主人?"

"从这儿出去。"猎人回答。

就在这时,阿拉宾拦腰抓起猎人,还没等他来得及眨眼的工夫,他们已经置身于山洞入口旁的野外了。接着,阿拉宾就消失不见了。

猎人像刚刚睡醒的人一样,开始揉揉自己的眼睛。可是,他感觉到舌头下面的戒指以后,便将它吐了出来,并仔细查看起来。不错,这正是蛇王女儿奖赏给自己的那枚戒指。发生在他身上的这种种怪事,不是在梦里,而是真真切切的现实。

猎人歇息片刻,便动身了。本打算进城的,可马上觉得两脚疼痛。

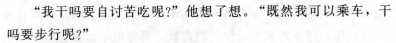

"我干吗要自讨苦吃呢?"他想了想。"既然我可以乘车,干吗要步行呢?"

他点燃了松明,烤了烤戒指,阿拉宾出现了。

"你想要什么,我的主人?"

"大车和马。"

阿拉宾消失了,而在它刚才待的地方,出现了一辆马车,车前套有三匹善跑的马,这些马急不可耐地用蹄子刨地,不时地打着响鼻儿。

猎人赶忙坐着大车飞驰进了城。人们一群群地聚集在街上,看着那神奇的快步马,拉着一个身着简陋衣服(几乎就是件破衣烂衫)的乘客,大为惊讶。许多人认识猎人,指点着他,彼此发着议论:

"你们快看,这人就是卖给我们猎物的猎人哪。他从哪儿弄来的这些绝妙的马呀?这里肯定有问题,钱的来路不干净,可能是偷的。"

与此同时,猎人驶出了城,在城外附近,离自己那间寒酸的茅屋不远的地方,停下马来,卸车后,将那几匹马赶到了屋檐下面。

在猎人茅屋的对面,有一所好几层楼的大房子。里面住着一位富翁和自己的女儿,女儿特别漂亮,是全城的第一美人儿。猎人经常将自己的猎物带到这个大户人家来卖,所以常常会见到这个美人儿。不过,她却瞧都不瞧他一眼。贫穷的猎人和她并不般配。穷苦人明白这一点,可他十分喜欢这个姑娘。因此,他经常将全部猎物廉价卖给富人们,只要能欣赏一会儿姑娘那可爱的脸蛋儿。

将马安顿下来之后,猎人走进自己的茅屋,坐下沉思起来。他现在可以拥有一切了,不管他想要什么。那样,他就可以向富人的女儿求婚了。不过,怎么做呢?他什么都不是,只是一个穷猎人罢了。难道说，他与富有的姑娘般配吗？可他想发财那是很容易的事！哼，等那个时候我们再看，哪条街才会有喜事！当夜色降临大地的时候，猎人点燃了松明，烤暖了戒指。阿拉宾出现了。

"我从早晨开始就想当个有钱人，"他表示，"要在这个极为简陋的茅屋的地方有所大房子，房子里面，凡是有钱人有的东西，我也要应有尽有。"

阿拉宾消失了，猎人也躺下睡觉了。早晨，他是在新居里醒来的。这栋房子比他邻居的还更宽绰，更奢华。富人的女儿往窗外一看，惊叫一声，喊来了父亲。

"快看呀，爸爸，你快来看，"她赞叹道，"那个猎人的房子可比我们大多了，也好多了。我这不是在梦里见到的吧？在破烂不堪的茅屋原处——竟会有这样一座房子，而且是在一夜之间！"

姑娘既惊奇又羡慕地看着猎人的房子，他追问父亲，用什么方法才会发生这样的奇迹。父亲自己也很奇怪，但却怎么也解释不了。

在这之后不久，猎人本人来到这个有钱人的院子。他身上穿的早已不是那件破衣烂衫，而是缝有金线的天鹅绒长衫了。他走着，跟在他身后几步远的是他的几名仆人，穿着也很讲究和气派。

姑娘第一个从窗内发现了这种神气的大摇大摆的走法，便向父亲跑去。父亲对仆人们说，一个最有钱的朋友光临他家时，要让所有人站在门口，弯腰致意，准备接待他。他吩咐女儿打扮得漂漂亮亮的，他自己也穿上漂亮的衣服，到外面去迎接客人。仆人已经站在那里，弯腰致意了。有钱人拉着客人的手，将他领到了楼上。

在大理石楼梯上，等待客人的是一位穿戴雍容华贵的美人儿。互相问候后，三人一起走进了装饰豪华的客厅，坐在天鹅绒的沙发上，聊了起来。

"热烈欢迎您，尊贵的客人！"主人开了头。

"像您这样一位高贵的客人来我们这儿访问，我们感到由衷的高兴。"主人的女儿补充了一句。

"从您这方面来说，为了我们，您真是太费心了。"主人继续说道。

"我亲爱的邻居们，"猎人开始说道，"你们自己看到，我已经不是穷人，而是一个富人了。看来，这是我的命啊，也是上帝的旨意。不过，亲爱的邻居，您也有宝贝啊，在这个宝贝面前，世上的一切财宝都不值一文……"

猎人站起身来，向主人深深地鞠躬致意，并说道：

"这个宝贝就是您的女儿。把她嫁给我吧，亲爱的邻居，让我，也让她，让我们两个人能都幸福。"

"邻居，我不反对把她嫁给您，可还是让她自己决定吧。"

这时，他转身对着女儿，继续说道：

"你愿意嫁给这个人吗？"

姑娘脸红了起来，用勉强听得到的声音说道：

"是的，我愿意。"

于是，父亲向这对儿年轻人表示了祝福，吻了吻自己的未婚女婿并商定了婚礼的日期。

猎人走了以后，父亲将女儿叫到身边，对她说道：

"你嫁给这个人，因为他很有钱。但你是否想到，这些财富是从哪儿来的？因为我们对这些事情还一无所知。迄今为止，他还是一个彻头彻尾的穷人，将来，还可能成为那样的人。在你拿定主意之前，还是应该同我商量一下，因为我是你的父亲嘛。"

"亲爱的父亲，我知道我在做什么，而且我想，我是不会后悔的。"女儿回答说。"猎人是个年轻人，英俊而且……而且富有。不要以为我行事轻浮。我关心的不仅仅是自己，我也关心你。你已看到，他是如何迅速发家的，而我一定要弄明白，这是通过什么途径达到的。那样，对你对我来说，都未尝不是一件好事。"

同女儿谈话之后，富人放心了。

不久，大摆酒席三天，庆祝了他们的婚礼。猎人终于将年轻漂亮的妻子带回了自己的家里。

日子一天天过去，猎人完全沉浸在幸福之中。魔鬼逐渐地扰乱年轻妻子的心。于是，她便开始盘问丈夫，他是如何发家致富的。她极力地讨好他，对他百般温存，弹钢琴，唱歌。可是，她的那些把戏都落空了。丈夫对她追问的回答，总是含含糊糊、模棱两可，结果，她什么都没问出来。

然而，丈夫越是避而不答，好奇心就越是令她激动不安。他们之间开始了无休止的争吵。富人女儿下定决心，无论如何要搞到丈夫的秘密，于是，一次吃午饭的时候，她生气地对他说：

"如果你想和我继续过下去，那就马上将你的秘密告诉我；如果你办不到的话，那我就回到我父亲那里去，永远不再回来！"

猎人非常爱自己的妻子，但又不能对她坦白自己的秘密。他从桌旁站了起来，把自己反锁在房间里，呆坐了三天。可是，他无法支持再长的时间。到了第四天，他走到她的面前并告诉她，他有一枚神奇的戒指。借助这枚戒指，他可以得到他所想要的一切。但是，他拒绝把这枚戒指拿给她看，也没说他是从哪儿得到的。妻子假装笑了起来，并且说，要不是因为一些鸡毛蒜皮的琐事吵架的话，她的这一心愿早就实现了。这一整天，她的心都乐开了花，有了好事嘛！

夜里，当猎人入睡之后，富人的女儿取来一些经过浸泡、使人昏迷的药水，轻轻洒在丈夫的脸上。在深信他已睡得死死的之后，她搜遍了他的全身，在舌头下面发现了那枚戒指，并从他嘴里取了出来，又放到了自己的舌头下面，然后，她也睡着了。

清晨，猎人的豪华房间倒塌了。吓坏了的富人女儿穿着身上的衣服，跑到了父亲家里。

猎人沉睡了三昼夜未醒。等他醒来之后才发现，妻子和戒指都不见了。他坐下来，痛哭不已。

他深信，眼泪无济于事。于是，他站了起来，去找岳父，恳求他将他的女儿，也就是自己的妻子，还给他。

但是，那个有钱人粗鲁地回答他说，他的女儿是永远不会跟他走的，又说，如果他不识相，马上离开的话，他便吩咐仆人将他扔到外面去。

猎人发现他已身在外面，而且确信，他的房子已彻底坍塌，他自己又像从前一样，变成了一个不折不扣的穷光蛋。于是，猎人决心去当佣人，给自己找份工作。他的全部财产，除了一只从邻居家跑来的猫，什么都没剩下。以前，这只猫在他家住惯了，现在也跟着他。

这个地位低下的穷人走了，只有那只不离不弃的猫陪伴着他。他从一个村落到另一个村落，从一个城市到另一个城市，寻找一份随便什么工作，可还是毫无结果。

最后，他来到一座城市，城里的景象令他惊讶不已。市民不穿衣裳，而是用一些大树叶裹在身上；他们不是住在房子里，而是住在窖里。在这儿，猎人幸运地找到一份工作。有一个人将羊群委托给他，这样，猎人就成了一个牧羊人。早晨，他赶着一群羊去牧场；晚上则赶回畜栏。那只猫寸步不离地跟着他。

又过了好久，由于操劳和痛苦猎人大病了一场，卧病在床。这时，那只猫就躺在他的身边。起初，主人还能照顾这个病人，可他发现，这个人的病情日益加重，就像人们所说的，仅剩下一口气维系着，便开始与自己的家人窃窃私语，说些什么事情。

这个城市有这样一种风俗：如果有谁生病了，而且明显没有康复的可能，便将他装一个箱子里，安顿在一个窖里，但并不将窖埋上，而是在上方做个拱顶。当然，病人是无法从那个地方爬上来的，他摆脱不了死的厄运。这样做的目的是为了其他居民不致受到传染。

人们认为，猎人已经没有生还的希望，所以对他也采取了同样的做法。当他被放进箱子的时候，猫趁着没人注意，也一下子窜进了盖布下面。人们把它与主人一起放入了窖里，并做了拱顶。

猎人醒来后发现，他被活埋了，不由吓得半死。因为恐惧，他血液上涌，又重新聚起力量。他试图活动一下，成功地挪开了箱子的盖儿，猫趁此机会从盖布下跳了出来。一个活生生的小动物在场，使主人受到了鼓舞。他从一侧推土，希望挖个出口，可土不听支配。他的力气还不足以做这件事情。

猫很亲热，在他身旁蹭来蹭去；他抚摸着它，喘着粗气。

"天哪，天哪！我怎么触犯了你啊，让你给我带来那么可怕的痛苦和凄惨的结局？我躺在这里，被大家抛弃，再也没有获救的希望了！"

"可是主人，你忘了我呀？"猫像人一样说了一句。

"你又会用什么帮我呢，可怜的小动物？"

"我试试，上帝会帮忙的。"

它绕窖走了一圈，补充道：

"我用爪挖土，而你将土扒到一边去。"

于是，猫开始干了起来。它挖土，而猎人将土搂到一起。突然，土轰隆一声塌陷下来，而猫和猎人掉进了深窖之中。数百只老鼠在他们脚下穿梭似地跑来跑去，猫跑上去，开始将它们踩死。猎人明白，他是无意间来到了老鼠王国。

老鼠们惊慌失措，忙不迭地向国王禀报说，出现了一个可怕的野兽，残忍地将它们杀死。鼠王立即召集大批部队，迎战这个残暴的敌人。可是，当这支勇敢的部队，在黑暗中看到猫那双闪闪发光的眼睛时，便可耻地逃跑了。猫扑向它们，对那些士兵大开杀戒，就像磨米一样。

鼠王又派去另一支部队，不过，也遭到了同样的命运。

老鼠王国陷入一片恐慌之中。一些老鼠恳请鼠王，让他们摆脱这个残暴的敌人。

鼠王回答说，两支部队都被消灭了，因此它就再也无能为力了。不过，它稍加考虑之后，派了两名最勇敢的老鼠，让它们好好看清敌方，斟酌斟酌，能否战胜它或是进行和平谈判。两名老鼠勇士大胆地走近了些，就在这时，它们发现了猎人。它们回到鼠王那里后，向它报告说，这个可怕的敌人旁边，还有一个猎人。于是，鼠王委托他们邀请猎人去它那儿谈判。勇士们原路回去后，可现在它们不敢靠前了，只在远处向猎人转达了鼠王的邀请。

猎人嘱咐猫，在他回来之前不要招惹老鼠，随后便跟使者们走了。

鼠王已经在等他了。它开始仔细询问，他是不是嗜血成性的怪物，他是怎么突然来到它的王国的，这里还从未有一个人来过。

猎人向鼠王讲述了事情的来龙去脉。

"为了使我们摆脱那个你称之为猫的可怕野兽，你需要什么呢?"鼠王问道。

猎人想了一会儿，说道:

"我只要求你给我弄到蛇王的神奇戒指。"

"啊哈，朋友！你要求的也太多啦！我本人和我鼠国的子民，因为这枚戒指所遭受的磨难已经够多的了。万能的蛇使我们遭的罪，并不比你那只猫给我们带来的灾难少。请你要别的什么吧，这个我给不了你。"

"不过，假如这枚戒指不在蛇王手里，而是在其他地方，你的属下能否得到呢?"猎人问,同时告诉鼠王,他是如何搞到戒指,以及富人的女儿如何用欺骗的手段,将戒指据为己有的。

"噢,这就是另一码事了,"鼠王愉快地说了一句,"你告诉自己的猫,别让它欺负我的子民,而我给你派最机智灵敏的老鼠,它们就能搞到你的戒指了。"

鼠王叫来两个最有经验和最勇敢的老鼠,对它们解释需要去什么地方,告诉它们,戒指在富人女儿的舌头下面,嘱咐它们要格外小心,并要记住,整个鼠国子民的命运就在它们手中。

老鼠们开始工作了。它们挖了一条通向富人家的地下通道,潜入了地下室,嗑坏了地板。这样,便到了猎人妻子的卧室。

现在,剩下来的就是最主要的工作了。老鼠们相互商量了一会儿,然后跳上了床,之后是枕头上。富人的女儿闭嘴睡觉。怎么办?老鼠们开始在嘴的附近舔睡觉的人,希望因为它们的舌头,使睡觉的人感觉发痒而将嘴张开。可她只是哆嗦了一下,动了动身子。老鼠们吓坏了,从床上跳到地板上,又从地板跑到地下室,拼命逃回家了。当它们向鼠王讲述了自己的历险经历后,鼠王称它们是胆小鬼,并将它们囚禁在狱中。

然后,鼠王又派人去通告自己的子民,是否有勇敢者愿意在这件事上立功的。

过了不久,有一个大老鼠来到鼠王面前,它的一只腿就是被猫在对老鼠部队发动第一次攻击时咬伤的,因此这只老鼠得了个"瘸腿鼠"的绰号。

这绰号简直使它受了奇耻大辱,一听到鼠王的通告,便毫不犹豫地来应招了。或者是它想用自己的功勋赢得大家的尊敬,不再用"瘸腿鼠"的绰号戏弄它;或者是它慷慨就义。反正它活着也受尽百般折磨!

瘸腿老鼠开始请求鼠王,要派一个最勇敢的老鼠给自己当助手,承诺在这一情况下,一定会搞到戒指。

找到勇敢的老鼠之后，它们俩毫不耽搁，通过现成的狭长地道，潜入了地下室，从那儿来到了富人女儿的卧室。

老鼠们爬上了床，而那只瘸腿鼠用尾巴使睡觉人的嘴巴发痒。如果她打哈欠，就可以试着将戒指从舌头底下拽出来了。可富人女儿哆嗦一下，又将身子翻到另一侧了。

那只勇敢的老鼠可耻地逃跑了。然而，瘸腿鼠却像一名真正的令人崇敬的英雄一样，趴在原处不动。

确信那个女人熟睡之后，瘸腿鼠从床上跳了下来，它用牙从墙上刮下一些灰尘，收集到嘴里，然后又跳上了床。抓住富人女儿咧嘴的一瞬间，瘸腿鼠将准备好的灰尘吹入她的口里。那女人开始剧烈地咳嗽起来，打算咳出使她喉咙发痒的灰尘，这时，她就弄掉了戒指。瘸腿鼠叼起戒指，便没了踪影。

当瘸腿鼠一瘸一拐地带着戒指回来时，鼠王和它的子民万分喜悦。

鼠王叫来猎人，给他看了戒指，可是却说，只有猎人当着它全体子民的面，杀死那只猫，才能将戒指给他。

"好吧，"猎人回答，"让你们老鼠把我带到上帝的世界，它们会把戒指给我的，那时，我就会把猫给你们。"

鼠王同意了。老鼠们把猎人带到了上帝的世界。瘸腿鼠觉得是在田野里，便将戒指给了猎人并要求他将猫杀死。

不过，猎人没有出卖自己的朋友。他对老鼠们说，叫它们什么都不用怕，他会随身把猫带到很远很远的地方。感谢过鼠王的子民，与它们道了别，猎人便进城了。而那些老鼠来到地下，在身后堵上了入口。

在这段时间里，富人和她的女儿摊上了倒霉事儿。戒指刚一失踪，他们的房子便彻底倒塌了，这样，他们就得在简陋的茅屋住下了。

猎人与自己的救星——猫，顺利地得到了自己的宫殿，并在第二天建起了比从前还更富丽堂皇的几座宫殿。

他一贫如洗的妻子看见所发生的事情，去找昔日丈夫，请求他的原谅。可是，他也用她说过的那些话回答她："我从来都不是你的丈夫，对我来说，你是一个陌生人。"

猎人成了一个最有钱的人，娶了一个穷苦的孤儿为妻，与她生活得幸福美满，他像保护眼珠一样，保护自己的神奇戒指和自己的救星——猫。

瘟疫王国

在一个大海的岸边，住着几个航海者，都是 50 岁上下的人了。他们听人家说，在海的中间有个类似漩涡的地方，海水带着喧嚣声，哗哗地往那儿流。航海者非常想看看这个地方。他们造了六条大船，备足了粮食，选出了船长。当一切准备就绪后，勇敢的航海者便出航了。

他们航行了小一年的时间，除了海水和蓝天之外，什么都没有看到。在风和日丽的一天，他们终于发现，远处有海岸。在航海者尚未搞清这是什么样的海岸之前，船上的钉子摇动起来，并不时发出呼呼的声音。他们猜测，他们是处在具有磁性的海岸附近。航海者将船停了下来，开始用锡浇灌剩下的钉子和铆钉。锡盖在钉子外面，这样，他们的船就顺利地通过了具有磁性的海岸。

他们又航行了一个月，发现了一片白色耀眼的海岸。这是专门吸锡的含锡磁体。航海者高兴起来，沿着这条海岸通过了。所有的锡铆钉都脱落了，船像以前一样，尽管都是铁钉，仍然保存了下来。后来，船驶经铜海岸。可因为船上没有铜，所以也是顺利过去了。同样，也从银海岸和金海岸幸运地过去了。驶过这些危险区域后，航海者心情一阵阵高兴，开始在浩瀚的大海中航行了。他们知道，到可怕的漩涡他们还需要三年的时间。

在三年行将结束的时候，他们发现，船进入了急流区域，因此，航行的速度更快了。这时他们明白，离漩涡已经很近了。海水的力量一下子抓住了在前面航行的四条船，使它们在漩涡处打旋儿，将船只卷入漩涡，把它们弄翻，落水的人们一个都没有剩下。

在那个无底洞的上方，是一片漆黑。其他两只船停在不远的海面上。很快，航海者便明白，他们的同伴已经遇难，于是就急急忙忙掉转了船头。可倒霉的是，他们失去了航线，迷路了。

航海者在广袤的大海上，漫无目的的航行了三年半的样子。在这漫长的时间里，他们既没有看见人，也没有看见陆地，更不对什么时候回到自己的祖国，抱有任何希望。

一天，他们从船上看到地平线上有一大片亮光。他们朝那个方向驶去，很快发现，那亮光来自岛屿上升起的一大堆篝火。他们到了海岛后，抛了锚，然后上了岸。

在这里，他们见到的人与自己一样。这些人坐在篝火旁，用一个烤肉铁钎子在烤一个人。

"我们以上帝的名义谴责你们，你们这是在干什么？"航海者问。

"我们在做一件非常痛苦的事情。"那些人回答说。"别急，就该轮到你们了。"

"你们干吗吓唬我们？又是为什么折磨这个人？"

"喏，你们听完便会明白，我们陷入了多么倒霉的境地。我们都是一个食量特殊大的怪物的俘虏，这个怪物被称为巨人。像你们一样，我们也在寻找海中的漩涡，可是迷路了，就落到了他的手中。从那时起，我们就过着生不如死的悲惨生活。每天早晨，怪人都会挑选我们当中最胖的人，而我们就必须给他烤着当早饭吃。当这个吃人的恶魔得知你们到来时，那么，你们可就摆脱不了这种痛苦的命运了。"

听到这一消息，航海者开始商量，如何从这个恐怖的岛屿离开，可是人们马上说，这种尝试是徒劳的，巨人仍然会看见他们，不会放走他们。

"那么，那个巨人到底在哪儿呢？"航海者问。

"他到那边取柴火去了。"

航海者回头看了一眼，发现那个巨人身材有山那么高。他拔出两棵带有枝叶的橡树，将它们扔了出去，力量之大，树变成了碎片，纷纷飘落下来。

他拿起三节木头，朝篝火走来，像切面包瓤似的，将木头切碎，同时，用他那唯一的眼睛望着航海者，他的另一只眼睛早已干瘪了。

"热烈欢迎！"巨人用好像隆隆响雷一样的声音说道。

他的目光转向船长。船长吓得全身哆嗦起来，勉强站得住脚。

"哈一哈一哈！"巨人大笑起来，犹如在一股强劲的旋风的作用下，周围的一切开始摇动起来。接着，巨人用手指轻轻一捅，船长就像一捆稻子似的倒在了地上。

巨人坐下来吃饭。他三口就把那吓人的烧烤食物贪婪地吃了下去。然后命令自己的人，将航海者赶进一个山洞，而他自己抓起一块上百人才能挪动的巨石，将它扔到山洞入口，代替门闩。

做完这一切之后，巨人上船将剩下的所有储备品搬到了岸上，并用他那双大手，像抓玩具船似的抓住船，将它们扔到岩石上，摔得粉碎。

第二天早上，他从俘房里选了一个养得最肥实的人杀了，然后下令将他烤了。就这样，天天如此。现在该轮到航海者了。巨人从中挑选一人后，下令将他烧烤，而自己则到山那边别的领地去了，从那些地方给自己的俘虏带回来食物。

有一次，发生了一件意外的事情。当巨人从山洞带出一个选好的用作烧烤的航海者时，没有将封闭山洞的巨石关严。一个人还能勉勉强强从留下的缝隙中爬出去。巨人没有发现自己的疏忽大意，吃过饭便在篝火旁躺下休息了。

航海者彼此商量好，一个个按顺序走出山洞。他们拿起一个刚刚烧烤过他们同伴的铁钎子，将其插进火焰最旺的地方。他们行动极为小心谨慎，唯恐惊醒巨人。不过，担心是没有必要的。巨人睡得很死，他的呼噜声太大了，航海者由于他的呼吸勉强站得住脚跟。

当铁钎子烧到通红通红的时候，航海者举着它插进了巨人的唯一眼睛。由于剧痛，巨人一声咆哮，挨他最近的五个人的鼓膜都被震破了，因此，他们完全变聋了。巨人扭动着双手和双脚——这时他用力压住四个人，使他们的手脚动弹不得。然而，当他拼命击打他们的时候，巨大的山岩分成了两半，一半开始晃动和脱落，滚入了大海，而另一半压死了巨人，将他冲进了大海的漩涡。

航海者高兴得忘乎所以，朝自己的船跑去。可他们见到的只是些船的一块块碎片，他们的悲伤真是难以言表！他们错误地认为，巨人也会像对付船那样对付他们，竟吓得忘记，巨人已经死了。他们拼命地逃离岛屿中心的海岸。

两周的时间，他们都在树林里和沼泽地绕来绕去。终于，他们看见了大地和在上面种地的人。这些人个子不足一米高，他们用来种地的牛，像羊一样，而颜色全是黑的。

"喂，航海者，你们去哪儿啊?"那些小个子人问道。在这之前，他们已经知道，航海者是巨人的俘虏。

"我们在跑啊。"航海者回答。

"原来是这样！那巨人呢？"

"不存在了，我们已经把他打死了。"

"你们不是疯了吧？天哪，你们怎么敢说出这么可怕的话？好像是你们把他杀死了。"惊惶不安的小矮人说。

"我们再重复一遍：他死了，我们把他杀死了！"航海者兴高采烈地欢呼说。

小矮人渐渐地跑来了，越聚越多。得知这一消息后，他们欢呼雀跃，无法相信。他们浑身颤抖，担心巨人会知道这些越轨的话，因而来报复他们。这怎么可能？像航海者那么几个人，竟能战胜巨人，而他们这么整整一大群人同他斗了九年，却对付不了他！

航海者向侏儒们讲述了一切事情发生的详细经过，并建议他们亲自去见证一下。

侏儒们商量了一下，决定派两个人去海岸，验证一下航海者的话。

派去的代表动身了，还没过两个小时，他们就欢天喜地地回来了，告诉他们，航海者所讲的一切完全属实，他们还亲眼看见那个巨人已死，尸体漂浮在海岸附近，仿佛一只巨船。

所有小矮人高兴得跳了起来，争先恐后地向航海者表示祝贺，因为他们杀死了巨人，并将他们从苦难的深渊中解救了出来。

"要知道，不然的话，我们就会成为他永远的俘虏了。"他们说道："我们该拿什么奖赏你们呢？"

"我们什么都不需要，只要我们回家就行。"航海者回答。

侏儒们声言，他们将怀着极大的喜悦完成他们的愿望。这时，他们要造几辆他们看见的按照牛的力量（还没有羊大）的轻便小车。

　　终于，几辆小车造好了，开始往前走了。像羊似的几头牛，刚好每个小车拉着一名航海者。而小矮人跟在后面跑，他们十分吃力地到了海岸。

　　这时，侏儒们对航海者说，你们眯缝起眼睛，在未得到允许时，绝不要睁开眼睛。可如果不听话，把眼睛露出来，那么，眼睛马上就会失明！

　　航海者刚一闭上眼睛，便听到了轰鸣声和断裂声，感觉到闪光。他们觉得，他们乘坐的小车在飞，他们被可怕的暴风雨包围着。小矮人不时地高喊，催促着犍牛。

　　旋风把一个航海者的帽子刮跑了，他没有睁眼，用尽全力大声喊叫：

　　"喂！帽子，帽子刮跑了！"

　　"闭嘴！"有人对他耳语。"你的帽子离这儿已有四十公里开外了。"

　　那个航海者不吭声了，没有再说一句话。轰鸣声逐渐变小了，终于静了下来。小矮人喊道：

　　"吁！"

　　犍牛停了下来。

　　"到了，你们把眼睛睁开吧。"小矮人宣布。

　　航海者睁开眼睛，看见了他们正坐在套着几头牛的小车上，处在远航开始动身的那个海岸上。

　　大家都异常兴奋，航海者感激那些小矮人并详细询问他们是如何巧妙地将自己飞渡大海返回家乡的。

　　对这一问题，小矮人的回答是，他们航海者自己可能觉得是在空中飞回来的。然而，这纯粹是不值一提的小事，他们小矮人能做的还不止于此，只是他们战胜不了那个巨人。正因为这样，他们认为自己永远亏欠那些航海者，是他们才使自己从那个怪物手里解救出来的。

"亲爱的朋友们，"航海者说，"要知道，你们给予我们的帮助是无价的。如果不是你们，我们是绝不可能摆脱那个令人诅咒的岛屿的。请告诉我们，你们的祖国叫什么，好让我们知道怎样铭记你们。"

　　"我们的祖国有个可怕的名字。不过，既然你们那么想知道，我们就告诉你们。我们的祖国叫瘟疫王国。我们都是瘟疫国王的臣民和他的仆人，但绝不像你们人类那样残忍。当我们的母亲——瘟疫派我们到你们人类那里时，我们去的是穷人的小茅屋，那里的人们由于懒惰而生活在垃圾之中，所以，我们永远也看不到整洁的住房。我们还去那些坏人、强盗、孤儿寡母的压迫者以及一切忘记了上帝和失去了良知的人们中间去。"

　　"原来，你们都是令人敬重和具有正义感的人。"航海者说道。

　　"而你们不要害怕我们，因为对于你们，我们是看不见的。但是，为了你们所建立的丰功伟绩，你们随时可以利用我们。如果你们之中有人身处困难的境地，只需喊：'瘟疫王国！'，我们当中就会有人出现在你们的面前。"

　　就在这一瞬间，无论是小矮人还是拉小车的犍牛都消失得无影无踪。而航海者顺利地回到了自己的城市。

命　运

　　父亲死后，哥儿俩不想分家，便住在一起了。其中一个勤劳，热爱劳动，不知疲倦地干活；而另一个吃啊，喝啊，躺在炉台上休息。上帝为他们的家也赐福，他们的一切——耕地呀，牧场呀，家畜呀——都很兴旺。狡猾的哥哥令勤劳的弟弟的心情很不平静。

"我算什么干大活的啊，摊上这么个懒蛋！"他想着自己的哥哥。"我什么活都干，而他却不动一个手指头儿。我们最好还是分家。我要为自己干，而他——随他的便好了！"

过了不长时间，他对哥哥说：

"我说，哥哥，这样下去不行。什么事都是我一个人做，可你却什么忙都不帮我。你吃喝都是现成的。咱们最好还是分家，你说呢？"

哥哥开始劝他：

"弟弟，别这么做。咱们两个人在一起该有多好。一切全由你来掌握，有你的，也有我的。而且，我什么事都不干预，什么事都不跟你顶撞。"

可弟弟仍然坚持己见，哥哥只好服从了。

"那好，随你的便吧！做你该做的吧。"他说。

哥俩将所有东西都平分了，每人都拿了自己的一份儿。懒哥哥雇了几个牧人照顾自己的马啊，羊啊，猪啊，然后对他们说：

"我保证将我的财物都给你们和上帝。"他又过起了从前那种无所事事的生活。

而弟弟一切都是自己照看，不知疲倦地干活。尽管这样，他在哪方面都还不大顺利。他的家业每况愈下。最后，搞得一贫如洗，甚至连买鞋的钱都没有，只好光着脚走路。他左思右想，便去看看哥哥的生活状况。

路过牧场时，他看到一群羊，而在稍远处的草地上，坐着一个美丽的姑娘，在纺金线。

"上帝保佑你，美人儿。这些羊是谁的啊？"

"属于我属于的那个人。"

"那么你又是谁啊？"

"我是你哥哥的命运。"

"那么，我的命运又在哪里呢？"

"你的命运离你远着呢！"

"那我能不能找到它？"

"去找吧，也许会找得到。"

弟弟看了看那些羊又肥又大，就没有去别的畜群，而是径直向哥哥家走去。

哥哥拥抱了他，哭了起来。见到弟弟的穷困窘态，给了他衣服、鞋子和钱。在一起好好吃了几天之后，热爱劳动的弟弟拿起棍子，背起背包，就去寻找自己的命运了。

路过一个茂密的树林时，他看见一位老婆婆正睡在一棵树的下面。他将她推醒，问她在这儿做什么。

"感谢上帝，我醒来了。不然，你就不会见到你脚上穿的鞋了。"

"那你是什么人，竟会使我失去脚上的鞋呢？"

"我是你的命运啊。"

"我的痛苦，痛苦啊！"穷人说道，一边捶打自己的胸脯。"你彻底消失吧！是谁让你强加于我的？"

"你的命运。"

"那么，这个命运又在哪儿呢？"

"去吧，你去找找吧。"

这时，那个老婆婆消失不见了。

就这样，那个穷人去寻找自己的命运了。他来到一个乡村，一座大房子前。房子里灯火通明，他以为那里在举行婚礼或者是在过节。

穷人走进了房子，他看见一个炉灶，炉灶上面有口大锅，锅里煮着晚饭，炉灶旁边坐着主人。

"晚上好！"穷人说道。

主人回应了他，并请他坐下。然后详细询问，他是什么人以及从什么地方来的。穷人告诉了他全部实情：他从前也当过主人，他是怎么变穷的，以及现在去寻找命运，想知道他如此不幸的原因。这时，他才问主人，他煮这么多吃的干什么用。

对此，主人回答说，命运对他也不是宽厚仁慈的。不管他煮多少吃的，也无论如何填不饱伙计们的肚子。

"你自己会亲眼见到的。"他又补充了一句。

做活的人回来了，像饿狼似的冲向大锅。只一会儿工夫，大锅就空了，桌子上只剩下一堆没有肉的骨头了。当工人们离去的时候，房间里进来了老头儿和老太太——干瘦干瘦的，只剩下皮包骨了，着实令人可怜。他们奔向桌子，贪婪地吸吮起那些骨头来。

"这是些什么人啊？"穷人问。

"这是我的父亲和母亲，就靠一股精神支撑着，而他们活着就仿佛被锁在这个世界上似的。听我说，老弟，如果你找到命运，就发发慈悲，问问它，为什么我不管怎么填也不能填饱自己的肚子，为什么我的父亲和母亲找不到安宁。"

穷人答应下来，就继续向前走了。

傍晚时分，他来到另一个村子，请求在一户人家过夜。

人们收留了他，并进行了详细询问。当人们得知，他去寻找命运时，便说：

"老弟，请你问问命运，我们的牛羊为什么存活不下来，而大批死亡？"

他答应下来，第二天继续赶路了。他走啊，走啊，来到一条河边：

"啊，水呀，水呀，把我渡过河去吧。"

"你去哪儿呀？"水问。

他说了去哪儿。

水把他渡过了河，说道：

"兄弟，求你问问命运，为什么在我的波浪里没有生命：既没有鱼类，也没有两栖类动物？"

他答应下来，便继续赶路了。他走啊，走啊，来到一座茂密的树林，遇到一位隐士，便问他，是否知道命运居住的地方。

"翻过那道山，你就身处他的住地了。只是你要当心：别讲话，做他做的事情，直到他本人跟你讲话为止。"隐士回答说。

穷人表示了谢意，便继续走了。翻过了一道山，他就在命运的宫殿之前了。那里可真有可看的！男男女女的仆人来来往往，忙碌得很。命运正坐在饭桌前吃晚饭呢。

穷人坐下来，也跟着吃晚饭。吃过晚饭，命运躺下睡觉了，穷人也跟着躺下睡觉了。

大约半夜时，响起一片可怕的喧嚣声。不知是谁大嗓门儿喊道：

"嘿，命运哪，命运！今天来了老多老多的人，你拿什么赠送他们呢？"

命运站起身来，打开装满钱的箱子，开始撒向各个房间：

"今天我如此走运，也让他们走运吧。"

天亮时，富丽堂皇的宫殿不见了。而在原来是宫殿的地方，出现了一所大房子。不过，就是在这所大房子里，也是应有尽有。

夜幕降临了。命运坐下来吃晚饭，穷人也跟着吃晚饭。两个人都沉默不语。

大约半夜时，响起了一片可怕的喧嚣声。不知又是谁大嗓门儿喊道：

"嘿，命运哪，命运！今天来了老多老多的人，你拿什么赠送他们呢？"

命运站起身来，打开箱子。可是那里已经没有金币了，而只

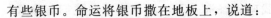

有些银币。命运将银币撒在地板上，说道：

"我有什么，就让他们也有什么吧。"

次日早晨，命运的房子变得更小了。每天夜里都在这样继续着。到最后，只剩下一个贫寒的小茅舍了。

"我自己拥有的东西。"

于是，命运把箱子打开后，开始分撒一些小盆和一些铜币，里面再没有其他东西了。

次日清晨，奇迹出现了。小茅舍又变成了宫殿。

命运问穷人，他需要什么。穷人从头至尾讲述了自己的生活后，问：为什么命运分给他那么可怜的一份？

"大概，你自己也看到了这里所发生的事情。"命运回答道。"那天夜里来的每个人，我都给了他们我拥有的一切。你在那个不幸的夜里来了，那你就将成为终生不走运的人。而你的哥哥是在幸运的夜里来的——所以到生命的最后一天，他都是幸运的。不过，因为你忍受了太多的苦难，所以我想帮帮你。你哥哥有个女儿叫米丽查。像她父亲一样，她是个很走运的人。你把她带到自己家生活，当她在你家的时候，你在各个方面都会成功的。"

穷人对他深表谢意，又问：

"我曾在一个村民家中过夜。他家十分富有，可没有幸运。他无法填饱自己的肚子。我亲眼见到了那满满的一大锅饭，可众人吃的一点不剩，却还是没有吃饱。他还有父亲和母亲。由于上了年纪，他们又黑又瘦，已经成为家人的累赘，可又死不了。他们好像被锁在了这个世界上。这一切的原因又是什么？"

"这是因为这个人不孝敬自己的父母，"命运回答道，"他不是把老人放到首位，给他最香甜的食物，让他们喝最好的酒，而是让他们吃别人的残羹剩饭。他换成另外一种做法的话——他的肚子就会饱了，而父母的心也会平静了。"

"而在另一个村子，收留我过夜的那家主人的带角的牲畜总是养不活。他们求我向你咨询一下，能不能帮助他们解除这一痛苦?"

"他们的牲畜之所以不能存活，那是因为他们宰杀最差的牲畜过节。他们如果杀最好的牲畜，那他们的牲畜数量就相当可观了。"

"再有就是，水问我：为什么在它的深处没有活的生物——既没有两栖动物，也没有鱼类?"

"那是因为水还没有淹死过人。不过，你可要多加小心。等你过到对岸时，再把这件事告诉它。"

穷人感谢了命运，便回家了。当来到河边时，水问他，命运都说什么了。

"你将我渡到对岸去，我就会告诉你的。"穷人回答。

水将他渡过了对岸，而他已经跑到很远很远的地方了，才喊了起来：

"你谁都没有淹死过，所以你那里才没有生物。"

水被激怒了，暴涨起来，溢出了河岸。可它已经追不上穷人了。

穷人来到牲畜不能存活的那些村民家，将命运说的话告诉了他们。

"留下来跟我们在一起吧，老弟。"他们开始请求他。"再过三天就是我们的节日了，假如这一切是真的话，我们一定要好好地奖励你。"

穷人留了下来。过节前，主人杀了一头最好的牛，就在当天，那头牛还生了几头漂亮的牛犊。他将五头给了自己的客人。

穷人又继续走了。

他来到自己的第一个熟人家，说道：

"你不孝敬自己的父母，所以才事事不走运。"并详细转达了命运说的话。

主人吩咐妻子给两位老人擦洗身子并且穿上了最好的衣服，把他们安排在上座，像款待最高贵的客人那样，款待他们。

他的肚子马上饱了，感到相当满意。两位老人几天后，内心得到了平静。

主人感谢了自己的客人，赠送他两头牛。

当穷人返回家中的时候，熟人问他在赶谁的牛。

"我侄女米丽查的牛。"他回答说。

然后，他来到哥哥家，对他说道：

"听我说，哥哥，你有许多孩子，而我独身一人。把你的女儿米丽查给我吧。让她做我的女儿和继承人吧。"

"好吧，你把米丽查带回去吧。"

米丽查在穷人家住了下来，而穷人也变得越来越富了。他家里无论添置了什么东西，他总是说：

"这是米丽查的。"

有一天，他到地里看看小麦的生长情况。那麦子长得又密又高，麦穗也很饱满。看着都喜得没法。一个过路人经过时，问道：

"这是谁的庄稼啊？"

穷人一时忘乎所以，回答说：

"我的。"

就在这一瞬间，天空变得黑压压的，下起了冰雹。穷人醒悟过来后，开始追那个过路人，高声对他喊道：

"喂，我说错了，那不是我的庄稼，是我侄女米丽查的。"

冰雹即刻停了。那穷人安心地回家了。

从那时起，他就没再犯过那样的错误，与米丽查过着幸福的生活。

龙与国王的儿子

从前，有一个国王带着三个儿子。有一次，长子打猎去了。突然从树丛里跳出一只兔子，向磨坊跑去，王子便在后面紧追不舍。兔子变成了一条龙，吞掉了王子。

家里，大家都很奇怪，王子这么久还没有回来。次子也打猎去了。他刚一出城，就从树丛里跑出来一只兔子，向磨坊跑去。王子在后面紧追不舍。在磨坊附近，兔子变成了一条龙，把他也吞掉了。

当二王子没有回来的时候，整个王宫都穿上了丧服。

小王子也去打猎了，希望找到两个哥哥。

这时，他也遇到了一只兔子。兔子东躲西藏，将小王子诱骗到磨坊的方向。不过，小王子没有去追。

"一只兔子罢了，这有什么稀罕的！"他心想："我去树林走走，找些大点儿的野物。回来的路上，就该轮到这只兔子了。"

王子在树林里走了好久，可并没有碰到任何野物。他转向磨坊走去。在这儿他遇见了一位老婆婆。

"祝你健康，老奶奶！"王子向老婆婆说出祝愿。

"愿上帝也保佑你健康，孩子。"

"老奶奶，你见到兔子了吗？"

"那不是一只兔子，我亲爱的孩子，而是一条残忍的龙。"老婆婆回答道："它可是杀害了不少人啊。"

王子伤心起来。

"现在该怎么办呢？很可能，我的两个哥哥也是这个怪物杀害的。"

"杀害了,杀害了。要知道,你是帮不了这个忙的。趁你还没有发生同样的悲剧,你最好还是赶快回家吧。"

可是,王子并不想屈服。

"听我说,老奶奶,"他说道,"我想,你也是高兴摆脱这个怪物的。"

"那还用说,孩子,怎么会不高兴呢?我也受了它不少的害啊,可毫无办法。"

"这样吧,老奶奶,你想方设法找出龙的威力在哪里,然后告诉我。"

王子走了,而老婆婆留在了磨坊后边。

当龙出现的时候,老婆婆开始刨根问底了:

"我最亲爱的,方才你这是去哪儿了呀?你不管走多么远,也从不对我说一声。"

"你说得对,老太婆,我去了很远的地方。"

于是,老婆婆便开始探问,它去了什么地方,以及它威力之所在。假如她知道它的威力之所在,那么,她就会不断地亲吻这个地方。

"你瞧,我的威力在那个炉灶里。"龙回答,同时笑了起来。

老婆婆开始拥抱和亲吻那个炉灶,而龙继续大笑。

"蠢货!我的威力不在这里。我的威力在那边房子附近的那棵树里。"

老婆婆又开始拥抱和亲吻那棵树,而龙继续笑个不停。

"够了,笨蛋,我的威力也不在这里。"

"那威力在哪儿呀?"老婆婆老实地问道。

"我的威力在离这里很远的地方。你到不了那里。在一个王国的都城附近有一个湖,在那个湖里有条龙,在那条龙里有头野猪,在那头野猪里有只鸽子,我的威力就在鸽子身上。"

"既然那么遥远，那我就既不能拥抱也不能亲吻你的威力了。"

第二天，当龙离开的时候，王子来了，于是，老婆婆就把从龙那里听到的情况原原本本告诉了王子。

王子回家换了装束：他穿上了牧人的粗布外衣，手里拿根棍子，走遍各地，从一个乡村到另一个乡村，从一个城市到另一个城市，直到都城附近的湖边，而湖里有条龙的那个王国。

在这里，他开始询问是否有谁需要牧人。人家告诉他，国王正在寻找一个牧人。于是，他就去见国王了。

"你愿意放羊吗？"国王问他。

"正是，英明的陛下。"

这时，国王开始教诲他：

"那个湖的周围是片美丽的牧场，只不过需要提高警惕。当你把羊赶到牧场的时候，它们就会在湖的周围四处乱跑，而放羊的人就是这么死的，没有一个牧羊人活着回来的。因此，我忠告你，我的孩子，不要将羊散放，一定要使它们成群。"

牧人感谢了国王，把羊聚在一起，带上两只大狗，鹰，还有牧笛，就把羊群赶向了湖边。

他将羊群赶到牧场后，让它们在湖的周围跑来跑去；他又把鹰安放在树上，狗与牧笛放到了树下。而他自己却把鞋脱掉，挽起裤腿，走入湖里，开始叫龙出来。

"喂，你爬出来吧，"他喊道，"让咱们比一比，看谁的力气更大。"

"我就来，我就来！"随着回答，一条巨大而令人恐怖的龙，从湖里爬了上来。他们开始搏斗，直到中午。

"放了我吧，王子。"龙热得毫无力气，便苦苦哀求起来。"让我在湖里浸湿一下发热的头脑，那时，我就能将你抛上云端。"

"龙，闭上你的嘴吧，别胡说八道啦。如果国王的女儿在我的额头印上她的吻痕，我会将你抛得更高。"

那条龙一个猛子扎到湖里，而王子洗了把脸，恢复了一下元气，便肩上带着鹰，赶着羊群，用牧笛吹着欢乐的曲子，回家去了。全城的人们跑出来观看，惊讶地看着牧人，竟然安然无恙地从那个湖回来。

第二天，王子又赶着羊群去牧场了。而国王偷偷派了两个骑士观察，看他会做些什么。

骑士策马来到一个小山，他们从那儿能把一切看得清清楚楚。

王子像昨天一样，将鹰和狗安置好，而自己脱掉鞋，挽起裤腿，走到水里后，开始叫龙出来。

"喂，爬出来吧！咱们比一比，看谁的力气更大。"

"好啊，好啊，我这就出来。"

龙出来了，他们又开始了搏斗，这场搏斗延续到了中午。

那条龙又没了力气，开始请求王子：

"王子，请允许我浸湿我的头脑，我凉爽一下之后，就能将你抛上云天。"

"闭嘴，你又吹牛了。如果国王的女儿在我的额头印下吻痕的话，我就不会这么抛你了。"

龙又扎了个猛子，而王子稍作恢复后，又快乐地吹着牧笛，赶着羊群回家了。全城的人又跑出来观看这个创造奇迹的人，竟能毫发无损地回来，虽然在这之前，所有的牧羊人都遭到了那条恶龙的毒手。

两个骑士还在这之前就回来了，他们向国王报告了所见所闻。

国王招来女儿，告诉她所发生的情况，补充说：

"明天你跟牧羊人一起去，按他的愿望去做。"

公主痛哭起来。

"我是你唯一的女儿呀，你却送我去死。"她号啕大哭。

"别担心，我的宝贝女儿，"父王劝她，"你该知道，没有一个牧羊人能从那个湖活着回来。而这个牧羊人与龙搏斗了两天，却什么事儿都没有。把期望寄托上帝吧，帮帮这个有本事的年轻人，使我们摆脱龙的伤害，这条龙伤害了我们多少人的性命啊。"

一清早，日出之前，牧羊人就起床了。公主也起床了。两人赶着羊群朝湖边走去。牧羊人特别开心，而姑娘却一直在哭。

"好妹妹，别哭了，你按我说的去做就行，一切都会平安无事的。"

他们走啊，走啊，牧羊人吹着牧笛，可公主还是一个劲儿地哭个不停。有时候，王子不再吹笛了，又劝说自己的女伴儿：

"别哭了，美人儿，别害怕。"

他们到了湖边。把鹰和狗安排好之后，王子走进水中：

"喂，出来吧，让我们比一比！"

龙爬了上来，搏斗开始了。过度疲劳之后，龙又请求王子让它凉爽凉爽。

"我凉爽之后能将你抛到云里。"龙又开始自吹自擂。

"住嘴吧，别胡说些蠢话了！如果国王女儿……"

还未等他把话说完，国王女儿就从树后跑了出来，亲吻了他的额头。

就在这一瞬间，王子抓起那条龙将它抛向空中，龙立刻在云里消失不见了。当它落到地面时，立刻摔得粉身碎骨。而从它的肚子里跳出一只野猪，奔跑起来。狗根据王子的暗号，向野猪扑去，把它咬死了。这时，从野猪体内飞出一只鸽子，而王子放出了鹰。鹰追上了鸽子并将它带给了自己的主人。

"告诉我，我的哥哥们在什么地方。"王子命令道。

"我会全告诉你，只是不要伤害我。"鸽子回答说。"在你父

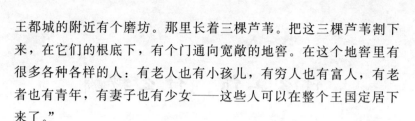

王都城的附近有个磨坊。那里长着三棵芦苇。把这三棵芦苇割下来，在它们的根底下，有个门通向宽敞的地窖。在这个地窖里有很多各种各样的人：有老人也有小孩儿，有穷人也有富人，有老者也有青年，有妻子也有少女——这些人可以在整个王国定居下来了。"

知道自己需要做什么，王子扭断了鸽子的脖子。待他恢复元气之后，又赶着羊群回家了。公主在他身边走着，还没有从恐惧中定下神来。

而国王的一整天，都是在两个骑士观察的那个小山上度过的。当时的一切情况他都看到了。回到王宫后，国王把年轻的英雄叫到自己的身边，宣布他为儿子。

婚礼庆祝了一个星期。大家都极其高兴，向英雄表示祝贺。当他们得知他的身份后，人们的喜悦更是达到了极点。

当王子返回自己王国的时候，国王给了他一大批随从。到达磨坊时，王子将随从留到一旁，而自己进了院子，割下芦苇，用芦苇拍打根部。就在此时，一扇门开了。王子走进地窖，立即见到了许多人。他建议他们出去，以后到哪儿随其所愿。而他自己则站在门的旁边。

当所有人一个接着一个经过他身旁的时候，他见到了自己的两个哥哥。他们热烈地拥抱和亲吻。接着，所有出去的人都开始感激王子解救了他们。

人们按自己的愿望各奔东西以后，王子与自己的两个哥哥和年轻的妻子回到自己的王国，开始积蓄财富，过上了好日子。

什么工作，什么报酬

一位女子有两个女儿，大女儿曼卡不招人爱。有一次，这个女子对丈夫说：

"曼卡已经老大不小了，能养活自己了，让她给自己找个地方吧。"

丈夫试图劝她别这么做，然而毫无办法。一天，当丈夫不在家的时候，她将曼卡送出了家门。

可怜的姑娘走啊，走，连自己也不知道去往哪里。她顺路走着，途经一个大果园，她看见所有的果树都被毛虫所覆盖。

"将树上的毛虫清除干净。"有人对她耳语道："当结果的时候，你想拿多少就拿多少。"

姑娘把树上的毛虫清除掉了，继续朝前走。这时，她看见路上有一辆被人弄翻的大车。有人对她耳语道：

"你把车扶起来，它会对你有用的。"

曼卡扶起了大车。离那儿不远处，放着用坏了的马缰绳和马笼头。有人对她耳语道：

"你修修，你会用得上的。"

姑娘修好车就继续往前走了。

她看见一片沼泽地，一匹马陷了进去。

"可怜的动物啊！"她想了想，就把马从沼泽地里牵了出来。

又走过不多远，她遇到一位妇人。

"现在马和车都是你的了，"妇人说道，"这是你应得的。现在你听着：你不是去找工作吗？好，当你经过树林时，你会遇到

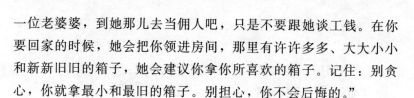

一位老婆婆，到她那儿去当佣人吧，只是不要跟她谈工钱。在你要回家的时候，她会把你领进房间，那里有许许多多、大大小小和新新旧旧的箱子，她会建议你拿你所喜欢的箱子。记住：别贪心，你就拿最小和最旧的箱子。别担心，你不会后悔的。"

一切真的就这样发生了。姑娘坐上自己的大车，在树林里遇到一位老婆婆，便被她雇去当佣人。

秋天，曼卡向老婆婆提出想回家看看。

"那好吧，姑娘，上帝保佑你。"老婆婆说："让我对你的工作表示一下感谢吧。"

她将曼卡带进房间，里面有许多箱子，她建议曼卡随便选一个。发现姑娘选了一个最小而且最旧的，老婆婆十分惊讶。

"你为什么不拿一个大点儿的呢?"

"我不该拿大的。"姑娘谦虚地答道。她告别了老婆婆，便离开了。

她坐在自己的大车上，十分开心。这可不是吃力地步行啊。坐车经过果园时，她听见了低语声：

"摘果实去吧，那是你的。"

姑娘摘了许多果实便急急回家去了。

"来，让我看看，你是挣了很多钱吧?"母亲用这样的话语迎接她。她打开箱子，兴奋得几乎晕了过去。箱子里装得满满是钱。

"我也要去找工作。"爱女兹金卡说。

母亲拦不住她。对曼卡那些钱，她也很眼馋。母亲深信，她可爱的女儿会带给她更多的钱。

春回大地。兹金卡走的也是那条路。途经果园的时候，她看见树上有许多毛虫。有人对她耳语道：

"姑娘，把果园里的毛虫清除掉吧。等结果的时候，你愿拿多少就拿多少。"

"不行，不行，我没工夫。"兹金卡回答说。她想快些找到那个老婆婆，免得别人占了她的位子。她头也不回地继续走了。路上倒着一辆用坏了的大车。有人对她低声说：

"姑娘，把车扶起来，你用得着的。"

"还能怎样，我用它干什么？"

她继续朝前走去，回头一看——那辆大车若无其事地好好停在那里。

远处放着被用坏了的马缰绳和笼头。

"把它们修修吧，会用得上的。"

"瞧，又来了，会把我手弄脏的。"兹金卡回答完又往前走了。

她经过沼泽地的时候，发现有一匹马陷进去了。有人悄声地说：

"把马从沼泽地里牵出来吧，它会为你效力的。"

"瞧，又来了，谁让它自己陷进去的！"

"以后，你会后悔的。"

"绝不后悔！"

她走不多远，回头一看——在原是沼泽地的地方，竟是一片草地，骏马在草地上吃草。

终于，姑娘遇见了老婆婆并提议自己在她那里当佣人。老婆婆同意了。

"你可给我些什么呢？"兹金卡问道。

"你会得到应得的。"老婆婆模棱两可地回答。

兹金卡干活麻利，只要她想干，就绝不比别人差。得到一大笔钱的希望激励着她。

夏天过去了。兹金卡打算秋天回家。老婆婆带她进了装有箱子的房间，并建议她选一个她想要的。

"既然曼卡那个小箱子里有那么多钱，那么这个大箱子里的钱，肯定会更多。"她内心判断，于是便选了一个最新而又最大的箱子。

回家路上，她看见一匹马和一辆大车，心里不由得想：

"现在坐车回去该有多好，就用不着背这么个箱子了。"

"你本来是可以坐车的，倘若你不那么懒的话。"有个声音悄声说。"而现在，你就得背这个箱子了。你得到的，就是你所付出的。"

途经果园时，兹金卡想多摘些果实，可还是那个声音悄声说道：

"你没有权利。你没有为清除毛虫付出劳动。"

兹金卡觉得羞愧，就继续往前走了。她回忆起，姐姐骑马回家时，带回来那么多的果实，而自己却是步行回来的，吃力地拖着双腿。

"不过，我带回来的钱多。"她自己安慰自己。

母亲跑来迎接她，可父亲看了看，却说：

"看来，干的不怎么样，步行回来的。"

"得了，你可别作孽了，难道你没看见她背着个大箱子吗？"母亲骂道。"孩子，快给我们看看，你箱子里是什么。"

父亲揭开了箱盖儿，而兹金卡抢在前面，想在别人之前看看自己的财富。

可箱子里面不是钱，爬出来的却是许多条蛇，围着兹金卡的脖子缠绕起来，令她窒息。

诚实所得不会徒劳

一个穷人没有订劳动契约就给一个富商干活去了。干了一年以后，他请主人给他结账。商人给了他半戈比铜币，同时说道：

"这是你的酬金。"

穷人拿了半戈比铜币便走了，耷拉着头。他来到一条湍急的溪流前，停了下来，想道：

"仁慈的上帝啊！难道我苦苦干了整整一年，就挣这么点儿钱吗？上帝啊，只有你一个人知道，我是付出了多少辛苦，或许，这还不够？让钱带给我答案吧。我把钱投到水流之中，如果它向上漂浮，那就表明，这钱是我挣的；如果它沉了下去，那就是说，这钱不是我挣的。"

穷人画完十字后，将半戈比铜币扔进溪流。钱马上沉底了。穷人将钱捞上来后，便带着钱去找以前的主人了，他说：

"老爷，这钱不是我挣的，你把它拿回去吧。我要在你这里再干一年。"

干满一年后，穷人又向商人要求给他应挣的工钱。商人又取出那半戈比铜币给了雇工，说道：

"这就是你的工钱。"

穷人拿到钱后，去了溪流旁边，画完十字后，将钱扔进了水里。

"仁慈的上帝啊！只有你一个人知道全部真相。如果这钱是我挣的，就让它漂上来；如果不是我挣的，就让它沉底吧。"

钱刚一接触水面，便马上沉底了。穷人捞上钱，就把它还给了主人，说道：

"老爷，那半戈比铜币不是我挣的。你拿回去吧。我还要给你干一年。"

一年过去了。那个雇工又要主人给他应挣的工钱，主人还是给了他半戈比铜币。穷人来到溪流旁，做了同样的祈祷后，将那钱扔进水中。哈，奇迹出现了！那半戈比铜币没有沉底，而是浮上了水面。

他怀着狂喜将钱取出，把它揣进了口袋里。后来，他去了树林，盖了一个小木房，就在里面生活了。

过了一段时间，他听人说，原来的主人置办一条货船出海，准备到其他国家。

他找到主人，把珍藏的那半戈比铜币给了他，请他用那些钱买点儿什么东西。商人应承下来，便出发了。

有一次，商人在岸上休息。他见到几个孩子拿了一只猫，目的很明显，是要把猫杀死，然后将它扔到海里。

"孩子们，你们做什么呢？"商人喊道。

"猫把我们的荤油全偷吃了，应当把它淹死。"孩子们回答。

商人想起了自己雇工那半戈比铜币，表示愿意将它给孩子们，孩子们高兴地拿了钱并把猫给了商人。

商人继续向前航行。有一天，海上突然刮起了可怕的风暴。船被巨浪抛上抛下，仿佛是块木片。当风暴过去之后，航行的人发现，他们已经迷路了，有三个月的时间他们没能摆脱困境，走上真正的航线。最后，他们发现了远处的海岸，岸上有座城堡，便朝那里驶去。

城堡的居民都跑到岸边，看这些外来的人。一位身份显要的富豪，邀请船主到他府上吃晚饭。

当商人坐在好客的主人那一丰盛晚宴桌旁的时候，一幅意想不到的景象让他大为震惊！数不清的大大小小老鼠，穿梭似的跑来跑去。餐桌旁，仆人们组成了一道人墙，手持木棒监视着，以免这些不祥之物跳上桌子。

发现客人的惊诧神情，主人说道：

"我们这里一向这样。这种不祥之物让我们的生活不得安宁。无论吃午饭也好，还是吃晚饭也好，这些讨厌的小东西在饭桌上跳来跳去，有时会从你的手里夺去一块吃的东西。而为了睡好觉，我们每人都有一个箱子，可以把自己锁在里面。不然，大耗子就会咬掉我们的鼻子和耳朵。"

这时，商人想起了用雇工那半戈比铜币买的猫。

"我这船上有只专门对付这些不祥之物的野兽，三两天工夫就能把它们消灭干净。"

"噢，亲爱的兄弟，把这只野兽给我吧。要是像你说的那样，我就会把你的船装满金银财宝。"

晚饭后，商人来到自己的船上，将那只猫带了回来。他声称，今天夜里谁都不用躺在箱子里，可以放心地睡在自己的床上。然而，被吓坏了的居民并没有听从，除了好客的主人外，大家仍然躺在箱子里。当主人躺下后，商人将猫放了出来。猫冲了上去，毫不留情地将大大小小的老鼠咬死了。房间很快就堆满了它们的尸体。几只幸免于难的也拼命逃走了。三天后，城堡内的大大小小老鼠已经绝迹了。

宴请商人的达官贵人说到做到，他把他的船装满了金银财宝。

商人到家后，雇工前来找他问，他用自己那半戈比铜币给他买什么了。商人给了他一块大石头说，他用那半戈比铜币就买了这么块大石头。雇工拿起石头，把它带回了自己的小木房，放到地上代替桌子，便去树林砍柴。回家后，他惊讶地喊叫起来，那块石头变成了金子，把屋子照得光灿灿的。诚实的雇工跑去找商人说：

"老爷，你给我的是什么呀？这绝不可能是我的。你快去看看吧！"

商人到了雇工家，见到了这一奇迹，虔诚地欢呼起来：

"上帝支持你，所有的圣徒也与你同在。你来拿属于你的东西吧。"

于是，商人把猫得到的全部金子和银子，都给了那个雇工。

上帝给谁，人们也会给谁

从前有两个穷人，一个是盲人，另一个没有手臂。每天，他们都要到王宫乞讨。盲人拽着无臂人，那人就给他当向导。无臂人向国王乞讨，而盲人则向上帝乞讨。

国王从窗户见到他们已不止一次了。有一次，国王命令仆人把他们带到自己面前。

"你们每天在我的王宫里做什么呀？"国王问两个穷人。

"我在等国王的恩赐。"无臂人回答。

"而我在等上帝的恩赐。"盲人回答。

国王命令烙饼，在饼里塞进 20 个金币后，给了无臂人。

"看，这是国王赏你的。而你，就等着上帝的恩赐吧。"国王对他们说道。

"上帝会给的。"盲人回答。

无臂人感谢了国王，于是，两个人就从宫里出来了。

"哼，这叫什么国王！"当他们走得稍远些时，无臂人说道。"给我一张饼，它对我有什么用！"

"如果你没有用，那就给我吧。"

"那你给我什么啊?"

"我给你两戈比。我再没有了,就这两戈比还是上帝给我的呢。"

"行,给我吧。"

盲人给了钱,就拿着烧饼回家了。他到家后,掰开饼就开始吃起来,可有个什么硬东西硌了牙,他把这个硬东西吐到了手上,盲人摸到了金币。于是他把烧饼一小块一小块吐了出来,一共收集了 20 个金币。

"上帝啊,我赞美你!"他高兴得喊了起来:"你是在奖赏我这个穷人啊!"

第二天,两个穷人又去王宫了。

国王料想,那个无臂人肯定会感激他。可是,无臂人却一声不吭。于是,国王便命人烤只鸡,偷偷地塞进 20 个金币。在给无臂人烤鸡时,他说:

"瞧,这是国王赏你的。而你,就等着上帝的恩赐吧。"他转身对盲人说道。

"我会等到的。"盲人回答。就这样,两个人走出了王宫。

走到稍远些时,无臂人开始骂道:

"哼,这算什么国王啊!给了只鸡。这有什么稀奇!你要不要买我的鸡呀?"

"如果你不需要,那就 10 戈比卖给我好了。我就这么多钱了。"

"好吧,那也有用啊。"

盲人回家以后,开始切鸡,鸡里却撒出了 20 个金币。

"上帝啊,我赞美你!"盲人说道。他吃完鸡就睡觉了。

一大清早,两个人又来到了王宫。国王把他们叫到跟前,给无臂人两戈比后放他走了。而那个盲人却被扣留下来。同时,他又命令仆人在无臂人应当经过的桥上,放一袋子钱,并暗中观察会发生什么情况。

想想国王给的那两个戈比，无臂人大发脾气，走到桥上时，便把钱扔进了河里。

"靠你那两个戈比我怎么生活？反正也会饿死的。"他嘟嘟囔囔地发了几句牢骚，愤怒使他完全丧失了理智，跑过桥时，竟未发现那个袋子。

与此同时，国王审问盲人：

"喂，你怎么样？你得到上帝给你所要的东西了吗？"

"我得到了，国王。您给了无臂人一个烧饼，后来又给了一只鸡。在烧饼和鸡里面各有 20 个金币。上帝给了我这一切，那是我的命啊。"

"怎么会这样？"国王大为惊奇。

"您听我把话说完，国王，您就会发现，那也是上帝的旨意啊。"

于是，盲人坦诚地把发生的一切告诉了国王。

国王明白了，上帝是把他国王的恩赐变成了对盲人有利，他不敢发牢骚了。在他思考的时候，仆人们回来了，他们带回一袋子钱，讲述了那个无臂人如何气得丧失理智，从桥上跑过时，竟没有注意到那个袋子。

"帮助丧失理智的人是很困难的。"国王说，同时将那一袋子钱给了盲人。

"看来，那是上帝的旨意，"国王又加上一句："让他今后就请求上帝的恩赐吧。上帝给谁，人们也就会给谁的。"

世上什么东西最有用

国王招来 60 个人问道：

"世上什么东西最有用?"

谁也给不出答案，于是，国王下令将这 60 个人砍了头。

后来，他又招来 60 个人，那些人也遭到了同样的命运。

当轮到第三批 60 个人的时候，恐惧降临到这些百姓的身上。一些人开始怀疑，国王是想让全国人口灭绝啊。

第三拨里，一位老人有个独生女，她人绝顶聪明。得到觐见国王的命令后，老人万分伤心。他觉得，他必死无疑，并为自己的唯一女儿感到难过。

察觉父亲极为忧伤的面容，姑娘问他：

"看得出来，父亲，在你这个年纪流下痛苦的泪水，说明你是极其悲痛的。请告诉我，前几天，你从京都收到的诏书里都写了些什么。"

"你最好别问了，我的孩子，因为你帮不上我的忙。"老人回答。"国王第三次招来 60 个人，想必要问世上什么东西最有用。可因为没人能答得出来，这些人都要被砍头的。我哭不是为了自己，我斑白的头颅掉了没关系，我是为你而哭啊，我的孩子，剩下你一个人，孤苦伶仃的，连个依靠都没有。"

"把眼泪擦干，别伤心了，我亲爱的爸爸。无论是你还是我，都不会有不幸发生的。当你出现在国王明亮眼睛的面前，他问你们 60 个人，世上什么东西最有用时，你就走到前面说：'尤里节①的雨和三位一体节②的露水最有用。'"

女儿的劝告并没有减轻父亲的忧虑。

他来回走了一整天，深思熟虑之后，仍然确信，他的头还是保不住的。

次日，他们 60 个人来到王宫。国王走到他们跟前，并提出了自己的难题：世上什么东西最有用？

没人答得出来。这时老人走向前去，说道：

"最神圣的国王啊！世上尤里节的雨和三位一体节的露水最有用。"国王非常惊讶，说道：

"老人家，你的话太有智慧了，可我还是不信，你的大脑会想出这些话来。到目前为止，还没人答得出来。如果生命对你如此眷顾，那你告诉我，是谁教你这么说的，为了这个主意，你花了大价钱吧？"

"最神圣的国王啊！我很穷，无钱可付。我仅有的财富——是我的独生女儿。是她教我如此这般回答的。"

"既然你有这么聪颖智慧的女儿，那你就对她说：让她用一束线纺成亚麻，再给我的全体士兵织成衬衣。假如她完不成这个任务，那她就死定了。"

老人回到家里，比先前更郁闷了。女儿一直在等着他，这时便迎了上去。她看他完好无损，但对他的忧郁觉得好奇，便详细询问起来。

"我可爱的孩子，"父亲回答道，"我的命算保住了，可心比以前更疼了。当我照你说的回答之后，他却随即命令我说出是谁教我这么回答的。他说，既然你女儿这么聪颖智慧，那你就对她

---

① 尤里节：春季（4 月 23 日）和秋季（11 月 26 日）的宗教节日。

② 三位一体节：即复活节后第 50 天。

说，让她用一束线纺成亚麻，并给全体士兵织成衬衣。做到这点要比登天还难，所以——你的小命还是难以保住了。"

姑娘笑了起来，开始安慰父亲：

"爸爸，你去国王那儿代我向他致意，你对他说，假如他能用这个小轮子锻造成一个脚蹬式纺车的话，我就能用一束线为他的军队织成衬衣。"

老人带上了小轮子，愁容满面地朝王宫慢腾腾走去。

姑娘的机智令国王十分开心。

"叫你的女儿来见我，既不能骑马，也不能步行，既不能裸体，也不能穿衣，既不能光脚，也不能穿鞋。如果她办不到，那就别想活命。"

老人回到家里，更是愁得没法。女儿迎着他走去，询问的非常仔细。

"哎呀，孩子啊，你教我说的可糟了。现在，国王要你去见他，既不能骑马，也不能步行，既不能裸体，也不能穿衣，既不能光脚，也不能穿鞋。唉，这回你的命算保不住了。"

"放心吧，爸爸，我的头还依然在肩膀上呢。你就为我做一件事：到树林里给我捉三只活兔，剩下的就是我的事了。"

老人去了树林，而姑娘在家开始织渔民打鱼用的网。

当网织好后，姑娘用它裹住自己的身体，一只脚穿上袜子，另一只脚穿上木鞋，最后，骑上了一只绵羊。老人把三只活兔带回来之后，她把它们系在鞍子上，告别了父亲，骑上绵羊就上路了。

国王坐在庭院里，一直在想，姑娘能否解开他出的难题。他等不及了，便派仆人到路上看看，是不是有人走向王宫。

仆人们跑回来禀报说，有个怪物正在走来。

"外表什么样儿？"

"看样子好像个人，全身用渔网裹着，骑在绵羊身上。"

国王料到，这准是老人的女儿，便吩咐自己的仆人放一群狗撕咬她。

松开的狗扑向姑娘，但她没有慌神儿，解开一只兔子——兔子向林子跑去，那些狗向它追去，而姑娘继续赶路。

"这个怪物的情况呢？"国王问。

"那里，已经可以看见了。"仆人们回答。

"再放一些狗。"

姑娘看见一群狗又朝她扑来，便放开另一只兔子。兔子奔向树林跑去，而一群狗在后面穷追不舍。摆脱掉危险后，姑娘又继续往前走。

"那个怪物又是什么情况呢？"国王问。

"瞧，她已经进王宫了。"仆人们回答。

"你们再把第三群狗放出去，让这个怪物从我的眼前消失！"

仆人们照办了。群狗朝姑娘扑去，这时她松开了第三只兔子，于是，群狗就追兔子去了，姑娘则从绵羊身上走下来，把羊牵在身后，走到国王的台阶跟前。

国王被这一场面惊讶得从座位上跳了起来，而姑娘呢，却拴住绵羊后，坐了下来。由于吃惊，国王竟半天说不出话来。趁他缓气振作精神的时候，姑娘开始讲话了，既勇敢又大方：

"你瞧，国王，我完成了你的意愿。我出现在你的面前，既没有骑马，也不是步行，既没有裸体，也没有穿衣，既没有光脚，也没有穿鞋。你对我还满意吧？"

"姑娘，你有一个聪明智慧的大脑，"国王说道，"在我的王国里，没有谁的智谋比得上你。而现在，你，看，终于出现了一位智谋超群的女人了。不过你知道吗，有两个大脑的身体是不存在的，应当由一个人管理，而另外一个人用明智的建议去辅佐他。你做我的妻子，用你充满智慧的头脑来辅佐我吧。"

"好，你派媒人去找爸爸吧。"

国王特别喜欢这个聪明而勇敢的姑娘，他把她交给负责她梳妆的御前侍女们，为她梳洗打扮一番之后，穿上华丽的服装，于是，姑娘成了比红灿灿的太阳还美的女郎。

同时，国王还派了媒人到未婚妻的父亲家中，准备隆重地迎接他。

当老人进入王宫的时候，国王手挽他的女儿迎着他走去，并请老人赐予家长的祝福。

老人高兴得哭了，她拥抱了女儿和女婿，为他们祝福。

次日举行了国王的婚礼。国王和王后生活了很久，贤明地管理自己的王国。王后的父亲住在宫里，安享天年。

夜莺和布谷鸟

有一年的春天，一只夜莺在小树林里唱歌，一只布谷听啊，听啊，便责备起夜莺来：

"你干吗白天晚上的吱吱叫个不停，高山啊，大河啊，都烦透了。"

"你这么歪曲事实也没用，你这只不怀好意的布谷鸟。我甜美的歌声使人们快乐，驱散了他们的伤愁，而你只知道布谷、布谷地叫到世界的末日。"

"是这样吗，我的小鸟儿？来，我们轮流来唱，看看，人们更喜欢谁。"

夜莺同意了。当它开始唱的时候，草场上的牧人和田里的农民都安静下来，专注地倾听，而当布谷鸟开始咕咕叫的时候，大家立刻干自己的事去了。一头驴扬起头，大声喊道：

"太棒了，布谷鸟，太棒了！你唱得那么舒展，那么甜美，山谷都大为开心了。"

夜莺觉得受了委屈，并停止了歌唱。

牧人和农民一起安慰它：

"别犯傻了！你难道不知道，驴夸赞的人，身份就掉价儿，而驴骂过的人，声望反而会提高吗？"

善有善报，恶有恶报

　　从前，有两个兄弟：一个有钱，可为人凶恶，人人憎恨；而另一个因为诚实和乐于助人，大家都很喜欢他。不过，他却很穷，经常与家人一起挨饿。

　　一次，穷弟弟饿得浑身没有一点力气，便去找有钱的哥哥要些面包，可哥哥连一小块都不肯给他。把他赶走不说，还骂了一句：

　　"你这个没出息的，还好意思让我来养活你？快滚！"

　　穷弟弟走了，低垂下头。破旧上衣暖和不了他的身子，他冷得发抖，由于饥饿，勉强挪动着双腿。他害怕回家，因为妻子和孩子们也是又冷又饿。他去了树林，在那里的一棵梨树下面，他找到了几个落在地上的梨，梨已经变酸了，可是穷弟弟拣到这些梨还是很高兴。他用这些梨填饱了肚子，好像饿劲儿已经消失了。然而，严寒却钻进了骨头里，加上又刮着刺骨的风。

　　"在哪里安身呢？"穷弟弟呻吟道。"我那不幸的家人又会怎样了呢？唯一应该帮助我的人是我的哥哥，却又把我赶走了。"

　　这时，穷弟弟想起了，根据民间的迷信说法，在斯捷克良内依山上总是有火在燃烧。穷弟弟特别希望暖和暖和身子，于是便上了斯捷克良内依山。

他从远处看见，斯捷克良内依山的上面有一团大火，火的周围有十二个相貌奇怪的男子。穷弟弟先是吓了一跳，后来想："我有什么可怕的，上帝与我同在！"他登上山，走近大火，向那十二个男子深深鞠了一躬：

"好心的人们，可怜可怜我吧！我是一个地地道道的穷人，甚至连暖暖身子的东西都没有。请允许我在你们这儿烤烤火吧。"

那些男子看了看来者，其中一位用严肃而庄重的声音说道：

"坐吧，善良的人，在我们之间暖和暖和吧。"

穷弟弟坐了下来，他发现，这十二个人是一个人改坐到另一个人的位子上，用这种方式形成一个圈儿。每个人都默不做声，穷弟弟也一声不吭。当大家绕了一圈之后，每个人便又坐在开始的那个位子上。这时，从火中间站起一位高大的白胡子老人，对穷弟弟说道：

"人哪！别浪费时间了，多取些炭火回家去，把家里的生活维持好吧。"

老人消失了，而那十二个男子开始往一个袋子里装炭火，装完之后，便把袋子放到穷弟弟的背上，说让他快些回家。他表示谢意以后，就走了。他心里想，炭火可别把袋子烧坏了，不过他却没有闻到烧焦的味道。他放下心来，只是奇怪，袋子如此之轻，就好像里面装的不是炭火，而是些灰烬。他想象着家中的茅舍将会暖和起来，便感到一阵阵高兴。

到家后，穷弟弟将炭火倒在一个篮子里，突然——奇迹发生了！从袋子里倒出的不是炭火，竟是金币！穷弟弟不相信自己的眼睛了，他高兴得几乎晕了过去。他在心里深深地感激自己的恩人。现在，他的受穷状态已经结束了。

昔日的穷弟弟想测算一下自己的财富，便让妻子去哥哥家借秤。

"你们穷光蛋，借秤干什么？"凶恶的哥哥问。

妻子说，邻居借了他们一些钱，现在还债来了，因此需要重新称一下。当然，那个有钱的哥哥并不相信，会有谁欠他弟弟的钱。他不被察觉地在秤底下抹上了松脂，将秤交给了弟媳。

弟弟将钱称好之后，便去还秤了。他没发现秤底下粘了一枚金币。哥哥马上发现了金币，便以为弟弟是干了犯法的事情。他大声喊叫，责骂弟弟，并威胁弟弟，如果不把从哪儿弄到钱的全部真相讲出来，他就像告发杀人犯那样举报他。弟弟又有什么办法呢？他不愿意与哥哥吵架，便老老实实地告诉他，在斯捷克良内依山所发生的事情。

哥哥心满意足了，可终究还是嫉妒弟弟。当弟弟买了家畜，盖起了房子，成了村里有头有脸的人之后，哥哥再也受不了了，便决定去斯捷克良内依山。

"弟弟走运，我也会走运的。"他判断。

登上斯捷克良内依山以后，他大胆地朝那十二个人走去，那些人围坐在大火的周围。

"好心的人们，请允许我一个穷人取取暖吧。我的茅舍里太冷，我们都冻坏了。"

其中一个人严厉地回答他：

"你生在幸运的一年，你要的应有尽有，该满足了。然而，你既吝啬又冷酷无情。你想欺骗我们是不会得逞的。而为了你敢说谎，你就得受到应得的惩罚。"

有钱的哥哥站在那里，全身发抖，再不敢说一句话。

十二个男子一个个挪换着位子，当他们围成一个圈儿的时候，从火中站起一位身材高大的白胡子老人。

"恶有恶报，"他用低沉的声音郑重地说道，"你弟弟为人善良，得到了他应该得到的东西，你也会得到应得的东西的。"

老人消失在火中。而十二人中的一位抓住了那个有钱的人就打，接着又交给了另一个人，再交给第三个人，直到交给最后一个人，大家轮番揍他。有钱的哥哥回家时，已被打得鼻青脸肿，遍体鳞伤，好长时间一瘸一拐地走路，不过，对所发生的事情，跟任何人都只字未提。

狼 与 老 狗 的 故 事

有个农民养了条狗，起名叫博德里克。博德里克太老，牙都掉光了，身体也被狼咬得遍体鳞伤，结了一层痂。不过，没有比博德里克再忠诚的狗了，羊群在它的守护下，总是完好无缺。

可这个农民有自己的想法："老狗是追不上小羊的，得把它赶走。"

博德里克被赶出了狗棚，甚至吃不上一顿饱饭。而把年轻的狗喂饱之后，就放它跟羊群出发了。

博德里克让主人撵出去了，老狗觉得十分痛苦。它在一堆杂草上躺下，并哭了起来。

夜降临了。年轻的狗钻进狗棚就呼呼睡着了。博德里克因为上了年纪也睡了，可俗话说，一只眼还睁着呢。突然，它嗅出了狼的气味，便站起身来，跑了。它想跳过篱笆——可满不是那么回事儿，脚不听使唤了。它吃力地爬上那个杂草堆，又躺下了。突然，心里出现一些坏念头："既然主人把我赶走了，还不给我吃饱，那么，他的羊又跟我有什么关系？让狼把它们叼走算了。"博德里克想了想，甚至没有叫一声。而年轻的狗又睡得很死，什么都没有嗅出来。

清晨，主人给羊群饮水时才发现，一只羊被狼从篱笆处叼走了。现在他才明白，年轻的狗是很糟糕的守夜者，于是对老狗心里怀着同情。"显然，当时如果博德里克在那里的话，狼是不会把羊偷走的。"他叫来老狗，与它亲热了一会儿，并好好让它吃了个饱。博德里克也高兴地围在他的脚下，绕来绕去的。

晚上，博德里克已经没有躺在草堆上，也没有去狗棚，而是围着篱笆转来转去，它十分清楚，既然狼已得手偷走一只羊，那么，它还会来再偷一只。狼还真的来了，可它失算了，它没有想到，会遇到老狗。

"你要什么？"博德里克从远处就喊了起来。

"要什么你很清楚，一只羊啊。"狼回答。

"储备可不是给你用的。"

"嘿，哪怕是给一只呢，我跟你分。"

"我不会跟你分，也不会给你羊。我现在吃得很饱又很有力气……"

"好吧，如果你不给我羊，咱们就搏斗好了。"

"我时刻准备着。你先去树林里，我完成自己的守卫职责就来。"

狼带着坚定的向狗报复的打算，便离开了。为这一目的，它与熊和狐狸结成了联盟。

博德里克知道狼的派头，也不是一个人去的，而是带了自己的同伴：猪与主人院子里的老猫。当熊和狐狸看见毛发蓬乱的猪和猫的时候，它们极度恐慌。

"你们瞧，哥儿们，"熊叫了起来，"狗在堆积石头，想用石头打我们呢。"

博德里克走路一拐一瘸的，而熊却以为，它在捡石头呢。

"而另一个在挥舞军刀。"狐狸说。

猫因为热而摇摆着尾巴，而狐狸还以为，它在挥舞军刀。

当盟友们听到猪的呼哧呼哧声的时候，就更惊慌了。熊赶紧爬上了树，而狐狸一下子跳到了黑刺李树。

当猫走近，开始咪咪叫的时候，狐狸觉得它是在说"在黑刺李里，在黑刺李里"。于是从黑刺李树跳下来，逃进了树林。当猪哼哼叫的时候，熊以为，它在说"我看见了，我看见了"，于是从树上爬下来，逃向树林了。看到盟友们都逃了，狼也赶紧逃之夭夭了。而老博德里克与自己的伙伴儿，则凯旋而归。

打那以后，博德里克在自己的主人家，一直过着宁静的生活。

渔夫之子

在多瑙河岸边，住着一个有钱的地主，雇有自己的渔夫。有一次，他招来客人，并吩咐渔夫在三天之内捕到 50 公斤的鱼。

渔夫在多瑙河岸边过了三天三夜，仿佛故意作对似的，连一条鱼都没有捕到。在第三天傍晚，他忧郁而若有所思，准备回家了，可就在这时，一只小船停靠在岸边，船里有位身穿绿衣服的人。

"你怎么这么忧愁啊？"绿衣人问道。

当渔夫告诉他为什么忧愁的缘由时，绿衣人说：

"你答应把现在你还不知道你有的东西给我，那你今天就会捕到你所需要数量的鱼了。"

"如果我有，而且是自己还不知道的东西，大概是件微不足道的小事。"渔夫心里想。

于是，他答应了那个怪人的要求。就在当天晚上，他捕到的鱼多得用四辆大车才能勉强拉走。

当事情办妥之后，绿衣人问：

"你可知道，你答应给我什么了吗？"

"我怎么知道？"

"你不在家时，你有了个儿子。你可是答应把他给我的。二十年后我来接他。"

果真如此。渔夫回到家时，摇篮里躺着一个漂亮的男孩儿。

男孩子长大了，将他送进了学校。他学习优秀，本可以成为一名神父的。可父亲知道，等待儿子的是什么，便决定送他学巫术。

学业结束后，年轻人的巫术相当精湛，已经能预测过去和未来之事了。

"父亲，"他说，"已是我该走的时候了。"

"去哪儿？"

"难道您不记得，二十年前答应把我给谁了吗？您去找我的时候，别害怕：您和我都不会遭遇不测的。"

父亲和儿子刚刚来到多瑙河边，恰好有一只载着绿衣人的小船驶来。儿子上了船，船便深深潜入水中，没了踪影。

在父亲闷闷不乐地返回家中时，儿子在水下游着，到了一个人迹未曾到过的冻结的地洞。他觉得饿了，便抓了鱼，煮后吃了，然后就躺下睡了。

醒来之后，他觉得应该起床，去一个城堡，在那里的桌旁坐下来，点燃几根蜡烛，静静地等待。他就这么做了。大约半夜时分，两扇门大开，一条巨蛇爬了进来，停在年轻人的面前。

"你亲亲我。"蛇说，抬起令人厌恶的头。

"离我远点，你这个撒旦！"年轻人喊了起来，"你没有权力指挥我。"

蛇消失了。第二天午后，年轻人睡着了。睡梦中，他觉得，他应该吻吻那蛇。可是，当蛇再次出现的时候，更令人恐怖，竟

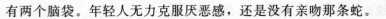

有两个脑袋。年轻人无力克服厌恶感，还是没有亲吻那条蛇。

第三次，他有一种亲吻那蛇的暗示。带有一种坚定的决心，遵循这一暗示，年轻人等到半夜，在桌旁坐了下来，并将蜡烛点燃。半夜时，那条蛇出现了，更令人恐怖，竟有三个脑袋……

"亲亲我！"

当年轻人要俯下身子亲吻那令人厌恶的三头蛇时，就在这一刹那，在蛇待的地方竟有一位美丽的少女悄然而至。她被人施了魔法，全城的人也跟她一样。

现在，一切都复活了，一切都欢腾起来。少女的父母来了，热情地感激女儿的救命恩人。

"我要把我的女儿和全部家产全都给你，"父亲说，"你满意吗？"

年轻人略加考虑，然后说道：

"这儿的一切我都喜欢，我本人倒也高兴留下来。可我在多瑙河岸的父亲会以为我跌进了地狱。假如我能回到父亲身边，让他把悬着的一颗心放下来，我就会觉得太幸福了。"

"要是我相信你会回来，"少女说，"我就会给你一件东西，让你瞬间就身在家中了。"

年轻人答应回来。于是，少女给他一枚戒指并说出一番话来：

"你穿过这枚戒指看看，心里只想着家——那么，一刻之间，你就在家了。当你想我的时候，你也如法去做，那么，你就在我这儿了。我将等你七年。"

渔夫和他的妻子看到自己的儿子安然无恙，相当高兴。父亲和母亲详细问个没完没了。而他也只好原原本本地道来。后来，父亲把他带到自己的东家，他还在给他当渔夫。这时候，年轻人只好讲述一下自己的冒险奇遇。这位东家有两个女儿。

"你把我其中的一个女儿以及部分财产拿去吧。"他对年轻人说道，这个青年令他十分喜欢。

"那里有整个王国在期待着我，未婚妻也更漂亮。"年轻人回答说。"不过，我或许在你们这里住上一段时间，因为有可能，我突然想家的时候就回去了。"

一天，在与两个姑娘散步时，他向他们吹嘘自己的魔戒。

"要是从他那儿弄到这个戒指，他就会留在我们这里了。"姑娘们暗暗想道。

就这样，她们与他坐在树荫下之后，用一个接着一个的歌曲使他昏昏入睡，拿走了戒指，并使他相信，戒指是在路上丢的。

年轻人在她们那儿待了五年，有些想家了，便决心去寻找那个地下通道。

他走啊，走啊，来到一个树林。他看到一个房屋，便请求收留他过夜。

房子里只有一个女子。

"我倒是高兴让你进来，"她说，"可我与几个兄弟住在一起，而他们是强盗，他们回来会杀死你的。"

"放心吧，给我拿点酒来，我等着他们。"

大约夜半时分，强盗兄弟们回到了家。

"你是什么人？"

"我自己也不知道。这么说吧，很一般，一个四处漂泊的流浪汉。"

"你是哪儿的人？"

"我也不知道，四海为家嘛，无处安身。"

"那你叫什么名字啊？"

由于自己在巫术方面的知识，年轻人知道，这几个坏蛋丢掉了亲生弟弟，他知道他的名字，因此就自称为他的名字。

"这么说来，莫非你是我们几年前丢失的弟弟不成？"

"很有可能。"

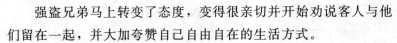

强盗兄弟马上转变了态度，变得很亲切并开始劝说客人与他们留在一起，并大加夸赞自己自由自在的生活方式。

"那今天你们搞到什么了呢？"

"哈哈，从来没有这么多过。搞到了皮靴、斗篷和帽子。穿上这种皮靴，你半小时可以走1500公里，穿上斗篷，你就变成为隐身人，而戴上这顶帽子，那所有的大山都得为你大开方便之门。"

"这是真的吗？"

"当然是真的了。你愿意的话，就试试。"

给自己穿戴上皮靴、斗篷和帽子后，渔夫的儿子向上一跳，大地便颤抖起来，而他就消失得无影无踪了。

他首先去找太阳，到了太阳升起的地方。渔夫的儿子想，太阳整天在宇宙升起降落，那么，它也许知道，那座地下城在什么地方。

太阳回答说，它从未照射到那些深邃的峡谷和大山的裂缝处，并建议他去找月亮。

月亮回答说，它照射不到深邃的峡谷，建议他去找风。

风回答说，它的确在所有的峡谷刮来刮去的，当然知道，那座地下城在什么地方。

"我今天就到那里，"风补充说，"公主即将出嫁，因此我要去那里，要给那些出席宴会的人吹吹风，使他们不会有热的感觉。"

渔夫的儿子便和风一起，一大早就上路了。

他们来到一座高山，年轻人戴上神奇的帽子，山便敞开了大门，这样，他们很快就找到了他们要找的东西。

结婚队伍已经在教堂了，仪式开始了。

渔夫的儿子穿上斗篷，神不知鬼不觉地进了教堂。他拍了一下神父拿的祈祷书，书立刻从他手中飞了出去。

"你们之中有一个天大的罪人。"神父对新郎和新娘说。

这时，新娘马上承认，她答应等自己的恩人七年，然而没有履行诺言。

神父宣布，她应该等到规定的期限，因此终止了婚礼。

新娘说，她一心一意地期待着，但并不抱希望，她不知道以前的未婚夫什么时候能回来。

客人们散去之后，未婚妻与父亲一起回到了家中。这时，渔夫的儿子脱下斗篷，于是，所有人都把他认了出来。

未婚妻诚心诚意地拥抱了未婚夫，说道：

"想想都后怕，要不是一种至高无上的力量掌控我的话，我就可能成为另一个人的妻子了。"

不久，为他们举行了婚礼和盛大国宴，连我都参加了。他们用筛子给我盛酒，用瓶子做的面包款待我，然后用扫烟筒的掸子打我，把我送走了。

杰列西克

从前，有老两口自顾自己过日子，连个孩子都没有。老头儿伤心，老婆儿也伤心：

"如果连孩子都没有，谁能照顾咱们的晚年啊？"

于是，老婆儿便求老头儿：

"去吧，老头儿，去林子里吧。给我砍棵小树，我们来做个摇篮吧，我把一节短木头放进里面，我将摇篮轻轻地摇动，哪怕我能开心，解个闷也好呀！"

老头儿进了林子，砍了棵小树，做了个摇篮。老婆儿将一截短木头放进摇篮里，一边摇动，一边唱道：

啊，太棒啦，我的杰列西克，

我煮了好多的粥，

你有小脚也有小手，

管你喝个够。

她摇啊，唱啊，唱啊，摇啊，晚上两人便躺下睡了。早晨起来一看——那截短木头变成了儿子。我的上帝啊，他们甭提有多高兴了！他们给儿子起了个名字叫杰列西克。儿子长成了一个英俊帅气的小伙子，你想都想不出来，猜也猜不出来，只能在童话故事里才能讲到啊。

他长大了，就说：

"爸爸，你给我做个镀金的小船儿，镀银的小桨，你把它放到小河里，我要打鱼给你们吃！"

于是，老爹就给他做了个镀金的小船儿和镀银的小桨，放进了小河。这样，他就划船走了。他在河里划来划去，打鱼给老爹老妈吃。打多了就给两位老人送去，然后再去打。所以，他一直生活在船上，而老妈给他送来吃的。有一次，老妈说：

"你注意，孩子，别搞错了。我喊你的时候，你就把船划近岸边；如果是陌生人，你就把船划得远点儿！"

就这样，老妈给他做好早饭，带到岸边，喊道：

杰列西克啊，我的杰列西克，

我煮了好多的粥，

你有小脚也有小手，

管你喝个够。

杰列西克听见了。

"这是我妈妈给我送早饭的！"

他将小船靠到岸边，吃饱了，喝足了，用镀银的桨推开镀金的小船后，又划向远处打鱼去了。

而一条蛇也偷听到了，妈妈是怎样喊杰列西克的。它爬近岸边，用它那老粗的嗓子喊了起来：

杰列西克啊，我的杰列西克，

我煮了好多的粥，

你有小脚也有小手，
管你喝个够。

这时，他也在听。
"不，这不是我妈妈的声音。"

走吧，走吧，小船儿，远点儿，再远点儿！
走吧，走吧，小船儿，再远一点儿！

小船儿便向前走了。而蛇站啊，站啊，还是没有反应，于是就离开了岸边。

你看，杰列西克的母亲为他做好了午饭，她将饭带到岸边，喊道：

杰列西克啊，我的杰列西克，
我煮了好多的粥，
你有小脚也有小手，
管你喝个够。

他听见了。
"这是老妈给我送午饭来了！"
他将船靠到岸边，吃饱了，喝足了，将打的许多鱼给了母亲，然后推开小船，又划走了。
蛇来到岸边，又用那粗嗓子喊了起来：

杰列西克啊，我的杰列西克！
我煮了好多的粥，
你有小脚也有小手，

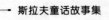

管你喝个够。

他听见这不是妈妈的声音，于是，挥了挥小桨：

走吧，走吧，小船儿，远点儿，再远点儿！
走吧，走吧，小船儿，再远一点儿！

这样，小船儿便向前走了。

已经有好多次都是这样：妈妈带来饭一喊，他就将船靠在岸边；可当蛇一喊——他就挥挥小桨，那小船儿就走远了。蛇发现无计可施，便去找铁匠：

"铁匠啊铁匠！快给我打造一付温柔的嗓子，跟杰列西克母亲的嗓子一模一样！"

铁匠照办了。蛇来到岸边，开始喊道：

杰列西克啊，我的杰列西克，
我煮了好多的粥，
你有小脚也有小手，
管你喝个够。

他想了想，这是妈妈：
"是老妈给我送吃的来了！"
于是，他将船划到了岸边，那蛇一把将他抓住，带回了家。
"奥廖卡，奥廖卡，快开门！"
奥廖卡开了门，蛇进了农舍。
"奥廖卡，奥廖卡，快把炉子点着，烧得旺旺的，连炉内的石头都能崩裂。"
奥廖卡真把石头烧到都能崩裂的程度。

"奥廖卡，奥廖卡，给我把杰列西克烤烤。我要出去串个门儿。"

奥廖卡就说：

"杰列西克，坐到铁锹上吧！我试试，你重不重。"

可他却说：

"我也不知道该怎么坐。"

"你就坐吧！"奥廖卡说。

他把头放到了铁锹上。

"咳，不对，你要全坐上！"

他放上了一只手。

"是这样吗？"他问。

"不，不是这样！"

他又将另一只手放上。

"那么，是这样？"

"不，不是！要将整个身子坐上！"

"那是什么样子？这样行吗？"说着他放上了一只脚。

"咳，不是！"奥廖卡说，"不是这样！"

"那你自己，给我做个样子看看，"杰列西克说，"不然，我就没办法了。"

她刚刚坐下，而他却一把抢过铁锹，将奥廖卡扔进炉子里，关上了炉门。他锁上农舍，爬上了槭树，坐在了上面。

这时，蛇飞了回来。

"奥廖卡，奥廖卡，快开门！"

奥廖卡没有回答。

"奥廖卡，奥廖卡，快开门！"

还是没有听到奥廖卡的声音。

"哼，奥廖卡这个鬼东西，准是跑出去和小伙子玩去了。"

蛇自己打开农舍，并将炉门打开，从炉里取出烤好的东西吃,它以为这是杰列西克的肉。它吃饱后,来到院外,在草地上游玩起来。

"我在草上翻来滚去,我在尽兴游玩,杰列西克的肉啊,我吃了个够,味美香又甜!"

而杰列西克却在槭树上说:

"你尽兴游玩吧,你在草上翻来滚去吧,奥廖卡的肉啊,你吃了个够,味美香又甜!"

它听了,又重复一遍:

"我在草上翻来滚去,我在尽兴游玩,杰列西克的肉啊,我吃了个够,味美香又甜!"

他也又重复一遍:

"你尽兴游玩吧,你在草上翻来滚去吧,奥廖卡的肉啊,你吃了个够,味美香又甜!"

它往上看了看,发现了杰列西克。它冲向槭树,开始咬起来,咬啊,咬啊,所有的牙都咬坏了,可还是没能咬断那棵树。

"铁匠啊铁匠!快给我打造一付牙齿,能将槭树咬断,能将杰列西克吃掉!"

铁匠就给它打造了那样一付牙齿。它又开始咬,眼看着就要咬坏了。这时,突然飞来一群大雁,杰列西克便请求它们:

大雁呀,小雁!
把我带上你的翅膀吧,
带我去找爸爸吧,
爸爸那儿有吃有喝,
就是走走心情也很快乐!

可是,群雁对他说:
"让中间的那些大雁带你走吧!"

而那条蛇还在不停地咬着。杰列西克坐在树上哭着。突然，又飞来一群大雁。杰列西克又请求道：

大雁呀，小雁！
把我带上你的翅膀吧，
带我去找爸爸吧，
爸爸那儿有吃有喝，
就是走走心情也很快乐！

可是那些雁对他说：
"让后面的雁带你走吧！"
杰列西克又哭了，而那颗槭树已在劈啪作响。蛇已累了，它去喝了些水，又在咬那棵槭树。

忽然间，又飞来一群大雁。这时，杰列西克高兴得不得了，请求道：

大雁呀，小雁！
把我带上你的翅膀吧，
带我去找爸爸吧，
爸爸那儿有吃有喝，
就是走走心情也很快乐！

"让最后那只雁把你带走吧！"说完，它们就飞走了。
杰列西克心想："这回算彻底完了！"他哭的那个伤心呐，简直成了个泪人儿。而蛇，眼看着就把那棵槭树咬倒了。
突然间，一只小雁孤零零地勉强飞着，落在了后面。杰列西克对它说：

小雁呀，小雁！

把我带上你的翅膀吧，

带我去找爸爸吧，

爸爸那儿有吃有喝，

就是走走心情也很快乐！

小雁说：

"那你坐上来吧。"

杰列西克坐了上去。小雁将杰列西克带往他爸爸那里，放到了平台上。这时，老妈烤了许多馅饼，他从炉上拿出两张说：

"这张是你的，而那张是我的！"

而杰列西克从院子外边说：

"那我的呢？"

他们大为惊诧：

"老头子，这是谁喊的'那我的呢'？"

"不，"他说，"不知道。"

"是啊，老头子，也许，我好像听到了。"

这时，她又从炉上取出了两张饼：

"这张是你的，老头子，而那张是我的！"

而杰列西克坐在平台上。

"那我的呢？"他问。

老人家往窗外望了一眼——哎呀，这是杰列西克啊！他们跑了出来，抓住他领进屋里，别提他们有多么高兴了。妈妈让他吃饱喝足后，给他洗了头，换了一件干净的衬衫。

他们就是这么过的日子，嚼着面包，穿着草鞋，用扁担挑水。我还到过他们家，喝着蜜酒，顺着胡子往下流，却没流进嘴里……

伊万王子与美丽的少女

从前，有位国王和王后，他们有三个儿子，他们的母后从未出过门。儿子们开始上学了，同学们笑话他们的母亲从未迈出宫门一步。孩子们回家后，向母亲发牢骚说，同学们因为她而取笑他们。于是，有一天王后就突然出去了。猛然间，不知从一个什么邪恶王国，飞来一只邪恶的大乌鸦，它抓起王后就把她带走了。国王和儿子们伤心了一段时间之后，孩子们说道：

"保佑我们吧，爸爸，我们一定去找到我们的母亲。"

国王给他们收拾了一下后，便让他们走了。

就这样，他们走啊，走啊，一看——前面有个农舍，农舍里有位老奶奶。他们便向她走去：

"老奶奶，你是否知道去邪恶王国找邪恶大乌鸦的路啊？"

"不，不知道，"她说，"也许，我的'雇工们'知道。"

这时，她打了声口哨，喊了一声——各种各样的野兽便跑来了：狼啊，狮子啊……

"你们是否知道，去邪恶王国找邪恶大乌鸦的路？"她问。

"不，不知道。"它们回答。

他们又继续往前走了。他们走啊，走啊，一看——又有一个农舍，农舍里有位老奶奶。

"老奶奶，你是否知道，去邪恶王国找邪恶大乌鸦的路啊？"

"不，不知道，"她说，"也许，我的'雇工们'知道。"

她马上打了声口哨，喊了一声——各种各样的两栖动物便跑来了：蜥蜴啊，蛇啊……

"你们是否知道,什么地方有去邪恶王国找邪恶大乌鸦的路?"她问。

"我们不知道。"它们说。

他们又向前走了,走啊,走啊,一看——又有一个农舍,农舍里有位老奶奶,这已经是第三位了。

"你是否知道,去邪恶王国找邪恶大乌鸦的路在什么地方?"

"不,不清楚,"她说,"也许,我的'雇工们'知道。"

这时,她打了声口哨,喊了一声——各种各样的鸟类便飞来了:老鹰啊,乌鸦啊,麻雀啊……

"你们是否知道,什么地方有去邪恶王国找邪恶大乌鸦的路?"她问。

"不,我们不知道,"它们说,"可也许,那只邋里邋遢的小鸟儿知道。"

而她确实有这样一只小鸟儿:羽毛已经磨破,况且还是个不爱干净的,只剩下了一只翅膀。

"把它找来!"她说。

众鸟忙乱起来,瞬间便把它连拖带拽地拉了来。

"你知道,什么地方有去邪恶王国找邪恶大乌鸦的路吗?"

"知道。"它说。

"既然这样,你就把这几个人带去,不过,你可要给我当心。要直接带到美丽的少女——明亮的小星星那里,不然,另一只翅膀我也给你剪掉!"

于是,他们谢过老奶奶,便继续向前走了。而那只邋里邋遢的小鸟儿在前面,它一会儿跳,一会儿飞地把他们带到了地方。一看——有一道火红的护板,一个劲地喷着火。

"现在该说再见了,"小鸟儿说,"你们勇敢地向前走吧。"

两个哥哥见了有些害怕,留在了原地。而伊万王子走了并嘱咐他们:"你们在这里等着吧,我们之中的一个——不是我就是

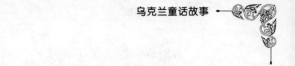

妈妈，一定会来的！"

他进了那道护板，护板让出来一条道，伊万王子过去了。

这时，他走啊，走啊，一看——前面有座宫殿，大门两旁有六头狮子，伸出舌头想喝水。

伊万王子打来水，自己喝足了，也给狮子们喝了个够。这样一来，狮子们向他鞠躬，给他让出一条路。

伊万进了那座王宫，发现那里睡着一位绝美的少女——明亮的小星星。由于走了远路，他太乏了，便趴在手上睡着了。一会儿，她醒了，朝他走来，她抽出剑想把他杀死，可后来转念一想："他刚才没有杀我，那我为什么要杀他呢？"于是，她将他叫醒并询问他来这儿的目的。

"是这么回事：邪恶王国的邪恶大乌鸦掠走了我们的母亲，正因如此，我是来救她的！"

"这么说，那是我的父亲了，"她说，"你去我另一个妹妹那里吧，她会给你指路的。"

他表示了感谢，便走了。

他来到一个所在，发现有第二座宫殿，而大门的两旁有十二头狮子，狮子口大张，吐着舌头，想要喝水。

伊万王子打来水，自己喝足了，也给狮子们喝了个够。这样一来，狮子们向他鞠躬，给他让出一条路。

他进了那座宫殿，而那里有一位美丽的少女——明亮的小星星。他不禁看个没够，看啊，看啊，便趴在手上睡着了。而她刚一醒来，便持剑朝他走去，可后来转念一想："我为什么要杀他呢？要知道，刚才我睡着的时候，他是可以把我杀死的。"于是，她将他叫醒并详细地进行了询问。

"你现在可能成为我们哥哥的。"她说。

于是，他们散了散步，然后说道：

"你去我三妹那里吧。"

告别后，他又走了。来到一所在，他发现——又有一座宫殿，而在附近的大门两旁有二十四头狮子，狮子口大张，吐着舌头，想要喝水。

伊万王子打来水，自己喝足了，也给狮子们喝了个够。因此，狮子们就放他过去了。他到了那里一看——那里有一颗明亮的小星星，一位绝无仅有的美女。他都看傻眼了，看着，看着，看入了神，趴在手上就睡着了。虽然这位美女也想杀他，可转念一想，还是将他叫醒了。等她一问完，便给了他一个小苹果。

"你拿着吧，"她说，"这个苹果往哪儿滚，你就在后面一直跟着它走，正好你就能到达那里。"

他对她表示了谢意，又向前走了。而那个苹果恰好将他带到了大乌鸦的宫廷。他走了进去，而母亲就在那里。

他们交谈并询问了所有情况。之后，母亲给他一把大锥子和一柄圆锤。

"你就站到那边那个柱子后面，"她说，"而大乌鸦一飞来，就会坐在那个柱子上休息，它不会发现你的。"

于是，王子就藏到了柱子后面，而这时，大乌鸦朝这边飞来。它在柱子上坐下来，环顾了一下四周，马上发现了他。

"哈哈，"它说，"这就是给我的下酒菜啊！"

而伊万王子却说：

"瞎说，你这个狗东西，你会噎死的！我自己就能把你当成午饭吃了！"

这时，邪恶的大乌鸦向他扑来，他躲开了，跳到它的背上，用锥子扎入它的身体，并用圆锤不停地打它。

就在大乌鸦拉着他在云彩上下翻飞时，他仍然用圆锤不停地地打它，直到它掉下来，摔死了。于是，他走到母亲面前说：

"妈妈，快把衣服穿上，我们回自己的家乡吧！"

于是，母亲穿好衣服，他们套上一辆火红的四轮马车，带上三位美少女就动身了。这时，伊万王子对她们夸口说，他本人就是不做四轮马车，也能通过那道护板。那些人乘着马车跳过去了，而他自己却留了下来。

他走啊，走啊，徘徊啊，徘徊啊，然后想了想："我要回到老地方去，或许，哪怕找到什么东西吃吃也好。"他来到原来的地方，发现什么东西都没有，只有一个小苹果，那还是最年幼的美少女给他的。他坐下来，哭了起来。一看，伊万·斯特列内不知从哪儿突然跳了出来。

"你干吗哭啊？"他问。

"你瞧，除了这个小苹果，我现在一无所有了。"

"那你需要什么呢？把这个小苹果滚到我这儿来！"

于是，他立即滚动那个小苹果，结果——嘿，出现了各种食物，还很丰盛，又有三位乐师在起劲地演奏……他们吃完之后，伊万·斯特列内说：

"咱们搞两匹马，然后到你家去。"

他们钻进了地下室，打碎了十二道门，弄断了十二条锁链，牵出了两匹像火一样的马。他们一跨上马，便疾驰而去，因此竟没有察觉，他们是怎样飞过那道护板的。

当母亲来到伊万的两个哥哥留下的地方时，他们发现与她同来的是三位美貌的少女，而没有伊万王子时，他们想了想："也许，他永远也回不来了。"于是，他们就嘱咐姑娘们，让她们说，似乎救她们的是两个哥哥。

在这种情况下，他们一回到家，便积极地张罗婚礼。可恰恰在这个时候，伊万王子和伊万·斯特列内也快到家了。

他们到了京城后，在一个当兵的那里租了一间房子住下，想听听人们都说些什么。

这时，两个哥哥正在准备婚礼，不过，美丽的少女并不打算嫁给他们。她们说：

"我们连件像样的衣服都没有。如果你们不用看身材，不用量尺寸，就能给我们做出一套，像我们跟父亲生活在一起时穿的那样一模一样的衣服，我们就嫁给你们。"

他们把所有的服装师和女裁缝都召集来了，可没人能接这个活。这时，伊万·斯特列内对那个当兵的说：

"你去接这个活吧。"

可当兵地拒绝了。

"你去吧，"他说，"这个活儿你要金币。"

这个当兵地去了，说：有人答应做。而伊万·斯特列内策马飞奔，很快来到邪恶王国，从那里取走了她们的衣服，并于天亮前赶了回来。

早晨，伊万·斯特列内对当兵的说：

"给你，拿去吧！"

美丽的少女们一看见自己的衣服，一个便对另一个使了一下眼色，但一句话没说。她们穿上了衣服。

"瞧，"她们说道，"要是再有一双尖头高跟女皮靴配上这身衣服该多好啊！"

两个哥哥便急急忙忙奔去找鞋匠师傅了，可没人能接这个活儿。他们又去找那个当兵的了，可他拒绝了。这时，伊万·斯特列内却说：

"你接吧，但之前你要求先给两车金币。"

正在当兵地得到了该得的报酬时，伊万·斯特列内又飞到了邪恶王国并带回了她们穿的那种皮靴。

美丽的少女们一看见自己的皮靴，更高兴了："他准是在这儿的某个地方。"她说：

"喏，现在再给我们每人做一条那样的头巾吧。"

这次，两个哥哥谁也不找了，直接去了当兵的那里。

"再做三条头巾吧，真是没出息！"

天亮前，伊万·斯特列内把她们的头巾也搞来了。

当时，美丽的少女们便一个劲地盘问那个当兵的，这一切都是谁给他做的。

他就照实讲了。

于是，她们就去找国王了……

"就是这个人把我们救了，"她们说道，"而他的两个哥哥是背信弃义的人……"

伊万王子被传唤来，详细地询问后，证实情况确实如此。

于是，国王下令将两个哥哥捆到未经训练的马尾巴上，将他们分尸了。而伊万王子娶了最小的美丽少女，过上了幸福快乐的生活。

关于小黑人的故事

有一个庄稼汉，不仅养活不了他自己，连他的小孩子都没什么吃的，这个庄稼汉却有个有钱的哥哥。就是这样——穷人有好几个孩子，而有钱人却没儿子。一次，有钱人遇见穷人，说道：

"兄弟，替我求求上帝，或许，上帝会赐予我个儿子，那时，我就让他管你叫教父①。"

"好吧。"穷人说。

从那时起，过去大约一年的光景。这时，穷人从人们的口中得知，有钱人家里生了个儿子。他走到妻子面前说：

---

① 天主教、正教及新教某些教派新入教者接受洗礼时的男性监护人。

"你知道不，哥哥可得了个儿子。"

"真的吗?"

"真的! 我这就去哥哥那儿，因为他说过，如果上帝赐予他个儿子，他就让儿子认我为教父的。"

而妻子却说:

"你不要去，当家的，如果他想让儿子认你为教父，他自己就会来接你的。"

"不，我是一定要去的，哪怕看看教子也好啊。"

他去了。说话间就到了。他们哥俩在桌旁坐好，聊了起来。突然，来了个有钱的邻居，得把有钱人安排在上座啊。所以哥哥对弟弟说:

"你挪挪吧，弟弟，让那个人坐这儿。"

弟弟动了一下。又来了一个有钱的邻居，于是哥哥又说了句"挪挪吧"，然后，屋子里装满了来的有钱人。先前哪怕是坐在桌边也好，现在可倒好，连门槛旁边都没有他待的地方了。

现在，哥哥宴请那些有钱人，可没有招待自己的穷弟弟。富人们喝得醉醺醺的，胡说八道一气，可穷人却滴酒未进。他摸了一下口袋，那里还有些瓜子。他拿出一些，嗑了起来，好像酒后吃点儿东西一样。这时，那些有钱人发现了他手里的瓜子。

"给我们点儿!"他们说。

"拿吧。"他说。

一个人给自己抓了一把，而另一个人又把手伸过来了，接着是第三个人……就这样，全抓光了。穷弟弟又坐了一会儿，便腹中空空地回家了。

他回到家，妻子便问:

"哎，怎么样?"

"是啊，跟你说的一样。既没让我做教父，也没吃到富人们的残渣剩饭，不仅如此，还把我的瓜子都给拿走了……"

穷人从前是个乐师，一个小提琴手。一个星期天，他拿起小提琴，开始痛苦而忧伤地拉了起来。孩子们一听到琴声，便开始跳起舞来。突然间发现有小黑人与孩子们一起跳舞，而且，还不止一个。穷人觉得奇怪，便不再拉了——而那些小黑人飞快地冲向炉子下面，聚在一起，彼此拥挤着，他们实在太多了。于是，农民便问：

"你们都是什么人哪?"

而那些人从炉子下面，用细微的声音回答说：

"我们嘛——都是小黑人!"

农民沉思了一下，说道：

"这就是我穷的原因哪，在我家里有了你们这么些小黑人!"

接着，他又问：

"怎么，你们待在炉子下面快乐吗?"

他们却回答：

"根本不快乐! 那么拥挤，简直糟透了! 难道你没看见，我们繁殖得多快吗?"

"既然这样，"穷人说，"你们等一下，我一定给你们找到一个宽些的窝儿。"

他飞快跑去拿了一个大桶，拿进屋内，并且对那些小黑人说：

"钻进里面去!"

他们刚开始往里爬，就都要往外跑。

这时，农民抓起桶底，尽快将桶塞住，用车把桶带到了地里，然后便扔到那儿了。他回到家，对孩子们夸口说，他是如何摆脱那些小黑人的!

"等着看吧，"他说，"或许，但愿上帝保佑，我们的家境会好起来的。"

过了半年左右，也可能更长些时间，穷人的家境蒸蒸日上，连那些有钱人都开始羡慕他，对他刮目相看了。不管他干什么，都很成功；不管他卖什么，笔笔都赚；他在地里播种黑麦或小麦，那庄稼长得啊，麦穗儿又多又大，都垂到地上了。这样一来，人们都感到奇怪。就说，起初那么一个穷光蛋——连孩子都吃不饱，现在的日子却过得如此富裕！

嫉妒心支配着有钱的哥哥，他来到弟弟家问：

"你的家境处处成功、顺畅，这是怎么回事啊？"

"是因为没有小黑人了。"

"那他们躲哪儿去了？"

"我把他们赶到一个桶里，把他们拉到野外扔了。"

"扔到什么地方了？"

"你看，就在那边的沟里。"

于是，富人赶快跑到那儿，那里还真有一个桶。他将桶底打掉，许多小黑人从里面蜂拥而出。

这时，他对那些小黑人说：

"你们最好到我弟弟家，他已经富起来了。"

可小黑人却说：

"不去，他良心不好，瞧，他把我们都攒到什么地方来了？可你是个心地善良的人，所以，我们要到你那儿去。"

有钱人想拼命逃跑，躲开他们，然而，那些小黑人却穷追不舍地跟着他，直至到了他的农舍。也就是他们在他家安下身来之后，这个有钱人变得一贫如洗，比当时他那个穷弟弟还要穷。他真是后悔啊，可为时已晚了！

金发女郎雅列娜

有一天，一个男子汉在各地蹒跚而行，想给自己找个媳妇。他来到一个女占卜人那儿，而她却对他说：

"你走吧，去寻找金发少女雅列娜吧！"

于是，他就动身去找了。

他找啊，找啊，可没能找到。这样他便去找太阳问，他是不是在什么地方见到过金发少女雅列娜。太阳却说：

"我照耀群山和峡谷，而这样的雅列娜却没有遇到过！"

不过，太阳给了他一个金线团儿说：

"今后一旦有什么需要，你就把这个线团儿扔到你的身后。"

接着他又去找月亮。可月亮回答说：

"我发出的光很弱，而且仅在夜里，还不是所有地方都能照到。我哪儿都未发现那样的雅列娜！"

月亮给了他一个小刷子，说道：

"假如你发生了什么不幸的事情，你就把小刷子扔到自己的身后。"

后来，他又去找风了。

风说：

"去吧，你的金发少女雅列娜让三十个长着铁舌的老太太囚禁着呢。"它说，"你不摆脱那些老太太，你是得不到她的。而现在，你给这里的一个女占卜人做工去，她会给你一匹能在空中飞行的马，这样，你便可以与你的雅列娜一道远走高飞了！"

风一边给了他一把扫帚，一边说：

"如果你遇到什么不幸的事情，你就朝你身后挥挥这把扫帚。"

然后他去找了那个女占卜人，可她却说：

"如果你去给我放牧这匹牝马，我就把那样的马给你！"

于是，他就把那匹牝马赶到树林里放牧去了。突然，夜里响起了巨大的轰隆声，刹那之间，牝马消失得无影无踪……当时出现了许多狐狸，它们跟他一起去了那个女占卜人那里。而她正坐在篮子里的几个蛋上抱窝呢。这时，狐狸将她从篮子里拖出来，蛋被打碎了，从那些蛋里飞出了那匹牝马，带了三个小马驹。这时候，女占卜人给了他一个小马驹，说道：

"金发少女雅列娜在那些老太太的一个玻璃桶里，你带她和大桶一块儿走，但你到家前不要把大桶打开！"

这时，他便来到了那三十个老太太那里。他到的时候，那些老太太正在睡觉。他在大桶里看见了金发少女雅列娜，一把抓住她，骑上马便疾驰而去。而长着铁舌的三十个老太太整整睡了二十四个小时，然后才起床。可雅列娜已经不在了，他们去追赶那年轻人。这时他听到喧嚣声——那是老太太飞在他身后追他。这时，他向身后扔了那把小刷子，一瞬间，长出了方圆七十多里的密林。老太太们开始咬啊，咬啊，咬断了那片树林，她们又要赶上他了。

他又听见了喧嚣声。于是，他把那个金线团儿扔到了自己的身后——立刻长出了一座石山。可是老太太们将石山咬出一个窟窿，再次追了上来。这时，他已经骑马驰向海边。他用扫帚拍了一下大海——大海在他面前分开了，他开始走过陆路，之后回转身，又用扫帚顺海面一拍——瞬间大海又合到了一起。而老太太们全淹死在了海里。

可是，有个国王也骑马沿路飞驰而来，他赶上了那个男子汉，与他展开了搏斗并抢走了金发少女雅列娜。而国王的马正是那个女占卜人的马，这两匹马彼此商量了一下，于是，国王的那匹马将国王摔倒在地上，这样国王就摔死了。而男子汉与金发少女雅列娜，幸福地回到了家。

神　蛋

当百灵鸟称王的时候，老鼠也称了王。它们有自己的田地，在地里播种小麦。当小麦熟了的时候，它们就开始分粮食。结果是剩下一个多余的麦粒。老鼠说：

"把这个麦粒给我吧！"

而百灵鸟却说：

"不行，给我！"

它们开始考虑，该怎么办呢？得找个人打官司啊，可又没有比它们大的，没谁可请教的。于是，老鼠说：

"最好我将它咬成两半。"

百灵鸟同意了。于是，老鼠抓起麦粒放进嘴里，跑进了鼠洞。这下可把鸟王惹急了，它召集了所有的鸟类，想对鼠王开战，而鼠后召集了所有兽类，也开战了。它们进了树林，只要野兽打算弄死哪只鸟，哪只鸟便飞到了树上；或者，那些鸟飞着，开始攻击那些野兽。它们就这样打了整整一天，而晚上，则停下来休息了。鼠王环顾了一下周围，发现战场上没有蚂蚁，便吩咐它们，在傍晚之前必须赶到。蚂蚁出现了。鼠王吩咐它们在夜间爬上树，将准备过夜的鸟身上的羽毛全都啃光。

第二天，天刚刚放亮，鼠王喊道：

"好了，起床战斗！"

不管哪只鸟要飞，便会落在地上，而野兽都会把它撕得粉碎。最终，鼠王打败了百灵鸟王。

一只鹰发现情况不妙，便栖息在树上，没有起飞。突然，一个猎人途经这里。他看见树上一只鹰，便朝它瞄准。这时，那只鹰开始求他：

"别射杀我，在你身处于特别不幸的时候，我会对你有用的！"

猎人第二次朝它瞄准，而鹰再次求他：

"你最好收留我，将我养大，你将看到，我会为你效劳，好好报答你的！"

猎人又举枪，第三次向它瞄准。那只鹰还是苦苦求他：

"噢，亲爱的大哥！不要射杀我，最好收下我，我会对你大有用处的！"

猎人相信了它的话。他爬上树，从上面取下鹰，并把它带回了家。

可鹰又对他说：

"请给我肉吃，我的翅膀暂时尚未长好。"

那家主人有三头牛：两头母牛和一头公牛。为了鹰，主人就杀了一头母牛。鹰用了一年时间把它吃完了，对主人说：

"放我飞一飞，我看看，我的翅膀是不是长好了。"

他把鹰从农舍里放了出去。鹰飞到中午时回到了主人的农舍，并对他说：

"我的力气还不够，你再给我宰一头不产崽儿的母牛吧！"

主人听了它的话，便把母牛宰了。这样，那只鹰又用了一年时间吃了那头母牛，再次飞向了天空！它差不多飞了一整天，到晚上才飞了回来。鹰对主人说：

"再把那头公牛也宰了吧！"

主人在想："怎么办？宰还是不宰？"然后说道：

"损失的已经够多了，就把这头公牛也杀了吧！"

他马上就把公牛给鹰杀了。那鹰在一年内吃完了公牛，之后就飞走了。它飞得高高的，就在乌云下面。它又飞回来对主人说：

"谢谢你啊，主人，是你把我养大的，现在坐到我身上吧。"

主人问：

"这是为什么啊？"

"你坐下吧！"鹰说。

于是，他就坐下了。

鹰带着他紧贴着乌云飞，然后向下俯冲。主人跟着它向下飞，没等他落到地面，又把他抓了上去，问他：

"喂，什么感觉呀？"

他回答说：

"当时，我好像吓得半死！"

而鹰却对他说：

"当时，在你向我瞄准的时候，我也是这种感觉。"

接着，他又说：

"来，你再坐上来。"

主人不想坐在鹰的身上，可没有办法——还是坐了上去。鹰又将他带到乌云里，又从乌云下将他扔了下来，然后又将他拉起来，大概，离地面也就 4 米的样子。然后问他：

"喂，什么感觉呀？"

这时，猎人说：

"我就觉得，似乎我全身的骨头都散架子了。"

于是，鹰对他说：

"当你第二次朝我瞄准的时候，我也是那种感觉啊。来吧，你还得坐上来！"

猎人坐了上去。鹰甚至将他带到了云层之外，接着把他放了下来，眼看就要接近地面的时候，又将他拉了上去。然后问道：

"喂，当你落向地面的时候，有什么感觉呀？"

这时，猎人回答他：

"我就觉得，我仿佛已不在这个世上了。"

于是，鹰对他说：

"当你第三次朝我瞄准的时候，我也是同样的感觉啊。"

然后，鹰说：

"现在，我们彼此之间两清了，谁也不欠谁的了。请坐在我身上，去我家做客吧。"

他们飞呀，飞呀，最后飞到了它的叔叔家。这时，鹰对主人说道：

"你到茅屋去，当有人问你，比方说，你是否看见我们的侄子了，你就回答：'如果你们给我神蛋，那么，我就把它带来。'"

他走进了茅屋，这时有人问他：

"你是自愿来的呢，还是迫不得已来的？"

他回答它们说：

"善良的哥萨克只是自愿往来。"

"那你听没听说有关我侄子的消息？它去打仗已经三年了，可却没有它的一点音讯。"

于是，他便对它们说：

"如果你们把神蛋给我，我就把它带来。"

"不，最好你从未见过它，也比把神蛋给你强！"

鹰对他说：

"那咱们就往前飞吧。"

他们飞呀，飞呀，飞到了它的哥哥家。这时，鹰对主人说了对它叔叔的同一番话，可它们还是没把神蛋给他。

他们又飞到它的父亲家。这时，鹰对猎人说：

"你去茅屋吧，当它们刚开始向你打听有关我的情况时，你

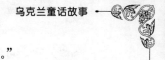

就说，嗯——比方说，见过它了，你能将它带来。"

他走进茅屋，它们问他：

"你是自愿来的呢，还是迫不得已来的？"

他回答它们说：

"善良的哥萨克只是自愿往来。"

又开始盘问他了：

"你见过我们的儿子了吗？已经第四个夏天没有它的消息了。它到什么地方打仗去了，或许，它已经被打死了。"

而猎人却说：

"我见过它了，如果你们给我神蛋，我就把它给你们带来。"

这时，鹰的父亲问：

"神蛋对你有什么用？最好我们给你一大笔钱。"

"我不要钱，"他说，"把神蛋给我吧！"

"那么这样，你去把它给我们带来，那时，我们就会把神蛋给你。"

他将鹰带进茅屋，爸爸妈妈一见到它，高兴极了，便将神蛋给了猎人，同时说道：

"你可要当心，别在路上的什么地方把它打碎了。你一回到家就要做一个大围墙，在那儿把神蛋打碎。"

他就这么走呀，走呀，太渴了，真想喝点水！他加快脚步来到井边，刚开始喝水，突然在无意之间，咣啷一声碰到了水桶上，将神蛋打碎了。一头牲口刚开始从蛋里向外爬，它爬呀，爬呀，一个劲儿地爬。他就往里赶那头牲口：刚从一边赶过来，牲口又跑到了另一边。这个可怜人喊了起来，一个人无论如何也应付不了啊！突然，一条蛇爬近他的跟前，说道：

"主人，如果我将这头牲口给你赶回蛋里，你会给我什么呀？"

他对蛇说：

"是啊，可给你什么呢？"

蛇请求说：

"把你不在家时，出现的那个东西给我吧？"

"可以，我给你。"他说。

这时，那条蛇将牲口赶回神蛋里，将神蛋封得严严实实的，递到猎人的手上。

他回到了家里。而他不在家时，儿子出生了。他一下子抱住了儿子的头：

"哎呀，我的儿子啊，是我把你送给了那条蛇的啊！"

他和妻子一起伤心不已。然后，他们说：

"伤心有什么用呢？眼泪解决不了忧愁！不管怎样，也得想法活下来。"

他围起一个很大的圈，将神蛋打碎，放出了牲口，从此富了起来。他们就这样打发着日子，可儿子已经长大了，给他起了个名子叫伊万。

不过，伊万说：

"爸爸，这可是您自己将我交给蛇的，这是毫无办法的事情，我们怎么也得活下去啊！"

在这种情况下，伊万就去了蛇那里。

他走近它，可蛇却说：

"如果你能给我完成三件事，你就可以回家了；如果完成不了，我就把你吃掉！"

蛇家的周围，不管你往哪儿看，都是沼泽地上的一片大森林。这时，蛇对他说：

"你要用一夜的时间，将这片森林连根拔掉，并开出一片耕地，种上小麦。收割以后，捆成捆儿；在一夜之内用收割下来的小麦，给我烤成大圆面包：当我起床的时候，大圆面包就应当放在我的桌子上。"

他走向一个水塘，心里闷闷不乐。离那里不远处有一个石头柱子，蛇的女儿被囚禁在砌死的柱子里。他哭着走近那里。

这时，蛇的女儿问他：

"你为什么哭啊？"

"我怎么能不哭啊？"他说。"蛇交给我一件永远都无法完成的任务，而且还说，让我用一夜的工夫。"

"究竟那是什么任务呀？"

他对它讲了。

而它对他说：

"这不过是刚刚开了个头儿，更难的还在后头呢！"

接着，它又说道：

"如果你同意娶我，我就为你完成它吩咐你所要做的任何事情。"

"好吧，"他说。

"那现在你去睡吧，"它说，"明天早晨你早些起床，把大圆面包给它带去好了。"

你瞧，它进了森林，发出一声呼啸——就在这时，整个森林都嘎吱嘎吱地响了起来，并随着发出了劈啪劈啪、震耳欲聋的爆裂声。接着，在原处已经出现了一块地，进行了播种。在黎明之前，它已经将大圆面包烤好，交给了他。他将大圆面包送到了蛇的家，并放在了桌子上。

蛇醒来了，它来到了院子里，发现取代森林的是一片收割过的庄稼地，还有一些码成垛的柴火。

"行，你完成了！可你要当心，还得完成第二件事儿呢！"它当即命令他："你给我挖走那座大山，使第聂伯河沿着那个方向流，然后，在河的附近建起粮仓，让拜达克式货船能靠近这些粮仓，你可以做那些小麦买卖。明早我起床时，会看到这一切都准备得妥妥当当的！"

他又一边向石柱走，一边哭。这时，那蛇的女儿问他：

"为什么哭呀？"

他将蛇要他做的事情，一五一十地全都告诉了它。

"这不过是刚刚开了个头儿，更难的还在后头呢！你睡吧，我会把一切完成的。"

这时，它发出一声呼啸——结果，那山就被挖走了，第聂伯河流经那里，河的附近建起粮仓。它来了，把他叫醒，让他将粮仓里的小麦卖给商人，用拜达克式货船拉走。

蛇醒来一看，它吩咐的事情都已完成，便第三次预先说定：

"今天夜里，你给我捉只金兔子，在明早回家前，早点带给我。"

他又一边走向石柱，一边哭着。这时，那蛇的女儿又问他：

"喂，它又让你做什么了？"

"让我捉只金兔子。"

"这才是难办的事啊！谁知道怎么捉呢？不过，我们到悬崖那边看看，或许会捉到。"

他们来到了悬崖，这时，它对他说：

"你站在洞口上面——你负责抓，而我去把它往洞外赶。只是你得注意：不管从洞内出来什么，你都要把它抓住——它就是那只金兔子！"

这样，它就去赶兔子了。从洞里爬出来一条蝰蛇，咝咝叫着。他放它过去了。少女从洞里出来，问他：

"怎么样，没什么爬出来吧？"

"是啊，没什么，"他说，"有条蝰蛇爬出来了。我以为，我把它吓着了，可也许它会咬我，所以，就把它放过了。"

它却对他说：

"你真该死！因为这就是那只金兔子呀！喂，你可要当心，现在我还要进去，如果有什么人出来对你说，这儿没什么金兔子，别相信他的话，而要将它抓住！"

它又钻进洞里，又在往外赶。突然，出来一位上了年纪的老婆婆，问小伙子：

"孩子，你在这儿找什么呀？"

"金兔子。"

这时，她对他说：

"这里怎么冒出个什么金兔子呀？这儿根本没有！"

她说完就走了。这时，少女出来问他：

"喂，还没有金兔子吗？没什么人出来吗？"

"不，"他说，"倒是出来一位上了年纪的老婆婆，她问我在找什么，我就告诉她在找金兔子。可她却说，这儿没有，于是，我就放她过去了。"

这时，它说：

"你为什么不将她抓住呢？这就是那只金兔子啊！得啦，现在你就永远别再想抓到它了。只好我自己变成一只金兔子了，你把我带去，放到它的椅子上，可千万别放到它的手上，如果你交到它的手上，它就会认出来，将你我都撕得粉碎的。"

它就这样做了：自己变成了一只金兔子。而伊万带着那只金兔子，将它放到蛇的椅子上，对雌蛇说道：

"给您兔子，我要离开您。"

"好吧，"它说，"你走吧。"

他总算是走了。而蛇刚刚从家里出去，那只兔子又变成了一位少女，跟在他的身后。他们一同飞跑起来，他们跑啊，跑啊……而雌蛇看了看，发现那不是兔子，而是它的女儿，便要在后面追赶，想将他们撕得粉碎。然而，蛇自己并没追，而是派了自己的丈夫去追。雄蛇在他们后面追，他们听见，大地在嗡嗡作响……于是，蛇的女儿说：

"这是来追我们的，我要变成小麦，而你是一位看守我的老大爷。要是有谁问你:'你是否看见一个小伙儿带一个姑娘从这里过去了'时,你就对它说:'还在播种小麦时,就过去了。'"

就在这时,雄蛇追过来问老大爷:

"有没有一个小伙儿带一个姑娘从这里经过?"

"过去了。"

"过去很长时间了吗?"

"是啊,还是在播种这些小麦时就过去了。"

这时,那雄蛇又说:

"这些麦子该收割了,可他们是在昨天才失踪的。"

于是,那雄蛇便回去了。

蛇的女儿又变成了少女,而老大爷也变回了小伙子,他们继续向前跑去。

雄蛇飞回了家中。雌蛇问它:

"怎么,没追上?路上一个人都没遇到吗?"

"不,遇到了,"它说,"一个老大爷在看守小麦。我问他,是否见到一个小伙儿带一个姑娘从这儿过去了?可他却说,早就过去了,还是在播种小麦的时候。而那些麦子正是该收割的时候。所以,我就回来了。"

这时,雌蛇对它说:

"那你为什么不把那个老大爷连同小麦一起,撕个粉碎?这就是他们变的。快去,再去追赶他们,这次一定将他们撕个粉碎!"

雄蛇飞走了。小伙儿和姑娘听见那条雄蛇又来追赶他们,甚至连大地都在嗡嗡作响。于是,小蛇说道:

"哎呀,它又飞回来了!我要变成一个年久失修的修道院,眼看就要倒塌了,而你则变成一个修道士。若有人问你:'见没见到,比方说,那样的一些人?'你就说:'见过,当这座修道院正建的时候。'"

说话间，雄蛇飞来了，问修道士：

"有没有一个小伙儿带一个姑娘从这里经过啊？"

"有哇，"他说，"当这座修道院正建的时候。"

雄蛇说：

"可他们是昨天才失踪的，而这座修道院，恐怕已经建了一百年了。"

雄蛇说完，便返回去了。

雄蛇回到家时，告诉雌蛇：

"我看见一个修道士，在修道院旁边走来走去，便问他，可他却说，那两个人过去了，或许是在修道院正建的时候。可是，那座修道院已有一百年的历史了，而那两个人是在昨天才失踪的。"

这时，雌蛇说道：

"你怎么不将那个修道士撕得粉碎，把那座修道院也摧毁了？要知道，那就是他们变的啊！哼，现在，还是我自己去追吧，你干什么都没用！"

于是，它就跑了起来。

瞧，它在跑……那两个人听见——大地在嗡嗡作响，在闪闪发光。少女对小伙子说：

"哎呀，我们现在完了：因为是它亲自来追我们啊！来，这样，我将你变成一条河，我自己则变成一条河鲈。"

雌蛇跑来，对河说：

"怎么，他们逃跑了？"

就在一刹那间，雌蛇变成了一条狗鱼，拼命地去追河鲈，想把它抓住；而河鲈掉转身，用带刺的鱼鳍刺向它，所以，那条狗鱼未能将它抓住。

狗鱼追呀，追呀，还是抓不住河鲈，它当时想将整条河都喝干。

它开始喝了起来，喝饱了，肚皮都撑破了。

而变成河鲈的少女，对当时变成河流的小伙子说：

"好了，我们现在没什么可怕的了！我们一起到你家去，可是要当心，当你进到茅屋后，你可以亲吻所有的人，但你别亲吻叔叔的孩子。你一吻他就会把我忘了。而我在村里找个人家去当雇工。"

这时，小伙子走进茅屋，与所有人打了招呼，心想："我怎么能不同叔叔的孩子亲吻呢？他们对我准会有不好的看法的。"

他吻了叔叔的孩子，瞬间便忘了自己的那位少女。

他过了大约半年光景，便打算结婚了。人们建议他向一位漂亮的女郎求婚。但是，他忘了从蛇的手中将他解救出来的那位少女，而向另一位女郎求婚了。

到了晚上，就在婚礼举行之前，人们叫一些少妇来烤婚礼用的小圆白面包，把那位同他一起逃跑的那位少女也叫来帮忙了，尽管没人知道，她是一位什么样的少女。她们开始烤制小圆白面包了。那位少女用和好的面烤好了一对鸽子，并把它们放在了地板上——突然，它们活了起来。

母鸽对雄鸽咕咕叫着：

"难道你忘了，为了你，我连根拔掉了森林的所有树木，在那里播种了小麦，用小麦烤制了大圆白面包。你给雌蛇带去了吗？"

而雄鸽咕咕叫着：

"忘了，忘了！"

"难道你忘了，为了你，我挖掉了大山，使第聂伯河流经那里，让拜达克式货船沿河驶近粮仓，然后，你用这些船卖掉了那些小麦？"

"忘了，忘了！"

这时，母鸽又问：

"可难道你忘了，我们是怎么一起去抓金兔子了吗？而你却把我给忘了！"

而雄鸽咕咕叫着：

"忘了，忘了！"

就在这时，小伙子马上回忆起当时关于那位少女、关于正是烤好了一对鸽子的那位少女的全部情况。他舍弃了与他订婚的那位姑娘，而与这位少女结了婚。从此，他们一直生活得美满而幸福。

克罗地亚童话故事

神奇的挂锁

从前，有个可怜的寡妇和儿子相依为命。儿子靠打柴，挑到城里卖掉，买回面包来维持自己和母亲的生活。

一天，他做了一个鸟笼子，在城里卖掉后，便用所得的钱买回面包，回家的路上，路过一个树林时，他遇到了几个牧人在给一条狗下毒，并打算将它杀死。

"不要杀它，"寡妇的儿子开始为那条狗求情，"如果这个小动物惹恼了你们，就把它给我吧。"

"那你给我们什么？把面包给我们吧。"

儿子给了他们面包，便将狗带回家了。

"带回面包了吗？"母亲问。

"没有。可我用面包换了一条狗。"

"咳，儿子啊儿子，我们拿什么喂它呢？连我们自己都勉强维持生活啊。"

"没什么，妈妈。我再做一个鸟笼子，把它卖掉，再去买些面包。"

儿子又做了一个鸟笼子，卖掉后，带着面包回家了。走过树林时，他看见几个牧人准备杀一只猫。

"别碰它！"儿子说："你们用不上，就把它给我吧。"

"那你给我们什么呢？"

"我能给什么呀？我穷的叮当三响。"

"那就把这个大圆面包给我们好了。"

儿子把面包给了他们，拿走了猫。回到家里，母亲问他：

"儿子，带回面包了吗？"

"没有，妈妈。你瞧，我用面包换了一只猫。"

"哎呀，儿子啊！我们自己都没什么可吃的了，而你却换了一只猫。"

"没什么，妈妈，或许，能用猫做点什么事情呢。"

儿子去了树林，他又做了一个鸟笼子，在带回面包经过同一座树林时，他看见那几个牧人抓住一条幼蛇，准备杀它。

这个好心人开始怜悯那条幼蛇，就用面包将它换了下来。回家的路上，幼蛇对他说："在我没有长大之前，你养活我吧，然后，你再把我送回家。"

"你又用面包换回什么了吧。"寡妇迎着儿子说道。

"这条蛇以后用得着的。"儿子回答。

他又去了树林，做了一个鸟笼子。卖掉后，买的面包不仅够她和母亲吃饱，连猫、狗和幼蛇也都吃饱了。以后也是如此，寡妇的儿子养活了全家。

幼蛇长大了，成了一条大蛇。寡妇儿子拿着它，将它送回自己的家。

"听我说，"蛇对他说，"我母亲会感激你的，会给你金银财宝。不过，你什么都不要拿。你要一把挂在门上的锁。这是一把奇异的锁。如果你需要什么，你就敲敲它。这时就会有十二个小伙子出来，你要什么就给你什么。"

当寡妇的儿子将蛇送回家的时候，蛇的父母开始问他，为感谢他的功劳，他需要什么。

寡妇的儿子就像蛇教他的那样回答说：

"把门上的锁给我吧，我再不需要别的什么了。"

"啊，亲爱的，"蛇的父母反问他："你要锁有什么用啊？最好还是拿钱吧。我们的钱你管够拿，只要你能拿走就行。"

"我不需要你们的钱，我就要锁。别的什么都不要。"幼蛇的父母发现，对这个小伙子毫无办法，只好把锁给他了。

寡妇的儿子走了，走不多远，他就敲敲那把锁。这时，立刻有十二个小伙子从里面出来问：

"主人，你有何吩咐？"

"马上送我回家。"

于是，他就身在家中了。母亲感到非常高兴。

"儿子啊，谢天谢地，你回来啦！我还一直担心害怕呢，我都饿坏了。"

"好吧，妈妈，我们再也不会挨饿了。"

他从衣袋里取出锁，悄悄敲了敲，立刻出现了十二个小伙子。

"主人有何吩咐？"

"给我和妈妈，还有猫和狗准备些吃的。"

一眨眼工夫，什么都有了，老妈妈高兴得连嘴都合不上了。

过了一段时间，儿子对母亲说："妈妈，你去见国王，代我向他的女儿提亲。"

母亲十分惊讶，双手轻轻一拍：

"儿子啊，你疯了吧？"

"你去吧，去吧，就照我说的做吧。"

老人家慢腾腾地走着，她想，儿子是不是糊涂了？可是因为他坚持，她也只好向公主提亲了。

"好吧，"国王回答，"既然你儿子要这么做，那我就下令，将女儿嫁给他。你看，那些支撑天空的高山，让他明天天亮前顺风将它们吹散，在目力所及的遥远处，会出现一片田地，在地里会长出小麦；而如果明天，我能吃上用那些麦子做的挂锁形白面包，那就按他说的办。可如果他不能完成我的意旨，我就砍下他的脑袋。"

老人家哭成个泪人儿，回到了家。

"哎呀，不得了啦，儿子！"她哭诉道："你可干了糊涂事儿了！"接着，她讲了国王的意旨。

"别担心，妈妈，一切都会办到的。那样，公主就会成为我妻子的。"

"哎哟，难道可以办到吗？"

"你放心地去睡觉好了，而明天早晨你就会看到的！"当吃过晚饭，母亲躺下睡觉的时候，儿子敲了敲锁，叫来了十二个小伙子。

"你想要什么，我们的主人？"

"这样，让那些高山与平地取齐，使那块地变成良田。然后，在那块地里种上小麦，再用那些小麦做成挂锁形白面包。"

一大清早，老人家带着挂锁形面包去见国王了。

"早晨好，陛下！我给您带来了您所要的东西。"

"现在，回去告诉你的儿子，明天早晨，要把从这里见到的那片树林清除干净，并在那个地方种上葡萄树，明天我要有几串葡萄和一杯葡萄酒。如果办得到，我就将女儿嫁给他；如果办不到——我就砍下他的头！"

母亲回到家，泪流满面地把这一切告诉了儿子，可他只是微微一笑：

"别伤心了，妈妈，你去睡吧，明天你就会看到，这些能实现还是不能实现。"

母亲吃完晚饭便去睡觉了。儿子敲了敲自己那把神奇的挂锁。十二个小伙子出现了，问他需要做什么。

"需要明天在那一片树林的地方，长出一颗葡萄树，我要有几串葡萄和一杯葡萄酒。"

就这样，一切都实现了。

国王起床后，老人家已经拿着几串葡萄和一杯葡萄酒在等他了。

"那么，好吧，告诉你的儿子，如果他所拥有的牲畜跟我的一样多，他拥有的城市像我拥有的一样，我就把女儿嫁给他。如果办不到——我就砍下他的头。"

当妈妈告诉儿子，国王要求他所做的事情时，儿子连想都没有多想，他敲了敲锁，于是，便有十二个小伙子马上跳了出来。

"有何吩咐，主人？"

"将近天明的时候，你们要建起一座绝妙的城市，国王平生见都没见过；这座城里的牲畜和各种各样的金银财宝，应该比国王的还要多。在我王宫的周围要建一座花园，里面种有各种各样的树，让珍稀的鸟类在花园里婉转鸣唱；最后，再把我的王宫与国王的王宫用拱门连接起来。"

一切如愿地实现了。次日早晨，寡妇的儿子在自己的王宫里醒来，吩咐套上六匹马的豪华马车，前往国王的王宫，要带走自己的未婚妻，去举行婚礼。国王举行了盛大的万人宴席，宴会进行了五年。任何人想来就来。吃啊，喝啊，开心极了。快到第三年末的时候，国王的国库匮乏。这时，寡妇的儿子说：

"现在，我来招待整整三年时间。"

于是，又开始举办宴会了。在客人中间，有一位大海之王。他也非常喜欢公主——寡妇儿子的妻子。他觉得特别奇怪，在这座城市里，既不煮，也不烤，而丰盛的食物就自然而然地出现了。大海之王开始观察并且窥探到，寡妇的儿子如何从锁里叫出自己的小伙子们的情形。海王发现了秘诀，就把锁偷走了。

"你有何吩咐，主人？"

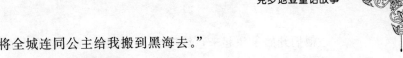

“将全城连同公主给我搬到黑海去。”

果真，一切都遂其所愿。

当寡妇的儿子和客人们醒来的时候，他们发现自己躺在浓密的树丛里。明白所发生的事情之后，寡妇的儿子请求国王，在他找回自己那把神奇的挂锁和妻子之前，收留自己的母亲。

他随身带上狗和猫便动身了。他来到黑海岸边，从远处就看见，在一个岛上耸立着他的城市。

“我可爱的朋友们，”他对自己的狗和猫说道，“看见了吗？那就是我们的城市。我们可怎么才能到那儿呢？”他在岸边坐了下来，由于疲劳而睡着了。而猫和狗开始商量起来。

“我们得救救他，”狗说道，“你不会游泳，可我会。坐到我的背上吧。”这样，它们就到了城墙。

“你不会爬高，可我会，抓牢我。”猫说道。

它们爬过了城墙。猫去了王宫，而狗等着它。猫跑到王宫并偷偷溜到海王的房间。

“喵，喵！”海王以为这是自家的猫，便放它进来了。

猫嗅遍了每个角落，终于找到了锁，它用牙叼着锁钻向门边。

“喵！”

海王的仆人将门打开，猫便消失没影了。狗终于将猫等到了。

“搞到了吗？”

“到手了，咱们快些走吧！”

它们用同样的方法爬过城墙，沿着海面游了起来。快游近岸边时，狗突然嫉妒起来，为什么把锁带回来的不是它，而是猫呢？

“把锁给我！”狗说。

“不给！”

他们开始争斗起来，锁掉了，正好被一条鱼接住，而这条鱼又被猫捉住了。

"把锁还给我，不然，我就把你咬死！"

鱼还回了锁，狗和猫一起上了岸。寡妇的儿子醒来后，叹了口气说：

"唉，我怎么才能到那里啊。"

"我们的主人啊，我们把锁给你带回来了！"

"你们都是好样的！"寡妇的儿子拿到锁，对它敲了敲。立刻跳出来十二个小伙子。寡妇的儿子说：

"把那座城市连同城里的一切，都放回到原来的地方。"

一切如愿以偿。寡妇的儿子去了自己的王宫，受到妻子的迎接。两人热烈地拥抱，开始过上了幸福生活。而海王因为阴险狡猾，寡妇的儿子将他插上橛子①，他就一命呜呼了。

---

① 古代一种刑法。

捷克童话故事

通向幸福之路

伊尔泽克躺在田间，把两手垫在头下，望着天空，夜色真美。湛蓝的天空漂浮着像蒸气一样的云彩，云彩的周边被阳光铸成了一层金黄色。一片寂静，凉爽。在田间，蟋蟀唧唧鸣唱；四周散发出欧百里香的浓烈味道。在离伊尔泽克不远的地方，奶牛在吃草，在奶牛的脖子上系了一个铃，奶牛一动，铃便会叮叮当当地响起来。伊尔泽克的眼睛也像天空一样，湛蓝湛蓝的。而他的脸就像那红润的苹果似的。

伊尔泽克脸朝上躺着，看见一个圆状物支撑着大地的边缘，于是，感到一种甜甜的心痛。他非常渴望去很远很远的地方寻找幸福。

在田地的那边，有一个低矮的小房子，里面住着他的父母和妹妹，而旁边是他的女邻居带着她的儿子瓦茨拉夫——自己的朋友。每天早晨，伊尔泽克下地干活，勤勤恳恳；而在黄昏时分，带着自己的爱马放一会儿牧，就在这个时候，天晓得一些什么念头钻进了他的脑海里，似乎有个什么蠕形动物，爬进了他的脑子里。

家乡的一切都不能使他快乐，什么都不能使他得到安慰。他想，哪怕他得到不多一些幸福，他就用不着那么汗流满面地挣点自己的口粮了。一这么想着幸福的时候，幻想就为他勾勒出一幅令人心醉的画面。

有一次，他躺在地上，幻想看到自己的美梦变成现实，却突然有一个弯腰驼背的老太婆出现在自己的面前，这个老太婆他以前从未见过，尽管他认识附近的每一个人，正像每个人都认识他伊尔泽克一样。这个老太婆会从哪儿来的呢？大概，是从很远的地方。她走到这儿得付出多少辛苦啊，那么瘦小，好像都可以将她折叠起来，使她服服帖帖的。

伊尔泽克微微欠起身子，问老人家，她去哪里以及需要什么。

"我哪儿都不去，也什么都不需要。高兴要走的倒是你啊。"老太婆用她那没有牙的嘴含糊不清地回答说。

伊尔泽克惊讶地看了看她。为什么她会知道，他要高兴地从家出走呢？他更为惊讶的是，这时，老太婆一字不差地讲述了他全部的秘密和向往。

"莫非您了解我吗，老奶奶？"伊尔泽克问。

"我怎么会不了解你呢，傻瓜，那还是我站在你摇篮旁边的时候！要知道，我是你的命运之神啊。"

"那您可需要我做什么呀，老奶奶？因为我理想的幸福，您是不能赠送给我的。"

"赠送还是不赠送，反正我以后还要来的，好向你指明通向幸福的道路。"

伊尔泽克站起身来，他似乎觉得，周围的一切都在旋转。他忘记了爱马，跟在老太婆后面，沿着田间向树林走去，他十分惊讶，她在前面走着，脚步那么轻盈，好像在飘，两脚并没有接触地面似的。

牧人遇见了伊尔泽克和老太婆，便在村子里讲述了发生的这

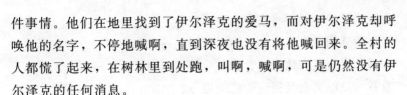

件事情。他们在地里找到了伊尔泽克的爱马，而对伊尔泽克却呼唤他的名字，不停地喊啊，直到深夜也没有将他喊回来。全村的人都慌了起来，在树林里到处跑，叫啊，喊啊，可是仍然没有伊尔泽克的任何消息。

村民们纳闷，这个年轻人发生了什么事情呢？他不可能钻到地里去呀；那么一个瘦弱的老太婆，也不可能将一个那么强壮的小伙子掐死啊！

时光日复一日地过去了，可伊尔泽克还是没有回来。父亲的脸色比黑夜还要阴沉，母亲哭坏了双眼，而小妹妹阿努什卡每天晚上都要到伊尔泽克赶着爱马去的地里等着哥哥回家。一个上了年纪的乞丐告诉她，伊尔泽克在失踪的地方被施了魔法，所以，她相信了他说的话。

利用一个谁都没有看见的机会，阿努什卡像同一个聪明人聊天似的，问哥哥的爱马关于哥哥的事情，同时，仔细地望着月亮，希望在月亮那里找到难解秘密的谜底，她又询问天上的繁星，然而，谁都不能解释这些谜。伊尔泽克似乎真的钻进地里去了。

与此同时，伊尔泽克发生了这样一件事情。他跟着命运女神来到树林，过了树林又来到一个花岗石山岩，山崖上长了一棵百年松树，而在树下的阴影处，长着蕨菜，那儿有股泉水叮当作响，泉水像水晶那么清澈透明，他们在那儿停了下来。

"这股泉水是流经你们村小溪的源头。"命运之神说道。"你从里面取一块小石子保存好。如果你想家和想到自己的贫穷，你就将这块小石子扔在身后想想我，而现在你走吧。"

伊尔泽克感到一阵心痛。他凝视一眼老太婆，她的眼里放射出善意的光芒。他望了一眼树林，树林立在那里，犹如晚会用的很多酒杯。

"怎么办，是走还是留下？"他在考虑："难道幸福已经抓在自己的手中，还要将它放走不成?!"

他感谢了命运女神，山岩按照她的手势分开了。伊尔泽克进去后，岩石又在他身后合拢了。他向四周打量了一眼，发现自己身在一处绝美而又完全陌生的地方。

"上帝的世界多美啊，"伊尔泽克心想，用手遮住眼睛，免得阳光刺眼。

天气晴朗，天空没有一丝云彩，瓦蓝瓦蓝的。伊尔泽克走在林中小道上，然后来到了林中空地，看见了一座犹如白雪一样的城堡。

伊尔泽克朝那里走去。两扇门旁站着四个人。看到伊尔泽克，他们向他走去，高兴地欢迎他。

"你在走向巨大的幸福，"他们说道，"我们的主人死了，可他没有子嗣。他最后一个愿望是，让从北方来、走出树林的第一个行人成为他的继承人。你命中注定是这一继承人。我们欢迎你，我们等待和盼望好久了。"

进入城堡以后，伊尔泽克对其豪华惊叹不已。白色的大理石，金织品的墙壁，柔软的地毯，豪华的家具，所有这一切都让这个青年人目不暇接，惊叹不已。从花园里，透过开着的窗户散发出一股奇妙的芳香。

仆人把一切贵重的财宝都给新主人做了展示：金银和天然宝石，每个仆人争先恐后地向他大献殷勤。拿出了美食和饮料，而这些是伊尔泽克在梦里都没梦到过的。总之，周围的一切都好像是梦，虽然，伊尔泽克清醒地认识到，这一切并不是梦。他也深知，他具有足够的智慧和长处，扮演一个大老爷的角色，不会有损自己的尊严。白天给他的印象太强烈，也使他过于疲劳，他躺在了被贵重的幔帐围起来的柔软床上，沉浸在宁静之中。他在梦中梦见，他得到了不同寻常的幸福。

早晨，许多来访的人在等他。听完他们的讲话，伊尔泽克觉得无聊和疲倦。这是在他社交场合留下的第一个阴影。

晚上，他去花园呼吸一下芳香的空气。这时，他觉得心被刺痛了一下，但他很快克服了这种感觉。当他拥有了内心所希望的一切东西时，却感到一种可怕的寂寞。

日子一天天过去。伊尔泽克认识了许多人，每天都察觉到某种不让人愉快的事情：欺骗，阿谀奉承，敷衍塞责。这一切都令他心灵的向往变得黯然失色。

他常常想起父母和可爱的妹妹阿努什卡。

现在，他不能像从前在地里那样，脸朝天的躺在地上，两手垫在头的下面，眼睛望着天空……而现在，经常围前围后的人，对他来说，完全是一些陌生人。

"幸福实际上是什么呢？"伊尔泽克思索着："幸福不在于财富和豪华。我在家乡里缺什么呢？我什么都没有——就是什么都有了。在我身边的都是我最亲爱的人，还有我的工作。可现在，我什么都有了——却什么都失去了。没谁爱我，只会向我阿谀奉承。我什么都不做，吃的，喝的却都是现成的。我没有靠劳动挣来的真正属于自己的东西。在家里时我劳动，晚上在田间休息，躺在柔软的草地上面。而通常是晚饭前回家，那清淡的面糊和抹上奶油的黑面包，又该有多香啊！这还不是幸福吗？"

他付出多高的代价都在所不惜，哪怕有瞬间让他待在家里，看看那里都在做些什么。可是，家实在是太遥远了。他千里迢迢离家去追求幸福，而幸福，此刻是如此的近，就在你的身边，就在家中。

多少次，他突然中断了将小石子扔向身后的冲动，假如他将金子随身带走，还是蛮不错的。可是，命运女神说，他回家的时候，应当像离家时一样，仍然是个穷人。伊尔泽克瘦了，脸色也苍白起来。他没有了食欲。马匹、豪华马车以及仆人没有使他得到半点安慰。他思念家乡，毫无结果地与自己斗争着。

终于，他再也无力抗争了。从他在城堡住下已经过去了一年，于是，他想起了命运女神，便将小石子扔向了身后。

　　就在这一刹那，伊尔泽克失去了知觉，而当他清醒过来时，却发现自己站在幸运女神的身边，她在花岗岩岩石旁，上面生长着一棵松树，而下面则是蕨菜。

　　"现在你知道，什么是幸福了吧？"老太婆问，善意地微笑着。

　　"是啊，我现在认识到了，"年轻人回答说，"我是身在福中不知福啊。"

　　老太婆不见了。伊尔泽克则向家中跑去。他回家的消息，绘声绘色地在村子传开了。

　　父亲和母亲高兴得差点儿昏死过去，阿努什卡也是笑容满面。

　　伊尔泽克的朋友瓦茨拉夫和全村的人，目瞪口呆地听着他经历的冒险故事，对他拒绝财富、重新回到贫穷的决定深表钦佩。

　　然而，伊尔泽克凭经验深知，再没有比爱周围的人更为幸福；再没有比劳动更为巨大的财富了，因为劳动可以增进人的健康，可以使一个人得到赞许。他听了伙伴们的感叹十分平静，一刻也没有后悔失去的东西。

　　有时，他带妹妹去那具有魔力的山岩，曾几何时，那山岩在他面前曾经裂开过，是让他亲身体验一下什么是幸福。他在那棵百年松树的树荫处，采集了几束美丽的蕨菜花送给了阿努什卡。

克拉克诺斯山的精灵

苏杰克在克拉克诺斯山有一个非常好的庄园，是用圆木建成，座落在一个小山岗上，像个小教堂似的。庄园的后面有个花园，而周围是一片田地，像桌面那么平坦，那样的田地，周边地区的任何人都没有。苏杰克的收成也是出奇的好。

一个人不应该去猜测：过去有还是没有，将来会有还是不会有。

突然之间，灾难接二连三地落到苏杰克的头上，一个比一个苦不堪言。先是发生了一场火灾，由于这场大火，圆木结构的美丽庄园荡然无存。苏杰克还没有从这次不幸中清醒过来，而又一次不幸竟接踵而来。从西边出现黑压压的乌云，很快下起了冰雹和倾盆大雨。河水泛滥，漫出堤岸。收成全泡汤了！冰雹没有打坏的庄稼，又被河水冲走了。这样一来，我们的苏杰克就成了穷人。他在着过火的一块石头上坐了下来，低垂着头，痛苦地思考起来。

"我如今是个一贫如洗的穷人了。上帝给的，又被上帝拿走了。而这都是他的旨意啊！富人与穷人在上帝面前都是平等的。"

当苏杰克这么考虑的时候，一位耄耋老者拄着一根树棍，走到他的跟前。

"老兄，你生活得好吗？"

"不好哇，你自己都看见了。的确，我曾有过，可也都失去了。现在，我既没有吃的东西，又没有住的地方。只好向善良的人求救了。就在不久前，我还要什么有什么，跟贫穷的人分享我有的东西，可现在，灾难和贫穷占了上风，看来，我是肯定摆脱不了了。然而，这一切都是上帝的旨意！我要去找工作。如果上帝帮忙的话，总能找得到善良的人们的。"

苏杰克讲述了自己的痛苦后，心里觉得轻松了。那位老者同情地听他把话讲完了。

"千真万确的真理啊！"老者说。"我本人就不止一次得到过你的施舍。我清楚地记得这件事情，永远都不会忘记。"

"你？"苏杰克觉得奇怪。"不过，我根本不记得你了。"

"这不奇怪，我们穷人很多，到处走，怎么可能记住所有的人呢？可我却没有忘记。因此，假如我能帮助你，那我倒是很高兴这么做。"

苏杰克不由得笑了。

"谢谢你，老人家。你有一颗善良的心。不过，善良的心与鼓鼓的钱包是两回事。可我还是要谢谢你对我的同情。"

"可如果心是善良的，钱包也是鼓鼓的呢？"老者继续说道，善意地微笑着。

"那可太好了。我不要你的馈赠，但不反对借。我可以盖房子，把地管理好。"

"这么说，我可以借给你。不过，有个条件，我借你的那些钱，不可以兑换成零钱。还给我的无一例外地还是那些钱，明白吗？这是一些珍藏的古钱，我没别的钱了。你就拿去吧，这是一百个古金币，你可以数一数。"

于是，老者递给苏杰克一个装有金币的袋子。

苏杰克惊呆了。他解开袋子，看见里面的金币，这才好不容易地相信了自己的眼睛。

"我不知道怎么感谢你才好。"他激动地说。

"没什么可谢的。我很高兴，从父母那里得到的遗产能对你有用。对你做的那么多善事，你是完全无愧的。继续这么做下去

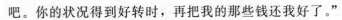

吧。你的状况得到好转时，再把我的那些钱还我好了。"

"我可到哪儿才能找到你呢？"

"在克拉克诺斯树林那儿。当你来的时候，只要喊一声：'苏杰克还债来了！'，那我就会听到的。不过，要记住，这些钱应当如数归还。"

苏杰克依然对这些金币看也看不够，在袋子里翻来覆去摆弄着。他把袋子系好后，想要再一次谢谢好心的老者时，人已经消失得无影无踪了。

苏杰克摇了摇头，这一切事情发生的那么奇怪。然后，他又坐下来，开始数钱。

"正好一百个金币，太沉了。我该怎么办呢？我不能将它们兑换，就是饿死，也绝对不能兑换！或许，用这些金币担保，有谁会给我些钱呢。"

苏杰克就这样拿定了主意。他站起来，进城去了，还是跟从前那样，穿一身旧工作服。他没有别的衣服了，全让大火烧了。路上，他遇见了一位隐士的小木房。

苏杰克向隐士走去，对他讲述了自己的困境，并给他看了那些金币。

"天晓得，我用这些金币担保，谁肯给我些钱呢？"

"用不着到远处去找，你需要多少，我给你。"

苏杰克惊讶地看了看隐士。他无法相信，一个与世隔绝的穷人会有那么多的钱。可是，当隐士拿来一个沉重的装银币的袋子时，他就不得不信了。

苏杰克接受了隐士的钱袋，并想把自己的钱袋给他，然而，老人却把他的手推开了。

"你自己藏好吧，这些钱对你会更有用。这里经常有形形色色的人来来往往，其中有些不怀好意的人。我知道，你是一个诚实人。当你应付得了的时候，再来还债吧。"

　　苏杰克本想反驳来着，可是，小木房和隐士都不见了。苏杰克摇摇头，本以为这一切是在梦中见到的，然而，那两个沉沉的装钱袋子提醒他，这是现实。他抱起两个袋子，迈步向自己家被大火烧过的废墟走去。他将金币藏在地窖里，就着手工作了。他把石匠、木匠和打短工的人召集到一起，于是，他们就热火朝天地干起来了。不久，在小山岗上就出现了一座比从前还要漂亮的庄园，田地和牧场也弄得井然有序，牲畜棚里的畜群一身肥膘，因此，苏杰克看着这一切，感到心花怒放。上帝赐福于苏杰克，灾难和贫穷也悄悄地溜走了，代之而来的是富裕。

　　"应当给两位恩人还债了，愿上帝保佑他们长寿。"苏杰克说。他从地窖取出袋子，开始数钱。真是奇了怪了，竟少了一个金币！苏杰克在周围摸索着寻找，又在自己身上翻了个遍，又将金币数了好几遍——还是少了一个金币。对此，苏杰克感到特别伤心。

　　"那位老者会怎么想我呢？他大概会说，我把钱兑换了。"

　　带着这些想法，他进了树林，在一个小树墩子上坐了下来，将钱袋子放在自己身边，喊道："苏杰克还债来了！苏杰克还债来了！"

　　老者已经站在了他的身旁。

　　"我把你的钱带来了，"苏杰克说，向他表示敬意。

　　"原来如此！我没想到会这么快。"

　　"不过……缺了一个金币。"苏杰克说，由于激动，他没能继续说下去。

　　"其余的都在吧？"老者问道，狡黠地笑着。

　　"除了一个金币，其余的全在。天晓得它在哪儿呢。我像保护眼珠一样保护钱，将它们藏在地窖里，那里谁都不曾去过。今天我取出袋子，一数，结果少了一个。老人家，求你别生我的气，你用金子和银子代替它吧，你想要多少都可以。只是请你不要生我的气，请你相信我，在这件事上，没有我的错。"

"是不是掉到衣兜里了，"老者一边说，一边微笑着。"有时是有这种情况的。你找找看。"

苏杰克将手伸进衣兜里，他的脸红得牡丹似的。那个金币真的在他的衣兜里。

"我跟你说过，这是常有的事。"老者说，继续微笑着。

苏杰克将找到的那枚金币放进袋子里，把袋子递给了老者。

"为了你给穷人做的事情，上帝会加倍还给你的。"他说。

"我试验了你的诚实，对此十分满意。你把这些钱留着吧。如果今后你能像从前一样关心和同情别人，上帝是不会丢下你不管的！"说完，老者就消失了，好像不存在似的。

"不，这位老者非同寻常，"苏杰克推测，"这大概就是克拉克诺斯。"他想说的，可没有说出来。他画了三遍十字，便去找隐士了。

苏杰克走了好久，既没有找到那个小木房，也没有找到那位隐士。他本想喊的，可突然，竟偶然地遇到一个小教堂，在小教堂附近，他见到了那位隐士。

"我在等你呢。"隐士见到苏杰克说道。

苏杰克向他深表敬意，取出另一个袋子，将它还给了隐士，说道：

"你的钱给我带来了幸福。上帝会加倍奖给你的。"

"光荣属于上帝！你以自己的诚实、勤劳、慈善心肠和对上帝的信仰，赢得了这些。把这些钱留给自己，继续做善事去吧。"

说完就消失了。苏杰克向两边看了看，可是，隐士和小教堂，连影儿都没有了。

"我的两位恩人都这么奇怪，"苏杰克想了想，"他们是从哪里来的，又去了哪里呢？看来，只有上帝一个人清楚了。哎呀，我真蠢透了！"苏杰克拍了一下脑门儿，继续说道。"我怎么没有猜到，他们两人是克拉克诺斯山的神灵啊！"

这句话他刚一说出口，便响起了雷声，大地也在颤抖，在他面前站起来一位手拿梭镖、肩上背一个箭袋的英俊猎人。

"不错，你猜对了，那人是我，克拉克诺斯，树林和群山的神灵。我有时出现，来帮助那些善良、诚实和勤劳的人们。"

大地又颤抖起来，克拉克诺斯也跟着消失了。苏杰克激动不已，回家后生活得很幸福。他继续向上帝祈祷，帮助别人，从不忘记自己的恩人——克拉克诺斯的神灵。

金　泉

大千世界里，有些人就是奉行这样一条原则：他们拥有的越多就越想拥有。

许多年以前，有一位纳霍德的老骑士就是这么一个贪得无厌的人。在整个捷克，没有比他更有钱的骑士了。他的所有金银财宝数也数不过来。他的地下室里，一个装满了银子，另一个装满了金子，而第三个地下室装的全是各种各样的珠宝。全副武装的卫队守护着这些珍宝。他拥有的土地和森林那就更多了！从纳霍德向周围四面八方延伸，他的土地望也望不到头。

可是，这一切对贪婪的骑士来说，仍然嫌少，他想拥有的更多，甚至比捷克军政长官本人拥有的还多。他对这件事日思夜想，可也没想出什么办法来。

有一年夏天，傍晚的时候，他出了城堡。当时正是圣约翰节。他一边走，一边想，先是经过一片山谷，后来进了茂密漆黑的树林，他猛然发现，自己已置身于一所老房子旁，这所老房子他以前从未见过，也从未听人说起过。

"这所房子是做什么的呢？又是什么人在这儿住呢？"骑士不胜惊诧，便推门走了进去。

一个瘦削驼背的老太婆站在炉灶旁边，在一个锅里搅拌着什么。她的身旁立着一根拐杖，趴着一只大黑猫。猫的双眼在黑暗中闪闪发光，像两个烧红的煤球。

"你是什么人啊？不经我的允许，干吗来到我的树林？干什么来了？"骑士愤怒地喊道。

"请您宽恕，期望已久的客人，"老太婆回答，"是什么把您这位显贵的老爷带到我这寒舍来的呀？""你先回答我，然后再问。至于我是否回答你，那是我的自由。"

"你的自由，威力无穷的先生，那是你的自由。你不用这么说我也知道，你既有钱又有权势，我知道你内心已久的想法，我也可以助你一臂之力，如果这对你的幸福有用的话。"老太婆说，一边挂着自己的拐杖，一边用她洞察一切的目光望着骑士。

"你认识我？那么你是什么人？"

"我是能洞察现在和预测未来的神人，我可以给你出主意，帮你实现自己的目标。所有的人都知道我。你看，我智慧的源泉都在这口锅里。这里熬着各种药草，像四年生的叶科植物啊，菊花和其他混有五月幼白桦汁的山毛榉啊……"

"如果你真的是无所不能的神人，那么，大概你能找到一种方法，帮我实现孜孜以求的梦想。"

"我会帮你的，只要你的愿望不会给你招来灾祸！因为对一个人来说，他所实现的愿望并不是任何时候都是有益的。"

"可你说过，你知道我是谁，也知道我全部的想法。"

"没错儿，不过，我有一条规则，让每个人自己说他需要什么。你坐那儿吧，先生，告诉我，是什么使你内心苦恼。"

这时，老太婆用拐杖指了指一块石头。

"听我说，万能的老人家，"骑士说道，同时在石头上坐了下来。"我的愿望是：要有数不尽的财富——土地也好，树林也好，我的地下室要装满财宝。可就是这样，我仍然觉得太少。我想成为王国里最富有的人，比公爵本人还富有。"

"这一点我也可以为你效劳，骑士先生，"女巫说，她坐在骑士对面一块石头上。"你注意听好：你的城堡东面的一座山上，有一个山岩，叫多布罗夫斯基山岩。在那个山岩里，在圣约翰节之夜，有个金泉在源源不断地涌出，然后，就在那个山岩里消失不见了。守护它的是土地神，山上的精灵。他们不许任何人靠近这个金泉。然而，你可以在我的帮助下，拿到里面的金子，要多少，拿多少。只是你要记住我的指令。我会给你三朵金色的蕨菜花，蕨菜会在今天夜里开花，你拿着这些花，现在就向多布罗夫斯基山岩出发，围着山岩走三圈。走完第三圈后，你停在北方，把左耳贴在山岩上倾听。如果你听到敲击声和轰隆声，那就说明，小铁匠们、土地神开始工作了。那时，你就快去吧。你用三朵蕨菜花击打山岩三下，把下面的话说三遍：

山岩啊，你坚硬而富有。

开门吧，把金子快给我。

你要牢记这些话，不能搞错了，否则，大祸会马上临头。当你做完这一切之后，山岩就会分开，这时，你便会看见金泉了。从那金泉流出一条金色小溪，而山岩则会马上消失。

你把一个木桶放到金泉下面，等到金水流下来了，你面向月光走，把金水倒向月亮照着的地方，金水便会凝固，变成金锭，让它放在那儿，再快速跑去把桶接满——就这样直到天亮。不过，你要记住：要像保护自己眼珠一样保护蕨菜花，哪怕弄掉一朵——你就注定会死。在那一瞬间，山岩就会合上，那些土地神就会把你杀死。"

贪婪的骑士急不可耐，全身也兴奋得发颤。

"谢谢啦，英明的老人家……你相信我好了，我一定会一字不差地执行你的指令，什么都不会忘记的。如果一切情况如你所说发生的话，我会大大地奖赏你。你现在就给我蕨菜花吧，我就可以跑，不，可以飞去啦！"

"这儿没有蕨菜花，阁下。这些花只有在圣约翰夜才会开放。请跟我去一个阴暗的峡谷，去一个急流方向，你在那里会得到那些花的。"

"瞧，这就是那些蕨菜花，"到了指定的地方后女巫说道，"你的幸福就在它们身上，也许是不幸，这就看你怎么表现了。"

骑士抓过这些花，竭尽全力赶回自己的城堡去了。趁别人没有注意，拿起一个桶，急急忙忙朝多布罗夫斯基山岩奔去。月光照耀着，像鱼的冷冰冰的眼睛。月光照亮了骑士攀登山岩的道路。周围像教堂里一样悄无声息，只有山间溪流的淙淙声打破这庄严的寂静。有时，睡醒的猫头鹰扑打着翅膀，仿佛对这个大胆的过路人极为生气，竟敢破坏自己的安宁。

大约 11 点的时候，疲惫不堪的骑士总算爬上了多布罗夫斯基山岩，他愿望的实现已经近在咫尺了。他的心像锤子一样咚咚敲个不停。在急切的等待中，他甚至不能好好地休息一下便开始绕着山岩走了起来。走了三圈之后，他在北面停下脚步，将耳朵贴到了石头上。他听了好长时间，一切还是像坟墓里一样死寂。

半夜时分，可以听见远处传来了喧闹声。

"啊哈，开始了。铁匠们开始干活了。"他心想。

敲击声和轰隆声越来越大，听得也越来越清楚。

骑士在山岩上敲了三下，并按女巫教的说了三遍：

山岩啊，你坚硬而富有。

开门吧，把金子快给我。

他刚一说完……嘿，奇迹出现了！山岩分开了，在它的深处，一条金泉闪闪发光，从金泉流下一股金色小溪。这小溪没到地面就消失在山岩里。金泉和小溪附近有许多小铁匠，就像田野里的罂粟。他们的身材如同三岁小孩儿，胡子拖到膝盖，身穿黑色短裤和红色短上衣，帽子也是红色的。腰上固定一个小灯，像矿工似的。他们手里拿着锤子，可是，看见骑士以后，就把锤子放了下来。应该看见这些小人儿的眼睛。眼睛里闪射出凶狠和愤怒的表情。土地神早就知道骑士来的目的，但又不能妨碍他。

骑士没有浪费时间，他跑向小溪，接满一桶金水，跑向月亮照耀的地方后，倒出了金水。嘿，奇迹出现了！随着金水倒出，它一边凝固，一边很快变成了奇妙的金锭。

骑士高兴得大叫起来。他想象着自己不仅比捷克的公爵还富有，而且是全世界最有钱的大富翁了。

需要把大桶再次装满。骑士跑向金泉，可是由于激动，他的两手发抖……这样，就把珍贵的蕨菜花弄掉一朵。猛然间，响起了魔鬼地哈哈大笑声，有人从上面喊道：

你为财富而忧伤，笨蛋，

你的生命将因此而缩短。

可怕的喧闹声、哈哈大笑声和喊叫声再次响起。等到这个贪婪的家伙清醒过来，为时已晚，这个山岩开始合拢，把他永远埋到了里边。

清晨，从这条路经过的多布罗夫斯基农民，发现了一块金锭。没人知道，这块金锭是谁的，又怎么会出现在这里。很快，这个地区有流言不胫而走，纳霍德一名骑士失踪了。

女巫得知这件事情后，摇了摇灰白的头。

"要知道，我可是警告过他的。"她想。

葬送骑士的是贪得无厌。